16.5

NO SE SI CASARME
O COMPRARME UN PERRO

colección andanzas

PAULA PEREZ ALONSO
NO SE SI CASARME
O COMPRARME UN PERRO

1.ª edición: marzo 1996

Diseño de la colección: Guillemot-Navares
Reservados todos los derechos de esta edición para
Tusquets Editores, S.A. - Iradier, 24, bajos - 08017 Barcelona
ISBN: 84-7223-947-0
Depósito legal: B. 1.662-1996
Fotocomposición: Foinsa - Passatge Gaiolà, 13-15 - 08013 Barcelona
Impreso sobre papel Offset-F Crudo de Leizarán, S.A. - Guipúzcoa
Libergraf, S.L. - Constitución, 19 - 08014 Barcelona
Impreso en España

Indice

1. Blanco sobre negro 13
2. Desapego 31
3. Buscando depto 37
4. ¿Quién dijo qué? 53
5. Cris 67
6. Max 83
7. Sexos 91
8. Horacio vuelve a la casa 99
9. El miedo 119
10. Ayuda 125
11. No capitular (Estrategias) 133
12. Oria en el sur 137
13. El ansia 151
14. Revelación 167
15. Cris finale 187
16. ¿Podés vernos? 209
17. Negro sobre blanco 213
18. La revancha 237
19. La deserción 249
20. La entrega 259

A Daniel Merle

Una mañana, luego de tantas desesperanzas,
un deseo irreprimible de vivir nos anunciará
que todo se ha acabado, que el sufrimiento
no tiene más sentido del que pueda tener la
felicidad.

Albert Camus

1

Blanco sobre negro

Esta es la historia de unos amigos... Pero no es la historia de una amistad; es la historia del mundo pero tampoco lo abarca todo... Es la historia de unos seres en el mundo; un fragmento, un recorte. No es mi historia ni la tuya, lector, pero podría ser la de cualquiera. Sus personajes no son tan diferentes de la mayoría de las personas que conocemos. ¿O sí? Habitan este mundo. Tal vez los hayas conocido o los conozcas algún día. Quizás uno de ellos te esté rozando en este momento, o trate de leer encima de tu hombro, o haya pasado a tu lado indiferente sin que lo hayas notado. Si se está alerta, se los reconoce fácilmente. Llevan una señal en la frente, invisible, claro, a los ojos de muchos, pero ya no a los tuyos. Si llaman tu atención, no los observes, se sentirán incómodos y tratarán de tapar la señal con un mechón de pelo o un giro de la cabeza. No insistas porque rehuirán tu mirada y no tendrás otra oportunidad de hablarles.

¿Cuántos tipos de personas diferentes conocemos a lo largo de la vida? Hay, sin embargo, rasgos universales y comunes. ¿Quién no habló alguna vez de la flema inglesa, de la pasión italiana, de la impulsividad griega, del amor por el drama de los españoles, del pragmatismo norteamericano? ¿Pero quién no ha conocido algún inglés apasionado y tierno, un italiano cerebral, un griego especulador, un español menos trágico que superficial y ligero, un yanqui que se ahoga en un vaso de agua?

Con facilidad reconocemos en otros nuestra inseguridad, nuestra timidez, la facilidad hacia la crítica, el egoísmo, la envidia, las difíciles relaciones con los padres o con los hijos, los conflictos de las parejas. Cuántas veces nos sentimos solidarios con los males ajenos y nos compadecemos. Sin embargo, qué irritación nos produce también descubrir en otros hombres y mujeres aspectos que creíamos originales, propios; sentimos que nos han robado algo, que nos han copiado. ¿Quién es original? ¿Quién es único? Nadie, en forma aislada. Es al vincularnos con cada persona cuando establecemos esa relación diferente a todas las otras relaciones, de hombres con otros hombres, de mujeres con mujeres y de mujeres con hombres. La ilusión de ser únicos para ese hombre o para esa mujer. Es que en verdad lo somos: somos ésa y no otra; pero también cuántas veces hay cuerpos que reemplazan otros cuerpos, frases que son traídas maquinalmente de idénticas situaciones sin conciencia de hacer daño —idénticas palabras o ternuras que sirven maravillosamente en una y en otra—. Nadie es imprescindible, pocos son irreemplazables, muchos son intercambiables.

Yo, por ejemplo, Juana Eguiza, en este momento no sé si casarme o comprarme un perro. (¿Todavía quedan hombres, perros que quieran casarse?) Me pregunto: ¿el perro va a reemplazar al hombre que quiera casarse conmigo? ¡Seguramente no, si pretendo permanecer sana! Imagino el perro... (el lector fantasioso seguramente ya arriesgó un gran danés: ¡no!, los gran daneses son muy tontos) y elijo un labrador.

Un perro labrador en casa sería tierno, protector, independiente y manejable; con pocas exigencias porque creo que en las parejas las crisis se desencadenan fundamentalmente cuando los hombres o las mujeres no se bancan más las exigencias. No quieren que les hinchen las pelotas. Los matrimonios hacen agua definitivamente cuando el hombre o la mujer descubren a algún otro/otra que les promete aceptarlo tal como es. Legítimo, ¿no? Por eso, en su segundo intento el noventa por ciento elige relaciones más cómodas, fáciles, suaves. Hay algunos que se especializan en tensar tanto la cuerda que indefectiblemente terminan rompiéndola. Insistir en el límite, llevarlo más allá.

Mi labrador básicamente no va a joderme; será una compañía tierna, cariñosa, atenta. Sentiré que estoy ocupándome de alguien: iré especialmente al supermercado y no compraré comida para mí sola; me obligará a levantarme temprano para llevarlo al parque, a la noche haré una mejor digestión con el paseo nocturno que me provocará un mejor sueño. También es una buena excusa para empezar conversaciones con extraños, para interrumpirlas abruptamente o para no empezarlas nunca; ideal para los días depresivos o de inmovilidad: el paseíto me obligará a sacudir la telaraña perezosa. En cambio, un hombre... Exigirá una cara alegre, siempre bonita, orden en la casa, rica comida, conversación amena, sin demasiadas preguntas, buen oído receptor, una mujer bien dispuesta, ardiente pero no tanto, tres o cuatro polvillos por semana y, además, no tolerará ninguna exigencia ni ninguna licencia. Si aparezco con un extraño en casa, el labrador gruñirá con hostilidad en un principio para después refugiarse dolido en su cucha. Un hombre no olvidaría fácilmente tal afrenta y gruñiría por siempre.

La alternativa —coincidirás conmigo, señor lector— es despareja y casi no admite dudas... Sí, tendré que pensarlo un poco, nada más, o esperar a que se presente un hombre que pueda competir con el labrador. Al final de este libro sabré. Tal vez me ayudes a decidirlo, desde una posición mucho más objetiva. ¿Todos los candidatos son iguales? Mi hermano Cris y sus amigos Horacio y Max son personajes de esta historia, pero... ¿son candidatos?

Como no es bueno que el hombre ni la mujer estén

solos (bien lo dice la Biblia), hace seis meses, antes de comprar un perro decidí hacer una prueba muy eficaz: puse un aviso en el diario *El Día*, que decía:

PERSONAS BUSCADAS

SE CONVOCA
a un hombre que pueda competir con un labrador por el amor de una mujer.

y a continuación pasaba a describir las delicias del labrador. El hombre que respondiera a tal desafío sin sentirse ridículo ni subestimado seguramente me gustaría; si además pasaba la prueba y superaba al labrador, me tendría que casar.

Hay que casarse por lo menos una vez en la vida, dice Rolo. Rolo es un piola que, en oportunidad de una fiesta en Carrasco que habían tirado unos amigos enriquecidos desde siempre, y rodeado de media docena de mujeres cada cual más cuidadosamente afeitada, se entusiasmó con una forma de ostentación: predicó durante más de una hora sobre la sorprendente y escandalosa importancia que había ganado la cuestión del matrimonio, la separación, el divorcio, el no equivocarse, el reincidir o el no reincidir, sus beneficios y desventajas. Y acto seguido, engolosinado por su propia idea o buscando ser más convincente, les preguntó: «¿Cuál de ustedes se atreve a casarse conmigo mañana?». Por supuesto que él esperaba que todas, las seis, se sonrojaran o rieran histéricamente mientras reculaban con disimulo ante tal desparpajo. Así demostraría hasta qué punto el tema de LA PAREJA estaba magnificado. Para su horror una voz chillona que le perforó el oído y atravesó su cabeza contestó: «¡Yo!». Y agregó excitadísima: «¡Mañana mismo!». Rolo no pudo ocultar su asombro en aumento cuando vio que la señorita chillona sonreía dejando a la vista en todo su esplendor unos dientes como paletas y unas encías inigualables por lo rojas y exuberantes. Esa mujer abría la boca y no era necesaria ninguna fobia para sentirse alarmado. Rolo no atinaba a sonreír; ni siquiera a alentarla para que se presentara en Hollywood para películas como *Orca, la ballena asesina; Moby Dick* —nueva versión—, o *Tiburón IV*. A pesar de estar seguro de que era allí donde la señorita tenía un futuro promisorio y la posibilidad de hacer mucho dinero. Así fue como Rolo se casó en un registro civil de Montevideo. Se había pegado una sonrisa suficiente y hacía esfuerzos para que no se notara su desesperación: llevaría su teoría triunfalmente hasta el final. Después del casamiento, y delante de todos los concurrentes como testigos, Rolo dijo que al día siguiente se separarían y así terminaría de desacralizar el evento. Cuando Leticia se largó a llorar fue el primer momento en que se crispó la sonrisa de Rolo y quedó plastificado en una mueca. Hoy sigue tratando de conseguir el divorcio con un gesto estereotipado mientras repite: «Hay que casarse por lo menos una vez...».

Redacté mi aviso con mucha seriedad para evitar a los graciosos. Así estaban las cosas, ése era el compromiso con mi propia decisión de resolver la disyuntiva. Apareció lunes, martes y miércoles en *El Día*. Mientras tanto, esperé.

Yo soy Juana. No quise ser Juana en la Hoguera, por eso amo a los hombres: no tanto como para sacrificarme o para dejarme quemar viva por ellos. «Amándolos» me salvo yo, salvo mi pellejo cada vez para cerciorarme.

Soy Juana, una de las tantas que he sido. Hoy vivo otro tramo de mis vidas. Poliedro caleidoscópico, ¿te detendrás en alguno de tus planos, en alguna de tus caras? Ninguna es más *verdadera* que otra. ¿Por qué los hombres se empecinarán en buscar *la verdad, una* verdad? ¿Por qué esa voluntad de reducir, de constreñir, de apresar, de unificar, de delimitar? Todas esas caras, todos esos planos han sido mi vida, necesarios segmentos encubridores o develadores que responden a un sentido.

Muchas veces me he detenido ante mi tumba, pero nunca con tanta frecuencia como en mi niñez. Era entonces un enorme catafalco expuesto a los aires, que proyectaba una sombra ominosa y recortaba el perfil de la figura gigantesca de un obispo. Mientras mi hermano Cris se encerraba en su cuarto a leer, de donde invariablemente era arrancado por los rugidos de nuestro padre, que se enfurecía contra nuestra madre y todos los objetos que encontrara en su camino y obligaba a Cris a oficiar de testigo, yo caminaba en busca de ese cementerio de las afueras y me perdía al atardecer entre las últimas hileras de sepulturas. Los últimos visitantes se alejaban, pero a mí un deseo irrefrenable me llevaba cada vez más hacia el laberinto interior de las callejuelas. Se iluminaban las luces nocturnas y los nuevos féretros ingresaban, los de aquellos seres que aún no habían terminado de morir y declamaban a media voz un soliloquio interminable. Yo por fin hallaba entre los visitantes especiales de aquellas horas el temido simulacro.

Aunque era cinco años mayor que yo —él un adolescente y yo una niña—, a Cris le gustaba estar conmigo; jugábamos y nos reíamos mucho, me acompañaba en mi infancia solitaria. El me formó sin proponérselo: me dio identidad, me dio contenido, delineó un contorno; la imagen que me devolvía de mí misma era algo sólido, y me salvó de la indefinición. Cris era mi referencia y el hombre que yo amaba. Observaba sus gestos más mínimos y lo imitaba en todo: para ser alguien querible había que ser como él. Yo admiraba su virilidad, seguía la profundidad de su mirada, su paso largo y firme que dejaba marca y huella. ¡Cómo lo amaba! Su boca grande de labios gruesos pero perfectos, sus dientes blanquísimos, su cutis fino y su pelo negro, que le costaba dominar por sus ondas amplias y determinadas. Yo quería un novio como Cris. Hasta que conocí a Ernesto.

Siento que he envejecido. Siento el paso del tiempo adentro de mí; como si mis vísceras, mis órganos, mis venas, nervios, tendones, huesos se hubieran contraído, y ciertas articulaciones chamuscado. Mi sangre se ha ennegrecido: ya no es la sangre roja bermellón de un espíritu joven, bullendo agitada en un cuerpo que se expande, que se abre como las campanillas en primavera. Es un cuerpo que se cierra, se contrae, las articulaciones y los músculos agarrotados van quedando como garfios crispados, y las marcas del tiempo abren su camino en mi cara, en mi expresión, sin pudor, sin piedad. Mi mirada también ha cedido. ¿Es cierto que los corazones de los viejos laten más despacio? ¿Los corazones se cansan también, envejecen?

Siento que he envejecido. Tengo treinta y dos años, nada más, nada menos. Para ciertas personas hablar de vejez a mi edad será una insolencia típica de la juventud. ¿Qué es el tiempo cronológico comparado con el tiempo interior? ¿Alguna vez se han puesto a mirar detenidamente un reloj? A mirar cómo una vuelta del segundero conforma un minuto, dos vueltas dos minutos, tres vueltas tres minutos, cinco vueltas cinco minutos, el movimiento imperceptible de las agujas..., pero de repente ahí está: pasaron cinco minutos. La aguja larga se ha desplazado del dos al tres. Es difícil resistir el aburrimiento de esta observación, pero si uno insistiera vería cómo pasa media hora, una hora, dos horas, diez horas, veinticuatro horas, ¡un día! Eso es el tiempo cronológico, el tiempo pautado, el tiempo exterior objetivo, impersonal: ¿tiene algún sentido?

Doce años pasaron de Ernesto. Doce años que se han multiplicado por dos. A los veinte conocí a Ernesto y a la Revolución. Mi encantamiento por una persona tan incon-

19

dicional con sus ideales, categórico al ofrecer su vida por una causa que dignificaría al pueblo —millones de hermanos desconocidos—, me cegó. Sólo vi su compromiso brutal, su pasión, su personalidad imponente y parca; Ernesto era fogoso, dulce a veces pero casi siempre cauto, inescrutable. No vi fallas, no vi grietas, no vi errores. El fin justifica los medios. Sí vi su dolor de tener que matar, de estar dispuesto a poner bombas y destruir para construir otro orden. Terrorista-libertario-indeseable-incontrolable. El fin justifica los medios. Y la religión movía indecisiones. La religión servía para azuzar o para calmar, dependía del hueco que hubiera quedado al descubierto.

Revolución, revolver; perturbación, conmoción, trastocamiento, renovación, evolución, transformación, cambio total; rehusar sometimiento a la autoridad, revulsión, rebelión, resistencia al control, refutar, protestar, insurrección, sublevarse, levantarse en armas.

Ernesto fue para mí una entrada a un mundo extraño, lleno de violencia y odio, que prometía una salida hacia un mundo lleno de amor y justicia. El tenía entonces treinta y dos años y a mí me parecía un hombre maduro, enorme; era EL Hombre, atractivo, buen mozo, sensible, inteligente, audaz, decidido, culto, varonil; me deslumbraba permanentemente. En un principio me asustó, pero al verlo tan inconmovible y sereno fui perdiendo el miedo y confié en él.

Fueron dos años de amor y de horror. Durante el primero, nuestros encuentros sí fueron amorosos, hablábamos poco de política o de cómo iban las cosas; nos veíamos sin ninguna regularidad. Dependía de los operativos y los movimientos. Si uno de los dos se retrasaba más de cinco minutos era señal de peligro, o de que algo se había complicado. Había que irse y esperar otra cita. Sus mensajes me llegaban de cualquier manera, la más insólita; varias veces en la facultad durante la clase de literatura francesa o griego apareció una dirección y una hora precisa garabateada en mi cuaderno de apuntes sin que yo hubiera notado ni siquiera el ademán. Siempre citas para el mismo día, con pocas horas de anticipación. Por ejemplo, un viernes alguien me puso las señas de Ernesto durante el apretujado viaje en el subte de la tarde; tuvo que ser en ese momento porque al entrar en la estación metí la mano en el bolsillo de la campera y no había ningún papel, lo noté recién cuando saqué unas monedas frente al quiosco al lado de casa. Ese fue un método que en lo sucesivo —por ser más seguro— él usaría a menudo. Yo, que no tenía conciencia de lo que significaba clandestinidad, lo encontraba molesto porque durante cada viaje en subte estaba pendiente de cuál sería el momento y cuál la persona que introduciría su mano sigilosa en mi bolsillo; a veces me daban ganas de vestirme con ropa que no tuviera bolsillos y joderlos, pero después me arrepentía de una actitud tan infantil y pensaba que ésa era la única forma de ver a Ernesto.

El siempre llegaba sonriente a sus encuentros conmigo, en distintos bares, departamentos, casas, distintas camas, alfombras o pisos. *Nunca* en el mismo lugar, y eso me daba la sensación de que rodábamos hacia adelante, en una dirección que yo no podía precisar ni distinguir ni anticipar.

Ernesto me decía que quería mantenerme al margen, por mi seguridad, pero también —supe más tarde— porque si me apresaban no tendría nada que contar. Varias veces sugirió no vernos más porque yo corría peligro; esto lo decía sólo como medida de precaución; en esa época él estaba seguro del éxito de su lucha. Al año siguiente, cuando las cosas empezaron a complicarse, y su expresión nunca llegaba a distenderse, una madrugada me dijo que era una decisión tomada: debíamos dejar de vernos. Justamente *ese* día yo estaba ansiosa por contarle algo: que estaba embarazada. La semana anterior los análisis habían confirmado que esperaba un hijo de los dos, y sentí que cualquier «decisión tomada» podía reverse frente a algo así. Cómo podíamos separarnos justamente ahora, que estábamos unidos por algo más allá de nuestra voluntad, de nuestro designio, un pequeño ser que había decidido salir del limbo y encontrar la luz... Por lo menos por un tiempo nosotros, sus padres, íbamos a tener que ocuparnos de él y hacerle lo más suave posible la entrada a este mundo. Aunque la situación era complicada no pudimos dejar de emocionarnos y de sentirnos muy desconcertados. Yo amaba a Ernesto, lo admiraba, y quería tener ese bebé. De ninguna manera iba a abortarlo.

Los meses siguientes fueron terribles. Nos veíamos cada vez menos porque cada día era más inseguro. Ernesto estaba muy preocupado y nuestros encuentros eran dolorosos: había algo de fatalidad y de derrota, había mucho olor a muerte, a cuerpos quemándose y retorciéndose, y los cuerpos inocentes eran los que tenían más olor. Su ternura estaba rodeada, inundada, de tristeza y de bronca. Yo seguía yendo a la facultad, muy inconsciente y confiada de que nada tan malo podía pasar.

Un día admitió que habían sido diezmados, que lo que decían los noticieros se parecía bastante a la verdad; le habían llegado seguidas advertencias de que iban a matarlo sin asco por más que fuera sobrino de un respetado marino, el contraalmirante Peluffo. Su tío se lo hizo saber con total seguridad. Ernesto me dijo que si lo agarraban simularía que iba a entregar a otros compañeros y durante la simulación se iba a suicidar. Llevaba una pastilla de cianuro en el bolsillo superior de su campera y no iba a dejar que lo torturaran ni a delatar a nadie. Yo me desesperé, pero sentí que ese acto de lucidez extrema para él era como un acto de fe. Le propuse que nos fuéramos lejos, le rogué que no me abandonase, que no se muriera, yo lo necesitaba para mí y para el bebé que estaba creciendo en mi panza. No sé si el bebé alguna vez fue real para él —todavía no se lo notaba crecer—, pero Ernesto me respondió con una dureza desconocida. Si siempre había sido duro, todavía hoy no lo sé. Nunca olvidé esa mirada que me traspasó, como si no me viera a mí, sino algo más allá, más lejos. «Te quiero muchísimo, pero ésta es una lucha en la que sigo creyendo, y no se termina conmigo, sino que continúa más allá de mi vida o de mi muerte, es una lucha que dura desde hace siglos, y sé que algún día nuestras convicciones triunfarán. No voy a abandonar ahora, porque creo que todo lo que hicimos valió la pena. Nuestro triunfo o nuestro fracaso no se miden por estas derrotas ni por nuestras muertes. No sé si lo entendés. El concepto burgués de felicidad no existe para nosotros, es propio de la sociedad de clases. Para nosotros la vida es lucha acá o en cualquier lado. No quiero morirme, pero abandonar o escapar sería rendirme, y voy a resistir y refutar este orden hasta el final.»

Su emoción y su violencia me dijeron que no había caso, que así sería. Me advirtió que yo tendría que organizar mi vida para irme, establecerme tranquila en otro lugar y así no tener problemas con el embarazo. Dijo que se venían meses muy jodidos y que cuando todo pasara se reuniría conmigo para el nacimiento del bebé. Recuerdo que quise ser valiente y no dramatizar. Recorrió mi cara a besos y nos abrazamos como si quisiéramos estrujarnos; empecé a llorar en silencio. Yo no sabía si quería hacer el amor o qué, pero comenzaba a sentir la desesperación que avanzaba desde mis tripas. Empecé a desabrocharle la camisa mientras le daba besos en el cuello y el pecho. El me acariciaba el pelo pero suavemente se abrochó la camisa: «No lo hagamos más difícil», dijo y trató de que yo lo mirara a los ojos. Aflojé el llanto que ya me apretaba la garganta. Ernesto me besaba las sienes con besos muy dulces mientras me hacía una trenza con el pelo. Abrazada a él, le empapé la camisa con mis lágrimas y mi saliva. Cuando lo miré, sus ojos azules estaban rojos y negros.

No lo vi más.

A la fuerza he logrado olvidar, borronear esos años y lo que sobrevino después. Sé que si no, hoy estaría muerta. No recuerdo caras ni lugares ni fechas ni secuencias. Conservo impresiones, emociones y momentos, que por más que quisiera no podría arrancar de mi cuerpo. La memoria del cuerpo es eterna y jamás se equivoca. No me fui, no le hice caso. No podía alejarme tanto de él. Necesitaba tener alguna noticia suya, saber por dónde andaba. Pasaron los meses —dos o tres—, y el silencio era total. Me enteré entonces de que a Rafa Ortiz lo habían deshecho con una granada que explotó cuando «se dirigía a cumplir un operativo en pleno centro de la ciudad, contra ciudadanos comunes».

Yo me iba dando cuenta de que Ernesto y su comando-célula estaban cada vez más debilitados, pero siempre descontaba que con su brillantez iba a poder escapar y burlar toda persecución, todo allanamiento.

Un día supe que lo habían agarrado. Yo llevaba seis meses de embarazo, mi panza había tardado en despuntar pero ahora estaba crecida, y yo les hablaba al bebé y a Ernesto. Me comuniqué con su hermano (los padres habían muerto antes de que él cumpliera treinta años), me dijo que ni su tío sabía dónde lo habían llevado. La panza se me ponía dura a cada rato. Por la calle veía a Ernesto en cada hombre que sólo se parecía a él en su elástica forma de caminar. Si olía un patrullero a distancia o un automóvil de los comandos paramilitares, para enseguida verlos aparecer, el sobresalto era incontrolable. Supe que pronto iba a tener que irme lejos, no podía soportar más tanto infierno. Un día me empecé a sentir congelada, desamparada, sola: supe que Ernesto estaba ya muy lejos. Silencio, nadie sabía nada, ni el tío, ni el hermano, ni noticias de sus compañeros. Los noticieros y los diarios habían dibujado un vacío en la información y esto era un oscuro indicio de que algo pesado estaba sucediendo.

Me fui. Apenas podía estar sentada en la facultad. Di dos exámenes pendientes y llamé a la hermana de una amiga que vivía en Misiones para pasar una temporada allá. Casi no la conocía pero sabía que no me preguntaría nada ni yo me sentiría obligada a hablar: era una emergencia. Estar al lado de Brasil me permitiría seguir camino si era necesario. Recuerdo la sensación de desgarramiento al dejar la ciudad. Era entregarme, lo sabía. Durante el viaje a Misiones soñé con que Ernesto decidía escapar y rearmarse lejos, fortalecerse para volver a atacar de nuevo y que durante ese alejamiento cuestionaba la lucha armada y tomaba distancia y se encontraba conmigo y nos íbamos lejos lejos. Era el único pensamiento que me permitía quedarme dormida o que lograba suavizar un poco el ardor de la pesadilla que como si fuera una fiebre muy fuerte me producía temblores, escalofríos y rigidez, sequedad de boca, sudor caprichoso y semisueño alucinado.

Cuando llegué a Eldorado tuve que hacer un largo reposo en la casa de Ana porque estaba agotada, me sentía muy mal, me ahogaba seguido. Hasta que un día la panza se me puso dura y no aflojó. El médico dijo que había que hacer cesárea, que mi hijo iba a ser sietemesino. Intuí algo porque hacía más de un mes que tenía una sensación de extrañeza con esa panza. Ya no le hablaba porque ya no sentía que estuviera ahí.

El bebé nació. Era un varón. Nunca le habíamos dado un nombre, para mí era Ernesto. Muy débil, con problemas de respiración. Incubadora. Carpas de oxígeno. Mucha mudez y poco llanto. A los cuatro días murió. No lo quise, no lo pude retener. Yo era una zombie tirada en una cama, no hablaba con nadie. Tal vez me quería morir yo también.

A las tres semanas me llamaron por teléfono a lo de Ana y dejaron un mensaje. ¿El tío? ¿El hermano? Ernesto «había sido muerto en un enfrentamiento» y yo me tenía que «ir con el bebé más lejos, para mayor seguridad a Brasil». ¿Cómo fue? Imposible saber si se había tirado a las vías del tren, o si un tren lo deshizo cuando trataba de escaparse. Pensé en la pastilla de cianuro, y en lo que Ernesto siempre me decía: no se iba a dejar torturar. Era posible que hubiese tratado de escapar mientras simulaba que estaba llevándolos hasta sus compañeros, o que se hubiera suicidado con el cianuro o tirándose abajo del tren, antes de que lo volvieran a capturar.

Cuando Ana me lo dijo yo estaba muy débil y creo que mi corazón dejó de latir por un momento. Me di vuelta en la cama hacia el costado y miré la pared horas, días, no sé; lloré poco y en silencio, estaba entumecida. Temí diluirme en esa tristeza, perderme y confundirme en ese calor y en esa nada; temí que un día llegaran a esa habitación a buscarme y yo ya no estuviera más: me habría evaporado. Me sentía tan liviana —nada me agarraba a la vida— que yo tampoco me iba a encontrar, no me vería más, mi cuerpo se habría volatilizado, y mi alma y espíritu iban a estar demudados e insensibles para siempre, en algún limbo.

Pero un día salí de ese estado donde conocí el rostro de la tristeza y de la muerte.

Empecé vomitando y sacudiéndome y llorando, llorando con gemidos, como mi bebé que no vivió. Creo que yo sí quise vivir.

Cuando reconocí mi cuerpo y me sentí más fuerte, me fui de lo de Ana y crucé al Brasil con una mochila, en largos ómnibus, infinidad de ómnibus. Un impulso me llevaba lejos, más lejos. Casi no tenía plata pero, trabajando como camarera y mucama de posadas, me pagaba una pieza donde dormir. Así fue hasta que llegué tan arriba que me topé con la selva. Volví hasta Natal y atiné a embarcarme —en un gesto sin ninguna reflexión— en un barco que salía para Europa. Cinco años estuve en Madrid. Digo «estuve» porque no «viví», fue como estar suspendida en el aire. *Cinco años* es una necesaria convención para que ustedes tengan una idea más precisa; a mí me daría igual si dijera trece, porque los recuerdos se me superponen indistintamente, se cruzan, se pasan de un año a otro, dejándome una nueva reconstrucción cada vez que los convoco.

Durante el tiempo de la huida no había preguntado jamás sobre mi país y cada vez que escuchaba algo al pasar procuraba alejarme, intentando —creo— forzar una amnesia; los recuerdos eran más dolorosos que no tener nada detrás. Cuando llegué a España supe que había sido masacrada la revolución, pero allí también evité a todo compatriota. No fue fácil: proliferaban sin medida. Quería vivir lejos de la muerte y la violencia, prefería seguir intentando un limbo sin pasado ni futuro, anestesiada. No albergaba ninguna esperanza en días mejores sino una indiferencia serena y primitiva para todo y para mí misma. Conocí personas delirantes, casi todas olvidables. De pronto, un día empecé a escuchar que la dictadura en mi país se desgastaba, que era inocultable e inmediata una salida. El infernal aparato de control de los medios de comunicación se había agrietado estrepitosamente, y los cadáveres, y los saqueos, y los campos de detención y tortura se estaban colando por las rajaduras como vómitos imparables. Lo extraño era que a cada rato me topaba con noticias, no podía eludirlas —tan lejos había creído irme—, y de pronto me daba cuenta de que siempre había estado a la vuelta de la esquina.

Oí hablar de elecciones libres, de partidos políticos, de apertura, de democracia. Eran sonidos angelicales, dulces y extraños, ajenos, como cuando una no se atreve a apropiarse de algo muy deseado porque por más que se nos ofrezca, pensamos que es un engaño, que no es *a nosotros*, que más vale no ilusionarse demasiado porque no es más que una prestidigitación perversa que nos proponen.

Volví hace cuatro años, en plena efervescencia política, en plenos escarceos románticos con las libertades, en pleno tanteo con un estado de derecho para muchos desconocido. Volví como si me despertara de un largo sueño, como si de pronto hubiera abierto los ojos a un reflejo enceguecedor. Por momentos me quemaba la vista y tenía que cerrarlos otra vez. No fue un reconocimiento de algo ya conocido: fue un *re*-conocimiento, fue como ver todo de nuevo.

Mi familia tardó en saber que yo estaba de vuelta, pero

mi madre y mi padre —ya separados para entonces— no trataron de contactarme. Sólo estaba Cris, mi hermano del alma, por supuesto. Cris no vacilaba con los sentimientos. El día que nos encontramos nos abrazamos durante horas. Cris me sonreía con su sonrisa única, los ojos le brillaban sin pestañear. Y yo sentí algo parecido al sosiego, al bienestar, porque descubrí que tenía una raíz, un lazo invisible que tenía textura y tacto, que pertenecía a la porción de camino que él transitaba, y pude descansar en esa tersa certeza.

No tuvo que pasar mucho tiempo para que confirmara que Cris *entendía*, a pesar de no compartir los términos o la modalidad; pero más acá o más allá de eso las explicaciones no eran necesarias, él estaba conmigo y seguíamos compartiendo la misma lucha. (Hay lazos invisibles que ninguna palabra podría describir.) Cris hizo un esfuerzo para acercarse más y se estiró, y el abrazo fue más completo.

Enseguida me di cuenta de que no sería fácil adaptarme, no estaba en condiciones de circular sin una máscara. Una vez más Cris volvía a tener un lugar fundamental en mi vida: así como en mi infancia y en mi adolescencia él me había protegido con su amor, ahora esa incondicionalidad me daba la posibilidad de ser yo misma, de respirar, aunque más no fuera durante los momentos que pasaba con él. Yo ya no tenía amigos aquí. En el último año antes de irme apenas veía a alguien, Ernesto me absorbía por completo. Cris me preguntó si quería conocer a Max y a Horacio, sus entrañables amigos (nuevos para mí); pero en ese primer momento preferí no acercarme a nadie.

Veía a Cris todas las semanas. Lo encontré muy cambiado pero no me animaba a mencionarlo. Su vulnerabilidad me dejaba absorta. Había sido un chico fuerte y generoso, y yo lo adoraba desde mi primer recuerdo. Cuando me escapé a Misiones dejé a un Cris que gozaba de su vida, un joven que a pesar de —o tal vez por— haber padecido la sangrienta separación de nuestros padres se había lanzado al mundo de los sentidos: adoraba el sol, el mar, el viento, los deportes, las mujeres bellas, la música, los extremos, las ideas. No se parecía a nada. Había creado una mística propia, y la refinaba como un artesano, sin concesiones. Desde chico había considerado el sexo muy importante, una fuente de alegría, nunca debía ser un pesar, y el practicarlo bien, casi una obsesión. Le fascinaban las mujeres, y las seducía con una media sonrisa estudiada, con un gesto serio, pausado y enigmático, con una solitaria actitud de prescindencia. Se tragaba la vida sin darse cuenta: era inocente.

Pero ahora Cris sufría. Estaba de novio con V. desde hacía dos años y por primera vez quería casarse, tener hijos, y sentía que formar una familia le iba a dar una cierta añorada paz. El se había imaginado capaz de inventar un mundo cerrado, donde ser feliz y estar seguro. Paradójicamente, la mujer de la que se había enamorado era oscura y vacilante, y era con ella con quien quería levantar ese mundo. Pero una y otra vez V. lo confrontaba con la imposibilidad de trascender el pasado. Cris había perdido la inocencia.

Recuerdo cuando le conté a Cris mi idea de publicar el aviso en *El Día:*

> SE CONVOCA
> a un hombre que pueda
> competir con un labrador
> por el amor de una mujer.

No lo entendió. Ese era un costado de mí que él desconocía y le costaba comprender mi necesidad de vivir con una máscara. «Si no podés vivir en el mundo, apartáte de él, construí tu propio mundo.» Por otro lado, le parecía muy arriesgado que yo conociera a un hombre de esa forma, y además en aquella época me veía frágil e inexperta. También yo era vulnerable, pero estaba dispuesta a hacer cualquier cosa para no mostrarlo. En esos años había aprendido que sólo muy pocas personas son capaces de no aprovecharse de nuestros lados flacos y que era peligroso entregar un saber que después se ejerce en nuestra contra.

Le quise explicar que al volver me había decidido a vivir en el mundo —no quería aislarme ni huir más—, y que me protegería con una máscara, o varias. Le dije:

—No te preocupes, puedo ser dura y fría.

—¿Para qué? —me contestó.

Oh, hermano, no quiero más sangre.

2

Desapego

No habían pasado más de dos meses desde mi llegada cuando empecé a trabajar como cronista en una revista de actualidad. Conseguí el trabajo, luego de pasar una prueba muy fácil, gracias a la generosidad de Horacio, el amigo de Cris, quien aun sin conocerme me recomendó en una redacción. El lugar de cronista obligó y facilitó la distancia con todo lo que se ponía en la mira, me permitió no involucrarme, ni mostrarme. No me interesaba figurar:

«Informes/investigación: Juana Eguiza».

En estos años he logrado eludir la firma de mis notas, incluso cuando dejé de ser cronista para ser redactora (obligado itinerario en todo medio gráfico cuando no se es excesivamente ineficiente). Trabajar en una revista de actualidad como *Todo el Mundo Hoy* no me compromete para nada con la realidad, me obliga a estar atenta a la vida de los otros, me permite circular de acá para allá, examinar los hechos y las versiones, conjeturar, inventar, discutir con tono severo y con pluma ligera reducir lo que acontece a «notas que peguen», que «impacten».

Cuando Horacio me consiguió este trabajo sólo porque era la hermana de Cris que regresaba de varios exilios, de la nada a la nada, jamás imaginé que la nueva actividad tendría tanto que ver con la máscara que habría de inaugurar aquí. Siete meses después, cuando nos hicimos novios durante una breve temporada, Horacio me ofreció conectarme con los dueños de una revista mucho más seria, que intentaba pensar y problematizar la realidad política y social. Lo deseché con una carcajada: «Gracias por considerarme capaz pero ¿pensás que yo creo que se puede hacer algo desde el periodismo para generar un cambio? A mí no me sirve y ya no lo necesito. No creo en el cambio ni en el gran salto hacia adelante».

Hace alrededor de seis meses, a la mañana siguiente de publicar mi primer aviso en *El Día* preparaba un sumario de notas posibles para la semana. El teléfono sonó impaciente. Atendí. Era Cris. Su voz...
—¿Cómo andás?
—Más o menos... Mal. V. se fue a la mierda.
—¿Cómo? ¿Qué pasó?
—Me puse mal con ella, le grité, y la puteé.
—¿Por qué?
—Me puso loco. Estaba rarísima. Hablamos de casarnos, no es la primera vez, pero yo la sentía rara, ni convencida ni entusiasmada. Me empecé a poner nervioso y le pregunté directamente. Y ella no me contestaba, me decía que todo fenómeno, que no me preocupara, que estaba de acuerdo, pero no me transmitía lo que decía sino todo lo contrario. Así que yo insistí para que fuera sincera, que hablara claro, y al final ella se puso mal, me dijo que la dejara tranquila y ahí me hinché las pelotas y la mandé a la puta madre que la parió.
—¿Cuándo fue esto?
—Ayer. La llamé a la noche y se negó a atenderme. Hoy, lo mismo, hasta que finalmente me dijo que está muy mal, y que no le voy a ver más la cara, que no la llame, que la deje tranquila, que no insista, que si ella quiere hablar lo va a hacer, que si yo la llamo es peor. Yo me calmé y le hablé tranquilo. Le pedí perdón, le expliqué, le pedí que entendiera que me violentó su actitud,

su falta de claridad, y le aseguré que no va a pasar otra vez.

Además de vulnerable, Cris se había ido transformando con los años en un ser excesivamente espiritual. A pesar de su gusto por las cosas buenas, cada vez se había ido desprendiendo de lo poco material que lo ataba a la vida. ¡Su vida era muy ascética! No tomaba alcohol, comía muy sano —nunca entre horas—, apenas fumaba. Cris era ahora un hombre sin ningún exceso. Aquellos excesos en la comida, en la bebida, las mujeres, en las relaciones, en lo sensitivo, son lo que nos hace carnales, lo que nos sostiene entre la materia, lo que nos distrae en momentos de angustia, de desnudez intolerable. Se había ido desinteresando de la política, de la economía, de la ropa, de los deportes, de los países, de las mezquindades de las conductas ajenas, de gastar plata o de querer retenerla. La música se había reducido a cuatro favoritos —Bob Dylan, quien encabezaba siempre cualquier *ranking*, Smokey Robinson, Roy Orbison, J.J. Cale—, su ropa a dos o tres *sweaters,* ocho camisas, tres jeans, un saco azul, un sobretodo, una campera y dos pares de zapatos; los libros, a Pound, Goethe, Nietzsche, algo de Huxley, casi todo Hemingway, Fitzgerald, Stendhal, Gide, Proust, Dostoievski y Tolstói, todo Camus, todo Kafka, *Los Thibault* y las biografías de Monty Clift, Bogart y Dylan otra vez.

Durante muchos años los libros habían ocupado un lugar tan importante en su vida que resultaba difícil creer que hubieran sido desplazados. Recuerdo cuánto, durante mi niñez, me había intrigado el significado que tenían para Cris. Notaba que se pasaba horas, días con ellos, nada parecía tener más importancia. Al dejar la infancia empecé a preguntarme qué contenían los libros que Cris leía con tanta concentración. En cuanto él salía de la casa yo los abría sigilosamente, con el propósito de encontrar la respuesta a esa dedicación, a ese misterio. Escudriñaba una y otra vez las frases subrayadas, los comentarios anotados en

33

los márgenes, esforzándome por captar alguna idea. Un día le pedí prestado *Esperando a Godot* porque cuando lo hojeé creí entenderlo. Me lo prestó sin hacerme ninguna pregunta. Luego le pedí *La cartuja de Parma*, porque lo había visto sonreírse mientras lo leía. «Mirá que es largo, ¿eh?», me advirtió. Pero yo le aseguré que no me asustaba y me lo prestó sin hacer más comentarios. Tardé mucho en leerlo, pero en cuanto lo terminé le pedí los *Pensamientos* de Pascal. No me lo retaceó pero al día siguiente apareció con el libro envuelto en papel de regalo. «Si lo vas a leer es mejor que leas un ejemplar no subrayado», me aconsejó. Esto me desconcertó porque ahora ya no tendría una guía. A partir de ese momento cada vez que él salía le robaba su libro por un rato y me encerraba en el baño o en mi dormitorio para subrayar en mi ejemplar lo que él había subrayado en el suyo. Con cuidado lo devolvía a su lugar para después sumergirme en el mío, deteniéndome con especial atención en las frases o párrafos marcados; de esa manera estaba segura de aproximarme al sentido y, al mismo tiempo, a las preocupaciones e intereses de Cris. Así fue como a los dieciséis años ya había pasado de Cervantes, Maupassant, Felisberto Hernández, Melville y Henry James a Roa Bastos, Dante, Rilke, Sartre, Nietzsche, Hegel, Rabelais, y una cantidad de libros que si releyera hoy sería como leerlos por primera vez. No puedo precisar cuántos de esos me regaló Cris, pero seguramente más de cincuenta, porque no se demoraba en comprármelos a medida que yo le mostraba interés. Más tarde comencé a ir yo a las librerías y a encontrar un indescriptible placer en pagar por ellos; pero mientras vivimos en la misma casa, incluso cuando yo ya había ingresado en la carrera de letras, nunca dejé de espiar en los de Cris para estar más cerca de él. Al poco tiempo de instalarme en Madrid me di cuenta de que tenía que recuperar mis libros. Los volví a comprar, de a poco, así como de a poco también los fui reconociendo en las traducciones madrileñas o catalanas. Fueron los mismos libros, y Cris a través de ellos, lo que me salvó de peores angustias en mis días de mayor soledad y aislamiento. Mágicamente se habían transformado en objetos protectores.

Ahora, aunque me pareciera increíble, poco quedaba de la impresionante biblioteca de Cris, de las pilas y pilas de discos que acumulaba, de la ropa a medida que papá le regalaba.

Se había desprendido de esa materialidad y había concentrado su intensidad, su fibra y su carácter en el amor, en el amor hacia una mujer, una mujer que podía ser ésa u otra, pero justamente era ésa: confusa, vidriosa, evasiva, sí y no, no pero sí, gataflora en su clímax.

—Bueno, vos dale tiempo, dejá que se tranquilice. Se debe haber asustado. Ya te va a llamar.

—Pero... ¿y si no llama?

—Vas a ver que sí, aunque no mañana mismo; tené paciencia.

—Sí, decirlo es muy fácil...

—Tenés razón. Pero creéme.

—Bueno, voy a ver cómo hago. ¿Y vos, cómo andás? —se esforzó por girar la conversación.

—Bien. ¿Cuándo nos vemos?

—Hoy o mañana, decíme vos.

—Si querés, hoy.

—¿A qué hora llegás a tu casa?

—A las ocho y media.

—A esa hora estoy por ahí.

Así empezó una etapa larga y dolorosa para Cris y para todos nosotros.

3

Buscando depto

Restos. Fragmentos. Resabios. Partes. Parcialidades.
Horacio salió. Hacia la noche encontraba cierta lucidez,
cierta sabiduría. Conversaciones con Max o con Cris. In-
tercambio. Finalmente se iba a dormir con la sensación de
acomodarse mejor. De haber tranquilizado alguna rebelión,
haber combinado mejor las piezas. Finalmente. Necesidad
de llegar, de no *transitar* más. Preguntas. Respuestas. Así no
va. ¿Cómo puede ir? A ver, veamos.
Horacio salió. Quería encontrarse con Oria. Había noches en que el departamento lo ahogaba, en que sólo quería ver a Oria. Mamarse un poco, besarla y escuchar sus
preguntas, sus historias; detenerse en su sonrisa y el brillo
de su mirada. Cerrar los ojos y dormirse abrazados. Abra-
zado a ese cuerpo tibio. Haberse acomodado bien en la ola
y dejarse llevar suavemente hacia la playa. La ilusión de haber encontrado una tierra donde anclar.
En esas noches afiebradas «había que caminar las calles
del Centro». Cruzarse con gente. Oblicuamente. Otras voces, otras luces. Cierta vida que se desliza con naturalidad.
Lentamente se iba apaciguando el ardor. La fiebre encontraba el aire y el delirio nocturno iba al choque. El efecto
deseado también era verbalizar sus juegos mentales, poner-
los en palabras en la presencia de Cris o de Max. Sostener
un contrapunto. Vivo. La noche sin tiempo. Y ellos so-
portando una tensión de todos sus músculos, de todos sus
nervios en ese pequeño mundo. Dialéctica que jugaba a
buscar una síntesis. Y la complicidad encubierta, el guiño

disimulado. El yo que enfrenta al tú que nunca es un nosotros. El tú que siempre es el otro. Dialéctica que jamás encuentra la síntesis.

La ilusión de poder. De poder con sus propias vidas. Con la vida. Al menos a través de la intelectualización. Preguntas. Respuestas. «Tenemos que dar cuenta de cincuenta, sesenta ¡o tal vez setenta años!» A ver, veamos. Escuchemos a Cris:

—A veces me cansa este esfuerzo por apaciguarme constantemente. Mi cabeza va a mil y las palabras no la alcanzan.

Horacio sonríe.

—Es que uno no podría vivir en estado de exaltación permanente. Ni el cuerpo ni la mente podrían tolerar la angustia o excitación constante, uno explotaría como un sapo.

En la mesa de al lado, dos chicos y una chica ríen. Uno come un enorme sándwich al estilo publicidad de McDonald's.

—En Estados Unidos —dice la chica— dicen *You're what you eat*, por lo tanto yo soy muy comible, riquísima, deliciosa...

Max los mira y sonríe. Horacio sacude la cabeza:

—*You're what you eat...*! ¿Se habrán copiado los yanquis de Feuerbach que también decía que el hombre no es más que lo que come? *You're what you do!* Uno es lo que hace, por Dios. En eso los protestantes...

Horacio es fotógrafo y periodista, documentalista. Investiga y vive en instantáneas —los instantes hacen la historia—, porque para Horacio la vida es una secuencia de fotogramas que revelan, que delatan, que cuentan la historia; el que mira y sigue esa secuencia arma la historia-vida a partir de las fotos. Horacio no habla mucho, guarda la palabra desde hace años y ahora también guarda las fotos. Antes hablaba con fervor de la Historia que se hacía todos los días, en sus testimonios y en sus epígrafes. Después las solas imágenes fueron testigos suficientes. (Componer, composición. Se compone la historia —la realidad, la vida— mediante la combinación de imágenes, representaciones mentales, cuadros.) Hasta que su palabra fue silenciada y sus fotos ocultadas. Hace años. A él no lo secuestraron, pero atropellaron sus fotos, avanzaron sobre él. Su posterior detención de dos meses apenas agregó nada: su trabajo ya se había cortado, se había congelado. Más tarde fue un primer ademán de la democracia recordar, y reaparecieron las fotos, mudas pero contundentes, inviolables. La fuerza de Horacio reencontraba un canal de luz, y su voz ya no se expresó a través de sonidos sino de golpes en los sentidos que derrotaban la urgencia de no ver, de olvidar. Las imágenes existieron antes que la palabra, precedieron la lengua, y prescindieron de ella con su propio idioma; las imágenes captan y capturan al mundo sin mediaciones.

Pero ese resplandor fue muy fugaz, o un espejismo. Hace años que Horacio ni siquiera se expresa públicamente. Ha perdido el interés, el ardor. No habla mucho, pero es conciso y directo. Mientras tanto creemos que está rearmando pacientemente su archivo, aunque ya no rastrea, ni investiga, ni va detrás de esas fotos, de esos documentos (tal vez recupera algunas imágenes propias que estaban perdidas), guarda montones de fotogramas, historias, la Historia. Guarda metros y metros de celuloide. Cintas y vídeos enrollados prolijamente en prolijas cajas. Nadie ha visto esas filmaciones. Nadie sabe qué está haciendo ahora, algunos creen que está montando un libro que será impresionante. Mmmm... Horacio podría ser considerado un romántico, mucho Sartre en su juventud, el compromiso del artista *engagé*. Pero él ya no habla, parece no tener nada más que decir.

*

—Me aburro. Siento como si tuviéramos treinta años de casados. No quiero hacer vida de matrimonio. Lo que más me gustaba de nuestra relación era la sorpresa, lo imprevisible, la libertad total, el margen absoluto. —Horacio casi gritaba.

Oria lo miró asombrada.

—¿Qué estás diciendo? No estamos casados ni lo parecemos. ¿Sorpresa? Justamente no hay sorpresa si uno la está esperando. No pienso persuadirte de que hay libertad y margen como vos y yo queremos, nada más y simplemente porque tanto vos como yo podemos vivir de esa única manera. Si te aburrís, no me echés la culpa a mí. Yo no vivo para entretenerte ni divertirte ni espero que vos me diviertas. —Hizo una pausa—. ¿No te parece que sos injusto?

—No quiero discutir.

—Ah, genial, después de largar la bomba, no querés discutir.

Oria hablaba suave, susurraba las palabras. Horacio no la miraba, se hacía el distraído con la salud de las plantas. Ella agarró su cartera y fue a buscar el tapado; él se metió en la cocina cuando percibió sus movimientos.

—Me voy, me parece mejor.

El apareció y, casi sin mirarla, le dio un beso en la frente, apenas la rozó.

—Chau —le dijo. Desapareció hacia el cuarto y prendió la televisión.

Oria suspiró hondo y se fue. Lentamente. En cuanto puso un pie en la vereda empezó a llorar. ¡Qué odio! ¿Por qué lloraba? ¡No era para tanto! ¿Qué significaba todo eso? ¿Por qué Horacio complicaba las cosas y las arruinaba? ¿Qué pretendía de ella? ¡Qué hinchabolas! ¡Paranoia total! Subió al auto y apoyó la cabeza en el volante. Respiró profundamente. Basta, suficiente. Se sonó la nariz, se secó los ojos. A otra cosa. Dibujar. Sus dibujos. Su libro de *sketches*. Tenía que dedicarse a sus *sketches* si quería hacer algo para ella misma. El trabajo en la agencia de publicidad le estaba chupando su creatividad y su energía. No; eran estas peleas con Horacio lo que la agotaban.

*

Horacio a la búsqueda de departamento. Quiere una amplia y silenciosa casa donde pueda tener sus dos gatos, enormes inquietos gatazos de ojazos. Salir de cacería, generalmente infructuosa y no perder la paciencia. Volver a empezar como el primer día pero con más sabiduría. ¿Cuántos deptos viste? Como veintiocho.

El número veintinueve sonó como un buen número para detenerse, aminorar la marcha y mirar con ojo más benévolo o más cansado. El aviso del diario decía:

> **CASA CON PATIO**
> pérgola y terraza. A refaccio-
> nar. Grandes posibilidades.

Horacio sigue su olfato. Vilches. El barrio no está mal. Mira la casa por fuera y por dentro. Linda, amplia, con mucho por hacer, pero será bueno tener mucho por hacer. La mostradora es la vecina. Habla, habla, bla, bla, bla. Lo observa muy curiosa, trata de disimular su aguda observación de todos los detalles. Horacio se mueve por la casa y siente los ojillos (ojalillos de huecos secos) en su nuca, en su espalda, en sus zapatos, en su ropa, en sus gestos, en sus bolsillos.

—¿Le gusta?

La casa está abandonada, casi en deconstrucción natural. La dejadez, los años, el deterioro de la soledad. Agujeros, material, escombros, se reproducen. Agujeros, material, escombros. Olor fuerte a encierro, Horacio huele densidades, historias escritas detrás de esa capa superficial de mala pintura. Como los jeroglíficos que hay que desci-

41

frar para conocer la Historia. Hay algo que lo atrae a seguir allí. Da otra vuelta, va, viene, camina la casa. Se queda. Sabe que si dice que le gusta y que está interesado esa mujer va a hablar. Esa mujer de aspecto tan común va a hablar de algo nada común. Sabe —está seguro— que ella se contiene todavía porque tiene miedo de entregar su historia a un ladrón que se irá con disimulo para nunca más volver. Cuando aleje el miedo ella se sacará el bozal que está a medio salir —por el que asoman los dientes—, y vomitará sonidos que armarán palabras que armarán frases que armarán una historia. ¿Verdadera? ¿Cuál lo es? ¿Importa?

—Me gusta.

—No esperaba que dijera otra cosa —rió nerviosa y aliviada la señora, aflojó la voz, el pecho, la barriga, se le derritieron las arrugas, el cabello crespo se le alisó, las facciones se relajaron—. Es una buena casa, la construcción sólida; el barrio es un poco apartado pero a diez cuadras ya está en zona muy transitada, de negocios. Con un poco de plata encima puede hacerse una casa magnífica como a usted le guste, tiene tantas posibilidades, los techos altos, ambientes grandes, la terraza arriba, puede colgar la ropa tranquilo. Qué más se puede pedir...

Horacio miró a su alrededor y de golpe sintió unas ganas de mear incontenibles. Necesitó irse, no quiso pedir un baño, miró el reloj y exclamó:

—Discúlpeme, no me di cuenta de la hora que es..., tengo un compromiso del otro lado de la ciudad... Me voy volando, vengo mañana o pasado, si no le importa.

Ella entrecerró los ojos y no dijo nada.

A Horacio no le importó si sonaba raro, sólo quería meterse en el baño de un bar lo antes posible:

—Muy amable, señora, la llamo antes de venir o aparezco directamente como hice hoy, la casa me interesa. —Le extendió la mano, y se encontró con una mano blanda que no respondía a su gesto.

—Como quiera... —contestó ella en un susurro.

—Sí, quedamos así —le aseguró Horacio.

Le molestaba sentir que le molestaba defraudar a esta mujer, y se alejó por el pasillo como si se lo llevara el diablo.

Horacio se preguntaba qué lo había expulsado de esa casa tan bruscamente. Esa noche se encontró con Max y con Cris pero casi no podía concentrarse en la conversación. Recordaba la cara de la mujer, la charlatana que languideció cuando a Horacio le urgió rajarse. ¿Era ella o la casa y su atmósfera de espiral? ¿Era esa mujer simplona o su fantasía de que esa casa despoblada concentraba una confidencia que él no estaba preparado a escuchar? Así como había sentido unas ganas irrefrenables de irse ahora tenía irrefrenables ganas de volver.

Cris y Max hablaban, él miró el reloj, era muy tarde para llamar a la vecina. De pronto se dio cuenta de que no tenía el número de teléfono, en el apuro ni siquiera le había preguntado el nombre. Podía ir directamente, como había hecho esa tarde, sin anunciarse, ella estaba a cargo de vender la casa y tendría que estar disponible para mostrarla —en el aviso del diario no habían puesto número de teléfono—. Se inquietó. Por un momento imaginó que cuando al día siguiente volviera a esa calle y buscara esa casa de conventillos no la encontraría; en su lugar hallaría un terreno baldío, como si en plena noche se hubieran mudado de lugar, y él quedaría con la sensación de haber perdido algo valioso. Inmediatamente pensó que todo era una boludez, se despidió de Max que volvía al campo por una larga temporada y se fue a dormir. Cris y Max se miraron, intrigados por lo ausente que había estado Horacio toda la noche, pero no les sorprendió su reserva y no le preguntaron nada.

Cuando se acercó a la casa, Horacio tuvo que admitir el alivio de que efectivamente ahí estuviera, no se había mudado, no era ningún circo trashumante. Como el día anterior, entró y caminó por el pasillo hasta la casa de la vecina y tocó el timbre. Tuvo la sensación de que había pasado mucho más que un día, también sintió que lo miraban desde algún lugar que él no podía identificar. Apareció la vecina con una sonrisa de lado a lado, los ojos le brillaban tanto que Horacio se alegró de no haberla defraudado. Sin embargo, por un momento se desconcertó, pensó que se había equivocado en todo, que sus percepciones eran fantasías y que esa mujer lo único que quería era hacerse de la comisión de la venta. Ella fue a buscar la llave y otra vez recorrieron las habitaciones; no había duda: esa casa lo atraía y lo ahuyentaba. De pronto ella dijo: «Juraba que iba a volver, esto es para usted». El la miró pero otra vez ella habló de las bondades de la casa, del barrio y de la discreción de los vecinos.

Horacio sabía esperar, ahora sí estaba seguro de que había algo que era para él, esa efervescencia y ese rodeo terminaban en pausas estudiadas en un tono más bajo, que creaban un clima de confidencia, de *sotto voce,* de complicidad. Era el rodeo del tanteo, si Horacio ignoraba ese guiño ella no merodearía más y se alejaría. Y no habría entrega, no habría contacto. Ella se quedaría con la historia que pugnaba por salir, por ser contada para ser, para revivir; ella la frenaría, pensando que se equivocaba de destinatario y que la próxima vez tendría que ser más cuidadosa en captar al posible receptor de su relato.

Pero ella no se había equivocado y Horacio sabía esperar el momento del orgasmo, sabía recibir casi en actitud femenina, de piernas y flor abiertas. No demandaba, no presionaba, gozaba la espera. Sabía que después de esa pausa más prolongada, ella tragaría saliva, dilataría las pupilas, y bajaría el tono de voz mientras el cuerpo buscaba la cercanía, un gesto. Ese era el momento del clímax, de la descarga gozosa, del que da (y que se alivia) y del que recibe (y que se alivia también). El placer de la espera en la demora, de lo que sin duda va a llegar.

—Sí, me interesa.

Entonces ella habló. Contó la historia, la voz tensa y vibrante, en medios tonos de estudiada impersonalidad.

—Acá murió una mujer joven. Se dejó ahogar en la bañadera. Encontraron, después de muchos años, un vestido de gasa que no se había amarilleado y los huesos: la calavera, el esqueleto. Las vísceras se las había llevado el desagüe.

Horacio se aflojó, permeable, saboreando cada sonido, cada silencio, cada respiro. Su oreja se agrandaba y su oído se agudizaba para captar la quintaesencia, el extracto, pero también los pliegues, las sombras que son residuos que siempre se desechan, que nunca deben desecharse. No quería interrumpir ni modificar el rumbo, se acogía al ritmo y se dejaba penetrar.

—Esa muchacha vivía con su padre, por el que tenía una veneración muy profunda, especial. Ella no había querido casarse nunca, aunque oportunidad no le había faltado porque era bellísima, muy suave, muy dulce, y cuando murió tenía treinta y seis años, pero nadie le daba más de veinticinco, tanto se había cuidado. Se había quedado a ocuparse de su papá. No, no estaba enfermo, estaba solo. ¿Quién no querría tener una hija tan amante, tan cariñosa?, ¿no, señor? Cuando él murió ella no pudo soportarlo y se mató. Pensamos que lo hizo convencida porque no había rastros de lucha; se ahogó con la misma suavidad que tenía para vivir. No la encontraron hasta dos años después. Había simulado un viaje y cerrado la casa como si estuviera deshabitada, pero ella quedó adentro. Incluso hizo el simulacro de una visita a unos primos en San Carlos, dejó el gato en mi casa vecina, cerró la puerta por fuera y se despidió con una valijita. No dejó ningún teléfono, ninguna dirección. Nadie la vio entrar de nuevo. Debe de haberlo hecho de noche, tal vez por una ventana trasera que haya dejado abierta, porque por la puerta principal no volvió a entrar: la hubiéramos oído, hacía un ruido muy raro aun abriéndola muy despacio. Cuando pasaron los meses y no volvía, tratamos de buscar esos primos en San Carlos, pero no existían, ni parientes ni conocidos, nadie conocía a ninguna Lucrecia Kraude. Tratamos de dar con algún pariente por más lejano que fuera pero no hubo caso. Así que así quedó la cosa. Un poco misteriosa, un poco trágica. Tan linda chica era, cuando sonreía tenía una mirada tan brillante, tan alegre, casi pícara, ¿sabe?

Horacio se sacudió; su instinto, su olfato vibró extrañamente. «Acá punta de iceberg. Esa historia.» Percepciones primeras que nunca hay que olvidar ni descartar, que siempre hay que recuperar en la memoria. No era sólo su curiosidad de periodista, su perseverancia de investigador, había algo en esa historia, algún indicio, que le tocaba una cuerda dentro que ahora no podía distinguir pero sí sabía que tenía que atender.

—Nadie vino a la casa. Pensamos que la Lucrecia no había querido volver porque le daba mucha tristeza la casa, vivir sin el papá..., y que se habría quedado allá o ido lejos, pero nos parecía raro que nadie apareciera por la casa: ella era la dueña. Después de un año todos nos acostumbramos a esa casa así, y no tratamos de buscar parientes, creo que guardábamos la esperanza de verla aparecer a la Lucrecia alguna tarde. No nos dimos cuenta de que habían pasado cinco años. Acá en el barrio la vida es muy tranquila y uno se acostumbra fácil, el tiempo pasa y parece ayer que lo velamos al señor Kraude. Si no aparecía ese sobrino a reclamar...

La señora vecina detuvo el relato. No había dejado de mirarlo a los ojos ni un segundo y ahora lo escudriñaba abiertamente. Horacio sostuvo la presión en sus ojos (sí, me interesa; sí, te estoy escuchando), y ella continuó:

—Una mañana muy temprano hace ocho meses, me

acuerdo que yo estaba baldeando la vereda, vi un hombre de unos cuarenta años dando vueltas a la casa. Miraba de un lado, miraba del otro, no escondía la intención, no vaya a creer. Anotaba cosas en una libretita. Al rato me toca el timbre y me pregunta si conocía a los vecinos. Yo primero le pregunté quién era él, no me gustó la cara y menos su modo prepotente... Yo no tengo por qué contestarle si no se presenta primero. Y enseguida cambió. Me dijo que era Néstor Echagüe, sobrino de don Kraude, primo de la Lucrecia. Yo no le pedí documentos pero bien tentada estaba, no sé por qué no me sonaba verdad, y le contesté que sí pero que hacía rato que no veíamos a la Lucrecia. El dijo que ya no iba a volver y que él tenía permiso para entrar en la casa. Que, como la iba a poner en venta, quería ver lo deteriorada que estaba y qué arreglos tenía que hacerle para poder venderla. Yo estaba muy sorprendida con todo esto y de pronto quise acordarme hacía cuánto tiempo que se había ido la Lucrecia para no volver y después de un rato me recordé el año porque asocié con el casamiento de Pocha Lobato que justo fue la noche que se vino a despedir Lucrecia y se quedó mirando un rato el casamiento por televisión conmigo, ¡y habían pasado cinco años! Pero bueno, le pregunté por la Lucrecia, que dónde estaba y me dijo que ya me iba a contar lo que había pasado. Pero me pareció raro y supuse que ese tipo no había estado jamás con ella porque si no él sabría quién era yo porque seguro que la Lucrecia le iba a hablar de mí. Le pregunté con malicia si Lucrecia le había entregado las llaves de la casa. El no contestó nada, en cambio dijo que una vez que se diera una pintadita a la casa, la iba a poner en venta, que él se encargaba de esas cosas, como si ése fuera su trabajo de siempre. Me preguntó detalles del barrio, si pensaba yo que a alguien le interesaría comprarla. Yo no creía que nadie tuviera la plata para comprarla. Me agradeció, dio otra vuelta y se fue. A la semana volvió y abrió la puerta. Estuvo ahí toda la mañana. Yo lo miraba desde la pieza de arriba. Se había encontrado con un montón de cuentas. La luz y el gas por supuesto que los tenía cortados. No vino a verme ni a pedirme nada. Y se fue.

»Pero, ¡ay Dios mío! Yo no pude aguantarme. Mi curiosidad me desbordó, me llevó de las narices, no podía pensar, ¡era más fuerte que yo! Y cuando estaba atardeciendo me metí en la casa de Lucrecia. Al atardecer don Rodo se va a visitar a su hija, y Matilde no se pierde la novela. Me escurrí hacia el fondo y de costado bordeé la casa pegada contra el paredón, no sé cómo hice: si quisiera hacerlo ahora no podría, la curiosidad hasta me rebanó varios centímetros de cadera. Iba conteniendo la respiración. Me latía el corazón tanto que no podía oír si venía alguien, pero era una fuerza que me empujaba y esa casa en ese momento tenía una vibración tan extraña que no podía alejarme. Mi corazón bombeaba fuerte pero la casa también bombeaba. Como si se inflara, como si respirara, resoplaba. Se lo estoy contando y me traspiran las manos y se me acelera la respiración y los latidos. —Horacio estaba flojo porque conocía este placer, ya gozaba, sabía que se venía la descarga—. Todas las ventanas estaban cerradas por dentro con las persianas, bien herméticas, menos la ventanita del baño. Es una ventana alta, y como no llegaba ni en puntas de pie, arrastré uno de los bancos de piedra que hay en el patio, ¿los vio usted? Si ahora quisiera mover ese banco no lo movería ni un centímetro, y en ese momento fui como un Sansón. Me trepé y miré por la ventana, vi sombras, tuve que limpiar el vidrio porque estaba mugriento, y de pronto la vi. —La mujer frenó y tomó aire, y traspasó a Horacio al achicar los ojos—. La vi a Lucrecia muerta en la bañadera, vi su calavera, vi sus brazos, y sus piernas, sus huesos, su esqueleto. Era ella, vestida con el vestido de gasa de fiesta que le había regalado su papá para cuando cumplió veinte años. Era un vestido tan hermoso, me lo había mostrado a regañadientes un día que yo espié el bellísimo color verde agua en su ropero. Lo tenía cubierto con papel de seda. Era una gasa delicadísima, y ahí, en la bañadera, no se había descolorido. El pelo sí, le caía sin vida a los costados de la cara, de la calavera mejor dicho. Eso no tenía nada de una cara, como si se le hubiera reducido. Tenía una cabellera hermosa Lucrecia, muy abundante, y de un brillo... Ahí en esa calavera era una mata muerta. Las manos, las falanges, se agarrotaban a los bordes de la bañadera que ya no tenía agua. Y el vestido verde tenía casi brillo, no sé si contrastaba con la penumbra del lugar. Ya oscurecía, pero en ese momento me acordé de la escena que Lucrecia me había contado de su cumpleaños de veinte en un restaurante elegido especialmente, y de ella bailando con su papá, con el vestido verde que él le había regalado para ese día. De pronto pensé en lo que estaba viendo y un gusto amargo me vino a la boca, me dieron arcadas: esa calavera, esos huesos eran de Lucrecia... Lucrecia, que estaba muertísima hace tanto tiempo y yo la estaba mirando. Entonces salté al piso, corrí el banco a su lugar y me vine para casa volando. Estaba aturdida. Tenía miedo, mi vida se había vuelto muy extraña. ¿Por qué yo estaba ahí metida, en el medio de todo eso, en las historias de otros?

Por fin la mujer había hecho una pausa. Horacio respiraba entrecortado, sintió cómo mojaba los pantalones y empezó a tener frío, podía oler su semen, pero permaneció ahí, a dos pasos de la vecina, sin poder moverse aunque lo espantaba la idea de que ella también lo oliera. Sentía que se desparramaba por sus ingles y sus muslos y lo único que movió fueron apenas sus brazos para cubrirse con el diario que por suerte todavía conservaba. Pero ella seguía.

—¿Cómo era posible que la Lucrecia estuviese ahí, muerta? ¿Era la Lucrecia? ¿De verdad? Sí. Al otro día apareció el mismo hombre con material y dos hombres más para ayudarlo. Descargaron bolsas, un mezclador, baldes. Estuvieron trabajando todo el día. Cuando se fueron se llevaron dos bolsas de escombros. Los vi pasar hacia la calle y alejarse. Se me puso la piel de gallina: adentro de esas bolsas con los escombros, iban los huesos de Lucrecia desarticulándose entre la gasa del vestido verde agua, agradecidos de cambiar de posición después de cinco años. Qué historia le habrá contado Echagüe a esos hombres, que nunca averiguan demasiado, simplemente cumplen, reciben órdenes por más siniestras que sean, van y hacen. Y los había buscado bien, porque ninguno de los dos parecía mosquearse por el contenido de esas bolsas.

«Huesos tan secos que no pueden afectar a nadie», pensó Horacio.

—Así desapareció Lucrecia: en una bolsa de escombros. Los hombres siguieron viniendo, arreglando la casa, y Echagüe venía a supervisar. Blanquearon la parte de atrás y la pintaron toda de nuevo, parece que tuvieron que cambiar varios tramos de cañerías, rellenar agujeros, rehacer un cielo raso entero. Lucrecia la había dejado venirse abajo. Ya no le importaba, la verdad no sé, se me ocurre, aunque a ella le gustaba estar bien arregladita, la casa era un contraste. Lo que sí tenía claro yo es que ese Echagüe no era primo de la Lucrecia ni sobrino de don Kraude. ¿No le parece que era claro? Claro que sí. Yo me asusté y me propuse poner cara de tonta, de boba, de indiferente. Si ese hombre sabía que yo lo observaba y que trataba de saber qué pasaba, estaba lista. Pero mi cabeza no podía parar, me transformé en una actriz. Cuando él me saludaba o me miraba al pasar yo miraba con ojos vacíos, ojos de nada. Me quedé muda, sorda, ciega. Hasta que terminaron y la casa se puso en venta. Muy raro fue, pero los primeros cuatro meses no vino nadie a verla, como si la casa rechazara..., ni *una* persona, ¿eh? El, Echagüe, volvió a ver cómo estaba todo y ahí yo le pregunté por Lucrecia. «¿Cómo está Lucrecia? ¿Se adapta allá?» La había pensado bien la pregunta, lo más inocente y desinteresada posible. «Tuvo un accidente, ¿no se enteró usted?», me contestó. «Quedó mal de una pierna, un auto la tiró de la bicicleta en San Carlos, donde viven nuestros tíos. Apenas se mueve de ese lugar. La tuvieron que operar dos veces para que quede bien. Y no quiere volver acá, dice que le trae muchos recuerdos del viejo. Pensé que estaba enterada», y, como descontándolo, agregó inocentemente: «Ustedes eran amigas...». Le aclaré enseguida: «No..., vecinas, yo le tenía aprecio, pero era muy tímida la Lucrecia. No se daba mucho». «Me imagino, es de familia», contestó pensativo. Le mandé saludos.

»Yo me había quedado temblando, pero él no sospechó. Finalmente me ofreció a mí mostrar la casa. Me dejó las llaves y yo pude recorrer y observar rincón por rincón. No hay huellas ni rastros de nada. ¿Y usted puede creer que las únicas dos personas interesadas no volvieron más? ¿A usted no le parece una casa preciosa? Con el patio y la pérgola atrás... Tiene tantas posibilidades... ¿No le gusta?

—Sí, me gusta mucho. Es lo que buscaba, tranquila y fresca, amplia.

—Y la historia que le conté..., no lo asusta, ¿no? Lucrecia era muy dulce, buenísima chica. Y el papá un poco loco pero la quería mucho a la hija.

—Así parece. —Horacio sonrió—. ¿Me comunico con usted, entonces?

—Sí, acá tiene mi número. —Y le dio una tarjeta con un nombre y un número escritos en birome azul con una letra de imprenta esforzadamente pareja: «Lidia Belsinetti»—. O viene directamente, ya conoce cuál es mi casa. Cuando quiera.

—Muy amable. Muchas gracias.

Manos que se aprietan. Horacio camina hacia la calle. Camina hacia la esquina. Camina hacia el auto. Otra vez su cuerpo está tieso y se va inflando a cada segundo. Sentado al volante, y sin siquiera asegurarse a derecha e izquierda del vacío de la calle, se desabrocha el pantalón, baja la bragueta y con mucha suavidad se masturba. Se sacude apenas con un gemido, o un lamento. Tiene los ojos secos, está ahí en medio de esa calle desierta, en un atardecer desierto, con su corazón desierto, y sus ojos secos; perplejo como contrario e indiferente, pero yermo, baldío.

Horacio huele que acá hay una historia. Señales, antenas acostumbradas a detectar ciertos indicios. Trazos. Pigmentación coloreada de rojo sangre, con ecos de gritos ahogados y pillaje, sitios; vapor y cuerpos que se doblan en dos o en cuatro. Hay ciertos olores que mueven, para los que nuestras glándulas olfativas son más que sensibles; se extienden, se agrandan, florecen —así como los pechos y los pezones de las mujeres se agrandan cuando se excitan—, nuestros sentidos se magnifican, respiran por agujeros ensanchados y tensos que se hacen bocas deseantes, ávidas, viciosas, voraces, y la onda de nuestro olfato recorre partes, zonas adormecidas de nuestro cuerpo. Hay ciertos olores que nos excitan, y que nos despiertan, nos estremecen, nos susurran historias, secretos, y nos llevan en una dirección. ¿Los escuchamos? ¿Los sentidos hablan sin sentido?

Horacio había probado esta pócima maravillosa que lo había seducido y desbordado, y seguramente, como sucede con esos hombres o mujeres que nos han hecho conocer horas (o minutos) de verdadero goce, muy pronto necesitaría más.

4

¿Quién dijo qué?

A lo largo de estos años me he obstinado en desarrollar una piel gruesa, una piel de lagarto o de comadreja; un día me salí de mí misma para observarme y decidí que la vida no podía ser tan pesada porque bueno... ¿qué forrada había hecho para pagar con un destino tan negro? No reconocí ninguna tan grande como para sacrificar toda una vida al sufrimiento.

Determinada a ingresar en una vida más liviana, más normal, más ligera, y después de una larga selección entre las pocas variantes creíbles que ofrecían los prototipos femeninos de mi país, elegí una máscara y me la puse. Así pude circular y *avanzar* entre la gente con desparpajo y sin ninguna conciencia de mí misma. Simplemente debía interpretar el papel que la máscara inauguraba a cada momento; se independizaba y se autonomizaba, hacía por su cuenta. Yo nada más la seguía. Qué paquetería; qué pacatería.

Al principio me incomodaba, no podía respirar bien por los agujeros que hacían de nariz y tampoco veía con nitidez porque a cada rato se me resbalaba y los ojos quedaban en la oscuridad. Pero insistí: tenía que acomodarme, acostumbrarme, adaptarme. Hasta que un día encontré que no me la podía sacar aunque quisiera. Se había adherido tan fuerte a mi piel.

En el baile de disfraces al que me incorporé tuvo gran éxito mi máscara. Fue aceptada casi de inmediato. Por supuesto —en esos círculos todos pretenden saber todo de todos—, tuve que mantenerme imperturbable cuando supe que mi vida anterior se había filtrado a través de algún ser que quiso hacer mi presentación en sociedad más atractiva y entretenerse con el impacto. «¡Qué excentricidad haber vivido con un guerrillero, con un mártir de la montonera urbana! ¡Qué extravagancia tan novedosa! ¡Qué original, te hace tan especial!» Qué paquetería, qué pacatería. Adopté la máscara respirando aliviada. Ingresé en el mundo de «todo el mundo», en la norma que normatiza todo, en la convención que simplifica y reduce nuestro cerebro y nuestro latido.

¿Fue consciente o un manotazo para sobrevivir? Nunca se conoce cuáles son los despojos de una guerra, de una revolución, de una rebelión sofocada. Cuáles son los filamentos de los estragos. Cuáles son los términos de los pactos y de las entregas, de las concesiones. Las asignaturas pendientes y los precios. El miedo se instala y habita, echa raíces y toma posesión. El miedo no tiene cara —es un comodín que puede tomar el lugar de cualquiera—, el miedo tiene brazos que apresan, que frenan hasta paralizar y que constantemente están confirmando su sitio. Son los tentáculos de la bestia que nos inmoviliza, que hemos criado dentro de nosotros y se niega a salir. El miedo puede distorsionar, deformar hasta a la piedra más inmóvil y más indiferente. Un hombre puede ser un monstruo. Nosotros, un reptil frente al espejo. Nuestra madre, una piraña. Nuestro padre, una hidra o un verdugo enmascarado.

En estos cuatro años me he dedicado a exaltar un modo, a definir un estilo, a aligerar una carga, una presencia, a encontrar:
  sumamente interesantes las conferencias
    que se anuncian en los diarios,
  infaltable la lectura de *Ciao!*
  —biblia del jet set—,
  impostergable hacerse socio de El Club y asistir
    regularmente a toda excusa de reunión social,

imperdonable no integrar los torneos de backgammon que organiza ese restaurante del *up up B.A.*

No importa que una no sepa jugar: siempre vas a encontrar algún hombre didáctico al que le fascine enseñarte y no quiera hacer otra cosa que guiarte en el juego y hacia afuera del salón para seguir demostrando sus artes lúdicas, mientras una intenta aclarar que no era un levante lo que buscaba sino entrar en la práctica de este juego antiquísimo y misterioso.

También aprendí a no andar mucho sola: es sospechoso. Si una aparece sola en cada *vernissage* de las muestras de arte o llama la atención con avidez de destacarse, la gente sospecha y no se detiene hasta averiguar cuántas veces una se masturbó en la vida o se paró para cantar el himno nacional. En cambio, si una pasa inadvertida y aparece en una ocasión con un amigo, en otra con una amiga, nadie pregunta, y casi creen que pertenecés allí desde siempre. Desdibujarse, perderse en la multitud. Penetrar el tejido social. Atravesar la trama sin pasar al otro lado sino enganchado entre los puntos.

Conocí varios hombres atractivos, deportistas, mañaneros, nocheros, noctámbulos, negociadores, regateadores de su destino y del país, abstractos y playas mentales, concretos, teóricos y pragmáticos, cerebrales y viscerales, miopes y visionarios. Hombres que atraían y eran atraídos, alertas, vanidosos, seducibles, narcisos fanfarrones a los que fascinaba hablar y oír hablar de ellos mismos, aventureros audaces, de «toco y me voy» repetitivo. A los ejecutivos de empresa no les tenía nada de paciencia. Su estuco en el pelo, estaca, palo en el culo permanente, percha en los hombros, sonrisa Glostora, dientes que se gastan de tanto que se aprietan. Varas, varas erigen, ojos que se gastan de mirar cifras cambiantes en pantallas conectadas a Nueva York-Londres-Tokio-Zurich, ojos que se achican de tanto contar monedas, dedos que se atrofian de tanto apretar billetes en los bolsillos y quedan hacia adentro como garras, articulaciones que se endurecen, caras como piedras. No son rasgos flacos ni enjutos como los de la cara del siglo, no, son rasgos que no conforman un rostro.

Mis romances con los dos amigos nuevos de Cris modificaron mi máscara en distintos momentos: Horacio a los nueve meses de haber regresado, Max dos años después. Es muy bello conocer en la intimidad a dos amigos pero difícil de soportar.

Horacio es más frío para las cuestiones del vivir, más intelectual. Sé por Cris que tiene una novia joven talentosa, que se los ve muy bien juntos. Se llama Oria. La cuestión no es el talento: dudo que Horacio, siendo tan desconfiado, pegue el salto otra vez. Apostó entre los veinte y los treinta a una dicha que perdurara, pero los fracasos dejaron huellas más profundas que las felicidades. La falta de calor en la infancia lo había hecho resentido: vivía en la escasez de los sentimientos. Tan descreído y cínico, no he conocido a nadie con tanta ternura cuando se animaba a soñar. Nuestra relación fue violenta; nos queríamos y nos heríamos. Sádicas dosis. Festejamos con *champagne* y ostras cuando cumplimos los primeros siete días sin pelearnos —los primeros y únicos—. Las calmas presagiaban tormentas y las tormentas encuentros gozosos pero tan fugaces que en poco tiempo coincidimos en sentir más el desgaste de la agitación, del masoquismo y de vulnerar el objetivo, que el placer de la calma. Fue Horacio quien me ayudó a enfrentar la noticia de que habían encontrado el cuerpo de Ernesto, junto con otros, en un lugar venido a cementerio de tumbas NN, en Berazategui. Esos descubrimientos eran los logros de la democracia.

El hermano de Ernesto me localizó justo un día antes del funeral para el que había hecho innumerables trámites ante la Justicia. Le agradecí mucho porque, aunque apenas me había conocido, había pensado en mí. Fue él quien se ocupó del entierro en la bóveda que la familia tenía en la Recoleta. ¡Qué ironía! El espíritu de Ernesto violentado y ultrajado cuando él ya no podía hacer nada para oponerse. Quise hacer algo, evitarlo, y hablé con el hermano de la manera más delicada posible. Me contestó que ya lo había organizado así, que había sido muy doloroso y buscar otro lugar para enterrarlo hubiera sido más complicado, para él eran «tan sólo huesos», no le cabía ninguna duda de que el espíritu de Ernesto no estaba ahí.

Volver a recordar el sufrimiento que quería dejar atrás a cualquier precio. Sin embargo, me alivió porque yo era reconocida como parte de esa historia, y ese pasado me explicaba tantos aspectos de mí misma. Cuando, protegida por la máscara, estaba entre personas con las que no podía compartir ni siquiera un pensamiento, me embestían flashes de esos años fundamentales en mi vida que creía fabulados —que yo me los había inventado—, y pensaba que me estaba volviendo loca o que pronto lo iba a estar. Incluso otras veces, en soledad, imaginaba que Ernesto estaba vivo en algún lugar del planeta y que un día aparecería para encontrarse conmigo en secreto.

Enterrarlo fue remover todo lo doloroso de mi vida pero también fue verificar que había existido y que estaba muerto. Yo me puse insoportable —lloraba hasta hartarme de mí misma o me aislaba en un mutismo infranqueable— y, a pesar de la paciencia que me tenía Horacio y de su incondicionalidad para ayudarme a superar ese momento, se hizo muy difícil seguir juntos. ¡Es que no era *un momento*, era toda una vida! Además, justo en esa época reaparecieron sus fotos y su silencio de años recobró otro absurdo valor (la dignidad de no insistir, de no hacer bandera). En el primer momento, emoción por una contundencia, un peso que no era fácil asimilar y la concreta explicación de su presente (¿para qué habían servido sus fotos?); luego, la impostergable pregunta de cómo seguía eso y su decisión de no ser utilizado por los gestores de la democracia que se llenaban la boca con grandes palabras sobre la libertad individual al mismo tiempo que se sentían dueños del destino de los hombres.

La relación con Horacio terminó por enrarecerse. Yo me había sacado la máscara por completo y lo que quedaba al descubierto era tristeza y pesadumbre. Compartir mi dolor y su necesidad de ser testigo y de dar cuenta —y el absurdo valor de su esfuerzo (todavía creía que tenía algún sentido ir detrás de alguna foto o dejarse encontrar por ella; en poco tiempo rechazaría cualquier reconocimiento)— se hacía más pesado a cada hora. Estar en carne viva otra vez era intolerable, lo que pensaba evitar a toda costa. Horacio y yo nos abrazamos como amigos.

Volví a ponerme la máscara de personalidad más epidérmica que logré pergeñar y regresé a donde todo es como se lo ve, al ruedo donde no hay matices ni sutilezas.

Max me sedujo cuando la máscara se me volvió a gastar, hastiada de tanta paja. El había vivido fuera del país los últimos quince años y a veces lo tentaba la idea de vivir aquí, ya de vuelta de mucho sufrimiento. El pertenecía a ninguna parte pero Corrientes sí representaba las raíces, por lo menos las que cada uno crece bajo sus pies. Viajaba una vez al año a pasar tres semanas con su abuela en el campo. A ella acompañaba el verano en que conoció a Cris y a Horacio en las Termas de Copahue. Su viaje al país coincidió con el insoslayable tratamiento de baños termales de la abuela prescripto por el médico. Era esa rutina de todos los años la que ayudaba a mantenerla tan ágil y buena moza.

Fue el verano en que Cris trabajó allí como receptor turístico intentando mantenerse irreductible frente a la seductora avanzada de nuestro padre. Horacio se ocultaba con disimulo, huía de los sitios más fácilmente localizables, luego de estar preso dos meses. Un aluvión de pruebas demasiado concretas confirmaban que las amenazas no eran retóricas.

No me resulta difícil imaginar cómo se habrán observado Horacio, Cris y Max, extrañados de encontrar hombres jóvenes aparentemente sanos en un ambiente tan excéntrico. Según supe más tarde (tuve tres versiones del encuentro), Horacio estaba muy atento a lo que lo rodeaba, listo para moverse hacia otro lado ante la primera mirada demasiado inquisidora. Por supuesto le había llamado la atención que un tipo joven como Max acompañara tan cariñosamente a su abuela. Le pareció un signo de clase: «Sólo la gente de clase alta tiene esa disposición hacia sus mayores». También le sorprendió que otro hombre joven —Cris— con tanta energía y buena educación trabajara en un puesto menor sin mostrar desaliento. Al principio pensó que Cris podía ser un fugitivo como él. La segunda noche, tarde, lo encontró junto a la ventana en el extremo del salón vacío y apenas alumbrado leyendo *Los Demonios*, la novela de Dostoievski, dato que alentó su precoz teoría (pero por otro lado no dejó de parecerle imprudente), y aumentó su curiosidad. Se acercó y en un tono amigable le comentó que tenía un gato con el nombre de un personaje de Dostoievski. Cris lo miró alucinado y atinó a contestar: «¿Mischkin?». «No, aunque tengo una gata enorme que se llama *Nastasia*, por Nastasia Filippovna, que me cae mucho más simpática que Mischkin»; siguió Horacio alerta; «el príncipe Mischkin vive en un eterno presente matizado con sonrisas y distancia, en un estado demasiado bienaventurado y espiritual. Mi gato se llama *Piotr Stepanovich Verjovenskii*.» Cris largó una carcajada: «Pobre gato, cargar con ese nombre... Es raro, en general, a nadie le resulta simpático ese personaje, en general es Stavroguin, el individualista y aristócrata, el preferido; sin embargo, un líder social con convicción como Verjovenskii siempre tiene algo de apóstol, con su frialdad intelectual, es un místico».

Horacio sintió que podía confiar: «Creo que el mismo Dostoievski se esfuerza en presentar su faceta demoledora, destructiva; su intención es hacerlo aparecer como un egoísta, arbitrario y despótico, que se vale de los demás para servir a sus fines, pero el personaje se dispara para otro lado por su propia fuerza. Stavroguin, en cambio, practica el escepticismo y la indiferencia, no conoce la desesperación ni la vergüenza ni la indignación, no puede amar ni odiar demasiado: "Nada es detestable". Me jode esa frase». Cris se animó más: «Es cierto, en el movimiento de Verjovenskii hay esperanza, es una rebelión tenaz contra su condición, a pesar de que todo sea "para nada". De todas maneras, es un nombre raro para un gato». Horacio asintió: «Lo llamé *Verjovenskii* para recordar que el vacío contra el que él se recorta hace necesario un hombre de acción como él». «También podrías haberlo llamado Kirillov, que se sacrifica para afirmar su insubordinación, su nueva y terrible libertad; su atributo es la independencia, su suicidio es el acto supremo de revolución.» «Kirillov es un personaje demasiado dramático. Prefiero tener presente una personalidad que organiza una revolución más eficaz para destruir un orden que lo humilla.» Concluyeron en que, de todas maneras, por más o menos talentosos o tontos que fueran los hombres, fuertes o débiles, en la lucha por la existencia nadie se destacaba por la decencia. Se rieron desconcertados por el tono de la conversación y Horacio enseguida se retrajo, incómodo de haberse puesto expansivo con un extraño.

Pero de verdad Cris no podía creer que estuviera hablando de *Los Demonios* en ese lugar y se exaltó, a él también le había intrigado la personalidad de Max: «¿Quién será ese subnormal que come estricta comida balanceada sin levantar la cara del plato y se pasa horas en compañía de su abuela escuchándola hablar y apenas murmura un breve comentario?». No sé quién fue el primero que se acercó o inició el diálogo con Max. Esta primera aproximación entre

Horacio y Cris ya había sido bastante insólita. Sé que a partir de ese verano los tres fueron inseparables.

Golpeado y lastimado, Max se había replegado en una actitud defensiva. Era un solitario enigmático. Lo conocí en uno de los viajes que él hacía anualmente a nuestro país. Cuando yo salía con Horacio, a veces íbamos con Cris y Max al cine a la última función de la noche, pero cuando estábamos los cuatro juntos nunca hablábamos de temas personales.

En aquel primer momento Max me impresionó como alguien misterioso. Luego de mucho tiempo de castigar su cuerpo ahora se dedicaba a cuidarlo: no sólo había dejado todo tipo de drogas y de alcohol, sino que había eliminado el azúcar y las carnes rojas. Y, fundamentalmente, dedicaba intensas horas al aikido, el arte marcial más plástico y sutil que yo había visto, el eje de su denodado esfuerzo en el «desarrollo personal». Dos años después, cuando Horacio y yo apenas recordábamos nuestro amor con frustración sino con una sonrisa cariñosa, el misterio y la sensualidad de Max me derritieron. Ya nunca más salimos los cuatro juntos, nos inventamos una intimidad y un recato.

De pronto me pareció tan sabio y tan distante. Max era sensual y exquisito en el sexo. —«Uno conoce al otro rápidamente en la cama»—. Obligaba a una gran entrega física, pero inmediatamente volvía a estar solo. Creía en la posibilidad de un encuentro profundo en el acto del amor. La soledad —decía— es una elección de desconfianza; en él era un movimiento posterior a la fugacidad del amor. Yo le contestaba que no hay verdadero encuentro, ni cuando uno se admira de «encajar» casi «como si estuviéramos diseñados el uno para el otro»: es la ilusión de una fusión; somos siempre dos soledades movilizadas. Lo que me hace sospechar que si lo que sobreviene al orgasmo es el vacío y la decepción, no hay encuentro que perdure. Podíamos pasarnos días enteros en la cama, él era incansable; no sé si a pesar de o justamente por el control sobre sí mismo, el caso es que siempre parecía dispuesto a hacer el amor. Pero él estaba de paso.

—No te podés ir ahora.

—No es tiempo para vivir acá todavía.

En el viaje siguiente se quedó ocho meses. Me empecé a inquietar. Max tenía un gran aprecio por nuestra relación, reconocía la hondura de un gran encuentro que exige compromiso y justo valor; yo oscilaba entre el coqueteo deslumbrado e insustancial y la huida. En cada viaje nuestro romance se empeñaba en reavivarse. La última vez nos despedimos mal: él muy frustrado ante mi inconsistencia emocional, yo, muy impotente ante mi cobardía y los destiempos. Casi nos encontró la violencia; y, de todos modos, la despedida fue triste. De eso ya han pasado dos años. No veo a Max hace dos años. Justo hace seis meses, cuando yo publiqué mi primer aviso incitando a un hombre a competir con el labrador, Max volvió a Corrientes para despedirse de su abuela que acababa de morir y decidió instalarse en el país, luego de quince años de vivir como un nómade. Fue la misma semana en que V. dejó a Cris.

Supe por Cris que Max está decidido a trabajar en el campo en un ambicioso proyecto. Se encuentra con él y Horacio cada vez que viene a Buenos Aires. Max prefiere no verme; yo lo extraño.

Relaciones fugitivas pero luminosas, vivas. Todas conforman mi presente, no quedaron tapadas por un cartel que aclara

PASADO

ni como ficha de información o referencia a cierto período: datos muertos en letra muerta. Cuántas veces la ternura de

Horacio, la pasión de Max, la alegría de Santiago, el color de Juan, la imaginación de Tomás, es lo que me rescata y me conecta con la tierra. Personas de carne y hueso que no son recuerdos cristalizados, son realidades que no existen sólo para mí, existen para sí mismos y para el mundo. Fragmentos que sigo amando. Ellos y yo sabemos de nuestros coqueteos con el misterio. Encuentros que no echan raíces, que son rizomas. En la realidad y la irrealidad, en ese *entre* está la vida que no es más que la que construimos todos los días. Compartir. Tal vez se trate de compartir pedazos de uno con pedazos de los demás. Y en eso hay felicidad. Por más fugaces, efímeros que sean. ¿Quién tolera lo eternamente perdurable? ¿Quién que esté vivo?

También el tedio se instaló en tal fugacidad. Y en el medio de esa preocupación a la que no pensaba dejarle echar raíces se me ocurrió lo del aviso en el diario. Como un acontecimiento. Así descubriría qué otra variedad de hombres existían fuera del círculo de máscaras. Tenía que seguir abriendo, regenerando mi mundo adoptado y creado.

Desde entonces el teléfono suena en casa y contesta la máquina que dice: «Deje su mensaje, lo llamaré». Todos los días me encuentro con diferentes llamados, diferentes voces, diferentes tonos. Algunos son verdaderamente ofensivos, llaman para insultarme por tal atrevimiento o para darme lecciones de moral; a veces son mujeres que me amenazan: cosas terribles me sucederán si insisto en pescar hombres de esa manera; otras me susurran «puta» con todo el desprecio que pueden escupir. Los mensajes que desafían al labrador siempre son equívocos, nadie da con el tono. Algunos machitos son prepotentes y yo me impresiono de lo mal que leen, porque mi aviso dice claramente que el hombre que yo busco tiene que ser mejor que un perro dulce y tierno, de buen carácter. Evidentemente la forma y el contenido de mi aviso son los adecuados para descartar los personajes que no podrán interesarme nunca: es lo suficientemente provocador como para que los reaccionarios queden en evidencia, y para que los reprimidos y resentidos se deschaven en la primera frase. Al poco tiempo ya me resulta fácil descubrir a los misóginos encubiertos por una fina capa de seducción, y a los conservadores que toman mi actitud como un desafío para demostrarme que las mujeres están naturalmente hechas para fines ancestrales —lo que las enaltece— y que este juego no me llevará a ningún lado y me hará daño. ¡Qué falta de humor! Empiezo a creer que tendré que comprarme el perro.

Cris terminó entendiéndolo como una diversión; me advierte que para Horacio y para Max es una excentricidad y una provocación. Un entretenimiento y una distracción para tapar mi angustia. ¿Quién dijo que había que ser profundo? A esta mujer se la toma a la ligera porque es más liviana, menos seria, no se la toma en serio. La otra es más grave y se la toma muy en serio, es más profunda pero hay que cargarla entre dos porque es más pesada, se arranca las cejas, se tira de los pelos, no duerme de noche, se retuerce los dedos, se come las uñas, los pellejos, el pelo encanece precozmente, se queda pelada. Se despierta sobresaltada. Va al cine y lee libros en busca de respuestas a sus interminables preguntas. En reunión de amigos está esperando el momento de pegar un salto y descolgarse, abalanzarse sobre los seres inocentes que se ríen de pavadas, y clavarles el aguijón; en comidas familiares los hace indigestarse o atragantarse con intervenciones filosas o lapidarias mientras ella chupa un hueso como si hubiera pasado un ángel, y al no encontrar contestaciones se retira frustrada o vacía o llena de las mismas cuestiones de las que no ha logrado desembarazarse, o peor aún, hay alguien que ha picado en su repelente carnada y le ha endosado una pregunta que a ella todavía no se le había ocurrido, por lo que sale más cargada y pesada que antes. Ni que mencionar las arrugas prematuras que se le forman al fruncir el ceño y la frente o a los costados de la boca por el rictus de preocupación que no perdona.

Estas imágenes..., ¡oh, Dios! La piel se me eriza, un frío me recorre la espalda, siento que me va a dar un ataque epiléptico de horror. ¡NO, NO! ¡¡Aiaiaiay!! Prefiero ver gente que habla de otra gente y prestar mi oreja y mi sonrisa complaciente. Juguemos, juguetear, no tomarse nada en serio. ¡La vida aún merece ser vivida! ¡Prefiero navegar en la frivolidad, sumergirme en la frivolidad, por lo menos es más superficial y se flota!

¿Quién dijo que había que ser profundo? Me producen curiosidad los que buscan lo que permanece, los que se aferran a lo sólido pero inmóvil e inmovilizan lo inestable, lo inquieto que inquieta. Las mudanzas significan traslados y cambios. Lo mutante se altera y altera, y los que buscan establecerse, establecer una posición, fijarse a un espacio, y a un tiempo, y a una persona, andan rastreando la tranquilidad y la paz, y fondean allí. Lo que ignoran es que muchas veces es en la tranquilidad de los cementerios donde se asientan. Otras veces me hacen gracia, ¿qué es lo que tanto temen? Me pregunto cuántas de esas decisiones no son el resultado de la coacción, del cansancio. Pobre hombre, qué poca cosa se siente, a qué poco aspira. ¿Por qué la mayoría de las veces se queda a mitad de camino de todo? Descorriendo sensaciones etéreas se descubren tiempos mágicos y lugares invisibles. Indescifrables vínculos. Parajes únicos de encuentros fortuitos impensados o acechados. ¿Qué más da? ¿Quién da más?

Ernesto aspiró a grandes cosas y no se quedó a mitad de camino. Parecía tan dueño de sí mismo y tan desafiante que ni su propia muerte lo asustó. La muerte, para él, sabiamente, era parte de la vida de todos los días, y llegó hasta el final decidiendo sobre su vida, creyendo que elegía, sin someterse ni transar bajo presiones. Sumisión: servilismo-sometimiento-acatamiento-sujeción-subordinación-humillación-dependencia-rendimiento-vasallaje-obediencia-disciplina-obedecer la autoridad-obediencia debida. Lo amé y adoré y admiré su rebelión y su anarquía; no tener dueño, el libertario. El siempre recordaba las palabras del Che: «Un revolucionario es guiado por grandes amores». No sé cuál fue mi proceso de despegue de cualquier y todo orden. Detrás de mis infinitas máscaras, de los incontables simulacros, detrás de mis aprendidas danzas al compás de una música que siempre será la misma, no importa quiénes los protagonistas, yace una gran indiferencia por lo que se ofrece. No me pidan definiciones ni posiciones de ningún tipo. No se me ocurre ninguna renovación o evolución o transformación ni cambio. Yo estoy mareada, navegando en la superficie de las cosas, divirtiéndome al poner un aviso en el diario y ver quién se ofrece a acompañarme y decidir si es preferible casarme o comprarme un perro.

Durante varios meses Cris no pudo estar solo. La ansiedad y la angustia avanzaban y lo obligaban a buscar
compañía y respuestas. V. lo había dejado y le quitaba
toda posibilidad de recomponer la relación: se negaba a
verlo. Con suavidad y cuidando no agotarnos Cris organi-
zaba sus noches estratégicamente, colocaba a sus interlo-
cutores a lo largo de la semana: dos noches yo (generalmente lunes y jueves); Tere, nuestra prima, los miércoles;
a lo de papá o a lo de mamá los martes; Horacio y Max
los sábados o domingos, y si no podían verse, hablaban
por teléfono. Los viernes se encontraba con Rosalía, una
nueva amiga con la que charlaban mucho sin presiones ni
histerias, y él podía mostrarse tal cual, sin movidas estudiadas.

Cris estaba ansioso por el tiempo y la atención de Max
y de Horacio. Atemperar la feroz ansiedad. Compartir. Decir la angustia. «Las cosas existen en tanto pueden ser nombradas, existen al ser nombradas.» ¿Qué pasa con las angustias que no conocen la voz pero sí la voracidad, y se
ensañan con nuestro plexo solar o nuestro pecho y nuestra
garganta? ¿No existen? ¡No me digan que no existen, porque son tan concretas como nuestra cabeza o nuestra mano
derecha! ¿Cuál es el poder de nombrar? Mitigar, apaciguar,
suavizar, objetivar, exteriorizar lo que así nos inunda y nos
desborda. Desahogar lo que nos ahoga.

Un whisky, una cerveza, un jugo de naranja exprimido.

—¡Pero estás muy enamorado, Cris! Nunca imaginé que

te enamorarías así de ella. —Horacio sonrisa solidaria. Max callado, escuchando, cauteloso.

—No sé qué hacer. Juana me sugiere que respete sus tiempos pero me da miedo que si no la llamo de vez en cuando, si no le digo que la quiero, que estoy dispuesto a cambiar..., me da miedo que se aleje, que se acostumbre a estar sin mí. Ya van cuatro meses sin vernos...

—¿Creés que tal vez no te extraña?

Cris abrió más aún sus grandes ojos oscuros, dobló una servilleta de papel, hizo un bollo y lo tiró al piso con bronca.

—Sí, soy un boludo pero es así. Si se da cuenta de que no me extraña y se va al carajo y desaparece para siempre, ¿yo qué hago? No lo puedo aceptar así de simple. Por ahora le sigo dando tiempo, pero sigo luchando.

—Y sí, te la tenés que bancar, aunque te joda. No la vas a obligar a que se quede con vos si no te quiere, o si tiene todo el tiempo ganas de rajar. No sirve, no te sirve. —Horacio de frente.

—Pero..., por qué me decís eso, no seas hijo de puta, yo no dije que no me quiere; está rayada, y yo soy un intolerante. La veo vacilar y me dan ganas de sacudirla. No la entiendo, pero yo sé que me quiere, lo siento.

—¿Entonces...?

—Es muy insegura, está llena de miedos y de vericuetos. Max, aflojando la tensión:

—¿Cómo es ese dicho popular: «más vueltas que una oreja»?

—Sí, es vueltera, es muy vueltera.

—¿Pero te explica qué le pasa o son todas vaguedades?

—No, no es clara. —Cris respira profundamente—. Es como si intentara ser franca pero siempre me deja la sensación de que hay algo más.

—No te quise joder, Cris, lo que quiero decir es que no se puede estar en una relación con el culo en la mano, sin saber cuándo la mina se va a rayar y se va a ir a la mierda. Si vuelve, que sea con la seguridad de que quiere estar con vos; si no, es mejor que no vuelva —dice Horacio.

—Lo que pasa es que vos sos muy transparente y exigís la misma transparencia, ponés todas las cartas sobre la mesa y decís: «Acá estoy, éste soy yo». Te entregás. —Max y su serenidad—. Ella no puede hacer lo mismo, y como vos sos el otro extremo, la dejás en evidencia. Es muy difícil, o pareciera ser muy difícil, dar con personas como vos, Cris. Vos lo das todo pero lo exigís todo también.

Cris quedó pensativo, mirando el jugo de naranja que ni había tocado. Mirada grave, ceño grave, las aletas de la nariz abiertas, los labios curvados en las comisuras. Tensión. Concentración. Contracción.

—Parece increíble que nadie se pueda hacer cargo de nuestro amor, de nuestra necesidad. ¿Dan miedo? No se puede depender de nadie, viejo. No hay descanso. Hay que continuar, no es posible detenerse. Hay que mantener el ritmo, la inercia, o moverse en el mismo lugar. ¿Vieron esa cinta en los aeropuertos que te traslada en superficies planas? Siempre me da la sensación de que tiene movimiento pero no te lleva a ningún lado: es la ilusión de avanzar solo, de atravesar algún espacio, pero en realidad uno está siempre en el mismo lugar.

—Yo mismo siento que no me puedo hacer cargo del amor que otra persona me ofrece. ¿Cuál será el miedo detrás de esa huida? —pregunta Max sin pretender respuesta.

Horacio quiere responder.

—Creo que lo que realmente se teme es ser tragado por el otro. A pesar de que sepamos que nadie posee a nadie, porque en mayor o menor medida uno se guarda para uno y preserva zonas inaccesibles hasta para el más sagaz. La posesión en sí no existe.

Cris los miraba con extrañeza.

—Me parece que ustedes la complican mucho. Ustedes no hablan de amar; cuando uno ama devora y es devorado, y encuentra gran placer en ser devorado. Las grandes pasiones son exigentes y generosas. No jodan.

No hay duda de que Cris era exigente en el amor; tremendo perfeccionista, quería ser un amador perfecto, el único. Ser único. Ser único es ser ése y no otro, es distinguirse, es diferenciarse, es crearse, crear un estilo, una personalidad. La libertad de ser original, especial de una especie.

Ahora trabajaba muy reconcentrado con nuestro padre. Escribía y escribía sus notas, en letra muy pequeña. Nada de eso se refería al trabajo. Su mente, su corazón estaban en ese otro lado tan difícil de tranquilizar y armonizar. Un hombre tan varonil con un rasgo tan femenino... se lo mira con extrañeza, se lo observa a distancia. Se despega, se desprende de la convención: Cris sólo veía a Max y a Horacio, había dejado de frecuentar el circuito obligatorio de alguien que fue a «los mejores colegios», que veraneaba en los mejores lugares y vivía en el único lugar del mundo que se puede vivir en esta ciudad: en el elegante barrio N.

You're not one of us, no, no, you're not one of us. Incomodidad. Distintas químicas que no se juntan. La convención segrega un líquido que une, un ácido que quema y elimina las diferencias, que adhiere por las identificaciones, las similitudes. Todo lo que no es igual a todos debe ser eliminado, exterminado. No es que la convención llegue a tal extrema, tal explícita violencia. No es necesario. Ese *alien* queda excluido del circuito con sólo eliminar el flujo. Se deja de segregar el líquido pastoso que adhiere uniformando. Se ignora su existencia: «¿Cris está acá? ¡Mirá vos, yo creí que estaba en Europa! ¿Hace cuánto que está acá? ¿Todos estos años...?». Se lo borra, se lo saca de circulación y ya nadie se acuerda de él. Cris siempre fue un fuera de serie.

La mañana era un esfuerzo. Cuando se despedía de sus amigos Cris sabía que, con el despertar, todos los tranquilizadores argumentos se desvanecerían para dejar avanzar la misma dificultad de ayer para enfrentar un nuevo día. Había días en que ese desasosiego y esa pesadumbre crecían con las horas; otros, se metamorfoseaban prudentemente con el pasado. El tiempo ¿es todo lo que tenemos? Refutarlo, como se refuta la muerte, el abandono, la traición de un amor.

La pasión no le sirvió para apasionarse por nada en especial. Había sido educado como un príncipe heredero por sus abuelos y sus padres. Pero muy pronto se dio cuenta de que su indocilidad para someterse a las normas y su intemperancia le traían problemas que se agigantaban, lo lanzaban contra unos márgenes estrechos, y de esos choques y rebotes salía muy golpeado. La autodeterminación y la espontaneidad eran virtudes no valoradas positivamente. Cris empezó a desconcertarse y a incomodarse, nada de lo que le habían enseñado era tan natural.

A los diecisiete años empezó a estudiar, filosofía primero y un año después letras, pero no le gustó que le impusieran las lecturas. Textos que él adoraba eran reducidos hasta el raquitismo por las interpretaciones y arbitrariedades a las que los sometían; no sólo les quitaban su luz y su expresividad —los chamuscaban—, sino que los forzaban y domesticaban hasta que era imposible reconocerlos. La economía lo aburría; no obstante, se forzó a sí mismo y cambió de carrera. Cuando supo que no tendría ninguna habilidad para montar algún negocio rentable, continuar la empresa de nuestro padre pareció lo más natural y simple. Sin embargo, no resultó tan fácil: cuántos intentos hizo de trabajar con él... Muchos. Se enfrentaban a cada rato, parecía que Cris no lograba hacer nada suficientemente bien a sus ojos. El siempre lo había hecho mejor, o antes. Lo hostigaba y lo insultaba: Cris era «un boludo con letras de molde, que nunca iba a llegar a nada». ¡Pero cómo...! A un príncipe heredero no se lo cuestiona, no se le exige que aprenda solo, se lo forma, se le enseña, se le tiene paciencia. Sin embargo, nuestro padre, como alguien que mira desde afuera, daba todo por sentado. Demostrar aptitudes y sobresalir era considerado una consecuencia natural.

Varias veces estuvieron a punto de agarrarse a las piñas, hasta que un día nuestro padre le gritó esquizofrénico y Cris lo arrinconó contra la pared de su oficina y cuando lo tenía servido —la mano izquierda apoyada en su pecho—, le dijo: «No te pego porque si te pego, te hago mierda». El viejo vio la furia en su mirada y se quedó callado, pero cuando se estaba yendo Cris lo escuchó llamar a la seccional y pedir con voz temblorosa: «Vengan a llevarse a un individuo que es esquizofrénico, me amenazó, es peligroso». Cris volvió sobre sus pasos y desde la puerta le dijo: «No te parto la cara porque sos un cagón y un cobarde. Sos un pobre tipo, me das lástima. Me entristece que seas mi padre».

Juró no volver y no verlo más. Entonces probó una serie de ocupaciones bien excéntricas para la educación y expectativas con las que había crecido, y humillantes para él, que creía habernos educado para grandes cosas. Fue operador turístico en Bariloche, tarea que también implicaba esperar y despedir a los *tours* en el aeropuerto y changar valijas; en las Termas de Copahue se cagó de frío entre viejos; vendió pasajes en una agencia de viajes de la madre de un conocido donde le pagaban dos mangos por un trabajo que ni siquiera le resultaba interesante. Terminó volviendo a la oficina del viejo, quien le había hecho llegar sus disculpas y su arrepentimiento, y posibilidades varias de trabajo en la empresa, sin que él interfiriera. Luego de tres años de rechazarlo, Cris aceptó. Lo sedujo la propuesta permanente de iniciar la relación adulta de padre-hijo que se debían. Era una oportunidad de dulcificar los tormentosos términos que tanto lo habían inmovilizado. Debe de ser difícil trabajar con el viejo, pero algo aprendió sobre Cris en estos años: por lo menos a no basurearlo. Le salió demasiado caro, la culpa y la reivindicación.

¿Qué hay de tan difícil para el hijo de un hombre inteligente que proclama sin cesar su *outstanding performance?* Un hijo no necesita admirar tanto al padre. Si pasa los años mirándolo hacia arriba, el padre será casi inalcanzable y temerario. Por supuesto que esos padres se encargan también de hacer el camino más difícil, porque quieren eternizarse en un lugar único y privilegiado. Y el mensaje es que hay que imitar el modelo; si se lo prolonga y se lo perpetúa será como no morir nunca: los otros serán copias —malas copias, por supuesto— de ellos; y el mundo los recordará porque siguen siendo la referencia, el modelo. «Ojo con querer usurpar mi lugar, ojo con pretender superarme, o proponer algo mejor y quitarme mi reino. A lo sumo puedo compartirlo, pero vos ahí, siempre un poco más abajo.» Esta actitud generalmente relega a los hijos a un segundo lugar, y ellos mismos terminan eligiendo ser la sombra o el eco, o el eterno «hijo de...» porque de qué vale torturarse en una empresa tan difícil e inútil como desplazar al padre... Habría que ser muy fuerte y dejar gran parte de la vida en ese esfuerzo. Muchos llegan a la conclusión de que no vale la pena, mejor contentarse con formas menos ambiciosas. Relaciones de amor-odio-competencia-resentimiento-¿aceptación?

Cris trabaja en forma eficiente, perfeccionista, obsesiva: va a la oficina, hace perfectamente su trabajo. ¿Qué pretenden? Cumple y un poco más, porque lo que hace lo hace perfecto. O, lo hacía, hasta que se peleó con V.: «No estoy ahí para ser creativo», me dice Cris, «para imaginar negocios; ...eso no sé si lo podría hacer, pero evidentemente no me interesa. No le dedico tiempo extra, no le ofrezco parte de mi pensamiento. Habré nacido para ser empleado. En ese aspecto no soy indócil. No soy un tipo ambicioso, no pretendo grandes cosas materiales, necesito cierta tranquilidad económica, nada más».

Desde que se instaló en Corrientes, movimiento casi simultáneo con la huida de V., Max llamaba a Cris todos los jueves para invitarlo a pasar los fines de semana allá, y cuando venía a Buenos Aires se reunían los tres amigos, a comer o a tomar una copa. Aunque la perspectiva de descansar al sol lejos de la abrumadora ciudad le resultaba atractiva, era difícil que Cris se decidiera a pasar todo un día arriba de un ómnibus: había once horas de viaje hasta Alvear. Se encontraba con Horacio los domingos a las siete de la tarde, la mejor hora para salir y no quedarse a esperar la llegada del lunes.

Según Cris, Horacio estaba más parco que nunca: «No sé bien en qué anda, a veces es un fantasma, está con nosotros pero está en otro lado. Y no le gusta que le pregunten». Contaba, también, que Max, instalado en Corrientes hacía seis meses, estaba excitado con su programa de trabajo en el campo. Discutían de política y revolvían hasta descomponer, desbaratar, desarticular lo aparentemente ineluctable, en tantos pedazos que ofrecieran otras combinaciones. A Cris le gusta romper el hielo a contrapelo. Escuchemos:

—Si fuéramos todos iguales, todos rebeldes, o todos sumisos, todos sensibles, o todos espirituales, o todos materialistas, ¿qué nos impulsaría a movilizarnos? ¿Cuál sería la diferencia que nos incomodaría? Si no existiera falta por esa diferencia, habríamos llegado a una totalidad, a un estadio de contento y de satisfacción peligrosa. Si no estamos incómodos no nos movemos.

Max escucha en silencio y se reacomoda en la silla antes de hablar:

—Si trasladamos esa teoría al plano económico-social puede ser peligrosa porque se podría llegar a decir que si todos fuéramos ricos como esos países desarrollados donde el nivel es alto para todos, en los que no existe clase obrera, con la tranquilidad económica sobrevendría un contento igual a la muerte. Por lo tanto, el postulado que se desprende de tu teoría es: mejor seguir siendo subdesarrollados porque estamos movilizados permanentemente y tenemos más para aspirar o para desear...

—No... ¡Suena terrible! Pero creo que es indudable que la gente parece estar más viva en Latinoamérica que en Suecia o Suiza o Canadá. —Cris se defiende.

—Ah, Cris, entonces preferís vivir en países apasionados donde los chicos se hacen delincuentes a los seis años y mueren baleados a los ocho; caminar entre los mendigos por calles que vibran: *en atmósferas palpitantes,* eso sí —refuta Max con calma.

—No, no quise decir eso... en realidad, ni una cosa ni la otra. Estás reduciendo mi idea. Sé que lo que digo tiene algo cierto; si termina aplastado en tu conclusión seguro que no, pero veamos, ¿dónde se produce el desvío?

Cris intenta reformular su pensamiento y cuando habla mira a los ojos:

—Si esos bloques sólidos que son los edificios y las empresas que habitan esas moles, autosuficientes (porque desprecian todo lo que queda afuera o lo ignoran), forman redes que cruzan océanos y cielos, y dan la ilusión de formar un entramado que se genera desde cubículos que proceden de saberes construidos y sostenidos por seres que creen en el progreso-evolución y en la acumulación, en las cofradías que trabajan como manipuladoras de las normas que nos rigen y crean sistemas cerrados que creen *ver* porque abarcan extensiones. Una especie de ilusión panóptica. Son los que deciden hacia dónde van a ir las vías de los ferrocarriles y hasta dónde van a llegar; cómo se emplazarán las rutas que todos seguirán sin chistar, sin ver que en lugar de ir hacia el oeste se hubieran podido desviar hacia el este, infinitamente.

—Los que controlan estos caminos quieren controlar el sentido también, de principio a fin. Como si hubiera un principio y un fin —dice Max.

—Yo no quiero estar adentro de esa red. No me resisto a que me dejen afuera o desprecien; a que tomen esa porción por el todo, como si no hubiera otra manera, como si ese poder pudiera burlar el derrumbe de los edificios y el desgaste de cada año, los vaivenes y la fragilidad de los elementos que componen ese mundo tan compacto y cohesionado: la fragilidad de un cuerpo humano, la vulnerabilidad de un corazón.

—No —Max se enciende por un momento—, yo tampoco tendría ningún problema en que inventen una realidad y sean mucho más fantasiosos que los fantasiosos que critican y detestan, si no fuera porque ellos son los que perpetúan un sistema injusto y depredador que el rebaño sigue y quiere integrar mientras no nos hace más felices ni en lo más aparente. Si al menos no se metieran con los demás, y no quisieran abarcarlo todo...

Cada lunes y jueves, cuando yo llegaba a casa, lo veía ya esperándome en la puerta, ocho y media en punto, su sobretodo y su bufanda, su urgencia. Su mirada indagaba en mi estado de ánimo; su sonrisa generosa, su beso y su abrazo protector me envolvían. Las noches que no íbamos al bodegón de enfrente y comíamos algo sencillo en casa, notaba su delicado agradecimiento por haberme ocupado de cocinar para los dos, aunque más no fueran tallarines y ensalada; lo reconocía como un pequeño gesto de hospitalidad. Cris traía casetes de Dylan que escuchábamos después de comer mientras él me explicaba cada una de las historias que las canciones contaban y que ahora tenían otro sentido para él. *Hurricane, Desolation Row; One of us must know; I want you; Temporary like Achilles; Rainy day women; I'll remember you; Tight connection to my heart; Sara.* La relación con V. se le escapaba de las manos.

No era fácil darle una respuesta: exigía fundamentación y seguimiento y, principalmente, verdad. ¿Cuál era la verdad? ¿Cómo asirla? Hoy recuerdo las desgastantes aproximaciones, intentando aprehender una verdad escurridiza que nunca estuvo ahí, esperando ser tomada, capturada; simplemente devenía constantemente.

El me miraba con esos negros ojos enormes y me encuadraba de manera que no podía escapar. Tranquilizarlo, suavizar, calmar. Y una y otra vez volvíamos sobre lo mismo por si hubiera quedado algo suelto, algún detalle pasado por alto. Cuando nos despedíamos era tal su ternura y su desprotección, que cuando yo bajaba a abrirle la puerta de calle él esperaba a que yo le avisara por el portero eléctrico que había llegado a mi departamento sana y salva y «al pasar» se aseguraba un llamado telefónico o el próximo encuentro.

Uno es lo que hace. Perdón, ¿usted qué hace? ¿Qué has hecho todos estos años, Cris? «No sé, me siento tan chico y tengo treinta y siete años. Crecer. Ser adulto. ¿Tiene algún significado real? ¿Conocés algún adulto? ¿O es alguien serio y responsable? ¿Alguien que haya crecido como los libros dicen que debería ser? No. Entonces para qué ser el único boludo que se tortura en crecer...»

Crecer, ¿hacia dónde? ¿Cómo? Las rosas crecen, también los cardos crecen, crece un jazmín, crece un olivo, también crecen la estepa y el desierto. ¿Los hombres crecen buenos, lindos y sabios en belleza, en bondad y en sabiduría? La inocencia ¿es una cierta forma de la ignorancia?

Cuando uno es niño el mundo es el hogar, es el padre, la madre, los hermanos, el barrio, los chicos de la escuela, y suavemente va sabiendo que más allá, cruzando un río, o una montaña, un océano, subiendo a un tren o a un avión o a un barco hay otros hombres, otros paisajes, otros colores. Y el hogar o el barrio ya no son el mundo sino una pequeña parte conocida de un gran mundo desconocido que se abre cada vez más inconmensurable y enigmático-misterioso-curioso. El cielo se abre al espacio y el espacio al cosmos y los ojos escudriñan abismados traspasando kilómetros, pero esas miradas inquietas vuelven como ecos, y el hombre debe bajar la mirada desilusionada.

Un día caminará por otras calles, más allá, al norte, al sur, al este y al oeste, y conocerá otros hombres, y otras clases, otros tonos. Y los hará suyos, o no; serán siempre ajenos. El mundo ya no será su casa, su barrio y sus amigos. Un día se subirá a trenes, aviones, barcos, y cruzará las montañas, los ríos, y los océanos, escuchará otras lenguas, otras costumbres y otros ritos, climas y olores, y su mundo ya no será su casa, su barrio, sus amigos y su ciudad, sino que por aprobación u oposición se encontrará formando parte de un inmenso planeta llamado Tierra. Explorará el espacio, investigará el cosmos, admitirá otras vidas en otros planetas, soñará con conocerlas. Inquietud, avidez.

Conocer es de alguna manera apropiarse de algo, sitiarlo, cristalizarlo en una función, un sentido, un modo. Fugaz ilusión de poder y de control. Tranquilizador. No todo nos excede. El hombre recorre, mira, compara, percibe, ama, comprende, no comprende, incorpora, rechaza, aprende, aprehende, al mismo tiempo va descubriéndose a sí mismo, a su corazón, a su mente, a sus instintos. Aprende cosas de afuera y cosas de adentro. Tensión y equilibrio. A veces lo de afuera concuerda con lo de adentro. Muchas veces no. Pero mientras hace eso también tiene que dormir, comer y vestirse. Y muchas veces se le hace difícil atender a todo. Debe trabajar, ganar dinero para vestirse, comer, dormir cómodo y no tener frío. Tiene que acatar el orden instituido. Hay que entrar por el aro. Algunos cuestionan esto: se los denomina vagos. Es bueno trabajar, es sano. Dicen que si la relación del hombre con el trabajo, con los afectos, con su cuerpo o con el medio andan mal debería empezar una terapia. Como si fuera tan fácil ser malabarista. ¿A qué tiende impulsivamente? ¿A qué *debería* tender? El que no acata, el que no entra queda afuera. No hay otra.

¿Todo es tan natural, comprensible y aceptable? Al hombre se le da en mayor o menor medida inteligencia, lucidez. ¿Es mejor no usarlas para que todo siga pareciendo tan natural y comprensible? Hay una organización social, un sistema que funciona; mejor dicho, que está en marcha y rueda. La mayoría adhiere a él.

—No teman. No es que quiera quebrar el sistema, ¡simplemente quiero ser yo mismo! ¿Cómo hacerlo sin desgastarme o quedarme sin pellejo?

—¿Cómo sería alguien criado con total libertad, Cris? A ver pensemos. Alguien sin pautas sociales, culturales, tan fijas. Nace en un medio de cariño y de cierta solidez, la familia es algo importante, el estímulo para ser alguien activo e inquieto, con interés de ver el mundo y saber.

—Pero ahí ya está pautado, lo estás influyendo con lo que *vos* creés que sería bueno para él, no lo dejás elegir. Por qué no le presentás la mayor cantidad de posibilidades, una gama variadísima y que él seleccione y actúe. Ya será influido por lo que ve a su alrededor. ¿Qué pasaría si empieza a putear donde no debe, a tocarle el culo a las mujeres, a ser espontáneo, a seguir su naturaleza? Escandalizaría a la gente, lo mirarían con horror. O los haría aflojar la corbata y el corsé. Un chico que va al colegio... ni siquiera iría al colegio. Mientras es chico depende totalmente de vos, si no le organizás un poco la vida, no tiene idea de qué hacer consigo mismo. ¿Con un tutor que le enseñe todo lo que podría ser interesante, y después enfatizar lo que realmente le gusta?

—Pero si los chicos son cambiantes, lo que les gusta a los nueve no les gusta a los once. Un tutor no sería suficiente estímulo aunque lo salvaría de la institución escuela, del castigo y de la represión.

—El ámbito estimulante del chico no es sólo su casa, criarse con otros chicos, con otras personalidades, gustos e ideas. El obedecer, y saber cuándo no obedecer. El «criterio», el saber interior. Qué difícil... El ser libre. Transgredir simplemente porque es el orden interno de uno, no por contestatario o rebelde. Que lo externo sea interno y sea parte del corazón de las cosas.

—¿El ser libre para qué? ¿Para que sean más felices? ¿Son más felices los seres libres que los que no lo son, Cris? ¿Qué les permite la libertad? Ser más auténticos, más honestos, más verdaderos, ser ellos mismos. ¿Eso da felicidad? No, no creo, y a la vuelta de la vida te das cuenta de que creaste un monstruo lúcido, audaz y transparente.

—¿Me preguntás cuál es el beneficio? ¿Sabrá prepararse mejor para la muerte? No tengo ninguna seguridad de que su vida llegue a ser tan rica que la muerte le resulte algo natural y esperado. La libertad nos da la ilusión de ser dueños de nuestra propia vida.

—¿Pero podés tener esa ilusión sabiendo que no sos dueño de tu muerte, que lo único que podés hacer es acortar tu vida pero nunca alargarla? ¿Vos querés hacer seres más felices?

—No lo sé.

—Porque creo que si se trata de ser feliz no habría que abrirle tanto el mundo sino que cuanto menos se pregunte y menos quiera y desee, mejor. Cuanto más se conforme con lo dado y establecido, mejor. Ese que navega mejor, que se acomodó mejor en la ola, y barrena tan bien, ese parece ser más feliz o estar por lo menos más contento. Entonces creo que lo que hay que hacer es no despertar en él tantas inquietudes.

—Pero de esta manera lo estoy coartando, no le permito descubrir todo lo que hay más allá. Lo condiciono para que no lo quiera averiguar. Entonces no se trata de hacerlo más o menos feliz, no pasa por ahí. ¿Por dónde pasa? ¿Cuál es el cuestionamiento? Tal vez ese ser libre sería un precedente, un ejemplo que los demás querrían imitar.

—Me parece injusto crear un conejito de Indias que para lo único que serviría en el mejor de los casos sería para que se beneficien los que vengan dentro de dos o tres generaciones, y en el peor de los casos para sufrir toda su vida.

—¿Te importa sentar precedentes, ocuparte de las generaciones futuras, Juana, hacer un esfuerzo para que el mundo mejore e imaginar que dentro de cien años se habrán superado los problemas que nos joden hoy?

—... Creo que no, siendo honesta digo que me preocupa el momento que vivo yo. Si mejora no estaré aquí para verlo, ¿cuál es la gracia?

Libres-solos-sueltos. Ayer qué es. Compresión-con presión-compensar-con pensar no se arregla nada. Cadenas. Atan. Eslabones cerrados que atan, que fijan, que anclan. Rizoma. Raíces, para qué. Para qué pertenecer a algún lado, para qué prolongar la existencia, por qué perdurar, trascender. ¿Por qué no hacer lo mejor de este tramo? Dar cuenta de cada uno de nuestros días. Guay, guau, ¡uff! ¿Qué dirán cuando me velen?

Ese es tu paso,
fue tu paso.
Ante mis ojos,
antes de tus manos
ver el espacio que ocupa el recorrido.

Libre. Libertad. Está vacía, está hueca. Suena lindo.
Suena, sonido, también significa el sonido.
Li-ber-tad.
Libres.
Ser uno mismo.
Ser a pesar de todo.
Ser sin cercenarse, ser sin cerciorarse.
Ser sincero.
Ser sin certezas.
Ser sin cercos.
Ser sin cetros.

Ser sin ceremonia.
Ser sin censura, ser sin cerradura.
Ser sin servilismos, ser sin certificado.
Ser sin cerrazón, ser sin cepos.
¿Ser en serio?

> **PERSONAS
> BUSCADAS**
>
> ## SE CONVOCA
> a un hombre que pueda
> competir con un labrador
> por el amor de una mujer.
> El labrador es dulce, tier-
> no, sincero, alegre, limpio,
> apuesto. No exige nada,
> tiene universo propio, va
> al baño solo. Aleccionado-
> res abstenerse. Alecciona-
> doras también. CC 28 Suc

Pensé que si renovaba el aviso aparecería otro tipo de
hombre y los que habían visto el anterior se darían cuenta de que los aspirantes habían fallado en su comprensión
de mi solicitud o de sí mismos, y si lo intentaban era porque estaban más que seguros de cumplir con los requisi-
tos. Me divertía volver a casa y escuchar los mensajes. Una
noche encontré una joven voz masculina que me preguntó: «¿Estás segura de que no odiás a los hombres?», y
agregaba: «Si te interesa discutirlo llamáme a...» y seguía
un larguísimo número telefónico. Me provocó. Sí, estaba
segura de no odiar a los hombres pero me divertía saber
qué le había inducido tal reflexión. Lo que me desilu-
sionó fue descubrir que ese número no existía, ¿por qué
me habría dicho «llamáme» y dejado un número tan largo,
como para que me diera cuenta enseguida de que no valía

la pena intentar? ¿Era una broma? ¿Alguien que se tomaba tiempo en demostrar su sagacidad y que quería intrigarme no sentía curiosidad por conocer mi reacción? Me había dicho «si te interesa discutirlo...», él quería discutirlo conmigo.

A la mañana llamé a Cris para preguntarle qué imaginaba. Me dijo: «Te va a volver a llamar. Cuidáte, petisa». Si Cris lo decía, iba a pasar, nunca hablaba para disimular silencios incómodos, con nadie. Me contó que la noche anterior había estado con Max y Horacio, que le habían preguntado por mí, estaban intrigados por saber si todavía me duraba la diversión de los avisos; él les había contestado que nadie podía con el labrador, quien mantenía un lugar privilegiado. Le pregunté si Oria, la novia de Horacio, se reunía con ellos alguna vez y me dijo que no, que Horacio la mantenía apartada, que se la guardaba toda para él. «¿Te parece bárbara?», le pregunté. «Sí, es bárbara», me contestó. Sentí celos. Le pregunté enseguida cómo estaba él. Me dijo que la mañana era un esfuerzo. No mencionó a V.; me di cuenta de que se esforzaba en fortalecerse por lo menos durante esa parte del día, ocupando su cabeza en otras cosas; nombrarla era debilitarse un poco más. Quedamos en vernos el jueves.

*

Max venía de una noche muy larga. A los diecinueve años había estado en una clínica psiquiátrica porque sus padres creían que estaba loco y querían sacarle todo, no sólo el alcohol y las drogas. Max logró salir de ahí, pero un año de internaciones intermitentes lo transformaron en un loco poco atractivo: tics y miedos, paranoias y una risa histérica. Max había estado siempre adelantado, a su época y a su edad. En ese lugar su vanguardismo y color fueron aplastados, masacrados, como terminan inexorablemente todas las pequeñas revoluciones individuales.

Sin embargo, pudo irse, escapar del horror. A Estados Unidos: a Los Angeles primero, a San Francisco después, para encontrarse con otro horror, pero esta vez elegido por él. Sin excusas. Una noche, demasiado abismado en el extravío, se quiso matar con una mezcla de heroína con LSD. Sintió la muerte abrazarlo, casi envolverlo. Entonces corrió. Corrió hacia la playa, y devoró kilómetros por la arena. Transpiró. Durante dos días transpiró la muerte. Y respiró. Prefería estar vivo a la nada definitiva, absoluta. «La enfermedad mental es inútil», leyó Max que escribió Freud. En ese límite eligió vivir y estuvo dispuesto. Conocer a Gary fue astral. El había combatido en Vietnam donde se había hecho adicto: allá los inyectaban para sobrevivir, o para aprender a morir. Gary le dijo: «Las personas muy inteligentes, sensibles y lúcidas rara vez son felices». Max sabía que ya no se trataba de ser feliz sino de encontrar un camino, un sentido. Eligió una travesía que llamó desarrollo personal, limpieza, transparencia. Abstracta tal vez. Pero fue implacable. Avanzó como los cangrejos, que trepan despacito a las piedras, agarrándose, aferrándose. Las grandes metas..., se sonreía con resignación.

Max estaba de vuelta. Su abuela había muerto y alguien tenía que ocuparse del campo. Su madre le había escrito: «Esta vez te lo suplico, si volvés tendrás toda la decisión y el poder para hacer lo que será mejor para todos. Te necesitamos». Recuperarse de sus estadías con su familia le costaba varios meses: volver siempre había sido frustrante. Poner a prueba su armonía y su equilibrio, y saber que seguramente tendría que reconstruirlos. Pasan los años pero todavía hay algunas cuerdas que ciertas personas tienen el arte de tocar de tal manera que nos transforman en niños otra vez. Para nuestra impotencia y horror. ¿Hay alguien ahí? Quince años fuera del país, dando vueltas, ciudadano del mundo, suficientes para sentirse extranjero. Serio y pausado. Convencido y convincente, Max parecía contener toda la serenidad del mundo. Ahora estaba de vuelta, y la decisión de intentar, una vez más, establecerse en su país lo mareaba de ansiedad. En Corrientes su abuelo había construido un imperio del que ahora quedaban sólo los restos, los recuerdos, y un campo en decadencia.

Instalado hacía seis meses en el campo, intentaba reencontrarse bien y fuerte para impulsar lo que ya era suyo y que tantas veces imaginó entre sus manos. Hacía seis meses que hacía lo que había que hacer, y trataba de no vender una hectárea. No podía fallar. Trabajaba duro, de sol a sol. Las palabras nunca fueron lo suyo, de manera que vivía en silencio y reconcentrado. Trataba de hacer producir esa tierra, de salvar ese paraíso, lograr que no fuera un sueño, o un paraíso perdido. Ba ba ba.

Su madre lo dejaba hacer. Raro pero era así. Lo consultaba, pero no indagaba. Se había replegado. Esperaba, paciente. No avanzaba.

El siempre mantuvo una relación tan íntima con ese denso paisaje y su origen: se sintió más correntino que porteño, sin la «viveza», con la pausa y la calma de la provincia. Si volvía al país era para volver allá, a agotar ese paisaje, y no para padecer la ciudad. Ahora tenía la oportunidad de demostrar su esfuerzo y voluntad, su respuesta, su lealtad a ese suelo, a ese olor, a la fuerza de esa tierra. El color y el perfume no iban a desaparecer. Sólo un poco de prosperidad pedía Max en este país.

Es cierto que en seis meses no había hecho mucho, todo era tan lento, los trámites, las gestiones, los contactos, las conversaciones, las esperas. Se chocaba contra esas rondas incesantes, madejas de varias puntas, y en un principio lo vio fácil de cambiar, simple de agilizar, materializar. En poco tiempo se tuvo que adaptar a ese mecanismo que giraba en falso, chirriante, antiguo, viejo, inservible, increíble. Toda esa gente..., toda esa forma de vida era tan distinta, se sentía tan de otro lado, ¿de dónde? No los conocía y le resultaba difícil imaginar cómo pensaban, y no le gustaba imaginar cómo vivían. Le costaba hablarles, interesarse, mirarlos a los ojos. Cada vez que bajaba a Buenos Aires y tenía que ponerse un saco y una corbata para esperar a ser atendido en esas oficinas de plástico o de boiserie, de cuadros comprados por el valor de reventa, donde estudiarían su propuesta o su pedido que dejarían en un cajón, se le revolvían las tripas. Pero había que hacerlo. Eran las reglas del juego. No estaba entrenado, demasiado anárquico, se había quedado afuera, y a partir de esa decisión no lo había pensado más, ni lo había analizado ni preguntado por qué.

Max siempre se quejó de las mujeres argentinas, decía que siempre dan la sensación de querer atraparlos. Atraparlos, ¿para qué?, me preguntaba yo, ¿cuál era la idea de tener un hombre «seguro»? Según Max, ni ellas mismas lo saben. Como si en eso hubiera alguna felicidad, en lograrlo. Parecen no saber que hay otras maneras de relacionarse con el mundo, que no todo pasa a través de los hombres. Salen de un molde, todas igualitas, unas podrían contestar por otras. Las chicas norteamericanas son bastante más interesantes, decía él, son más ansiosas, más inconstantes tal vez, pero tienen más fibra, una fuerza, una búsqueda... Son individuos primero que todo. Acá tienen una tensión absurda que no significa nada más que conciencia de sí mismas en relación al medio que las mira, que las critica o las aprueba. ¡Qué estupidez! Me acuerdo que un día me dijo que yo era una de la pocas mujeres que había decidido ser parte de una lucha, aunque a veces me convertía en la robotina Eguiza, que viraba de ser la mujer más atractiva a representar a la más frívola. Tal vez sea la única forma de soportarse, Max. *«Open your eyes, you can fly... given the wings»*, me contestó. ¿Seguirá pensando lo mismo? Oh, Max, no creo que pueda volar nunca.

Sus mujeres... Ahora estaba solo, y se sentía extraño. Cuántas mujeres dejó en cada lugar que vivió. Pero ¿cuántas lo dejaron porque no aceptó el consiguiente compromiso? ¿Se arrepentía de no haber renunciado al camino impredecible que se va dibujando sobre la marcha?

Max había conocido el infierno tantas veces que esta etapa era como la chance de una segunda vida. Tal vez la posibilidad de elegir en qué reencarnarnos.

Algidas horas. Yo moría de ganas de llamarlo. No sabía bien para qué. ¿Por qué tendría que haber una razón, o por qué tendría que explicarme? Tenía ganas, suficiente. Había encontrado un mensaje de un pervertido que me quería explicar las cosas que podía hacer con el labrador. Por suerte los treinta segundos que le permitía mi contestador lo habían desalentado de volver a llamar. Max y su controlada voluptuosidad. El andariego. Beduino, nómade, hombre de ninguna parte. No lo encontré cuatro veces que llamé. Más insistente me puse. Por fin:

—Hola. —Calmado, sensual, esperando, sonoro.

—Hola, ¡¿cómo estás?!

—Bien, bien.

—¿Sí? ¿Estás bien?

—Sí.

Silencio. Siempre me costaba dominarlo, esos silencios y su serenidad, contestando lo preciso, no preguntando por preguntar.

—Hace tanto que no hablamos, y estás acá hace seis meses... Podrías ser un poco más explícito.

—¿Por ejemplo?

—¿No me preguntás cómo estoy?

—Sí. ¿Cómo estás? —Imperturbable. Hubiera querido sacudirlo.

—Bien. Pero me doy cuenta de que si yo no te llamaba podrían haber pasado dos años más sin vernos. A vos no se te ocurría llamarme. Tanto tiempo sin hablarnos...

—...

—Ahora soy redactora en *Todo el Mundo Hoy*. Bueno, seguro que vos seguís sin leer revistas... Estoy con mucha fuerza, mucha energía.

—...

—Tengo bastante libertad para hacer las notas que considero importantes. Hay que estar atenta e informada de lo que pasa en todos lados. Es semanal, y eso me mantiene activa.

—¿Te casaste? ¿O seguís flirteando con todos los pobres hombres?

—Vamos, Max, sabés que no. No, no me casé, y supongo que ya lo sabés por Cris. Además, viste mi aviso en *El Día* o Cris te contó.

—Sí, Cris dice que el labrador es muy difícil de desplazar y que no te imagina casada. Pero vos sos un poco escondedora, y pensé que con ese aviso te iban a llover los candidatos... Por otro lado, tal vez Cris ignora muchas cosas tuyas, por lo que su versión...

—¿Qué decís? Seguramente Cris ignora cosas mías; que seamos hermanos y amigos no quiere decir que tengamos que saber todo uno del otro, ¿o sí? ¿Y vos en el fondo de tu corazón pensás que las personas que se quieren tienen que saber todo del otro? Mmmm..., qué sorpresa... Además, ¿estás resentido?

—Yo no, pero creo que varios que sucumbieron, sí. Me parece, tal vez me equivoque.

—Hace dos años que no nos vemos, que no hablamos, pero es como si algo hubiera pasado entre vos y yo ayer. ¿Te maltraté ayer? No me acuerdo...

—No, no creo. Ha pasado mucho tiempo.

—Me parece que estás muy susceptible, rencoroso y resentido. ¿Cuándo volvés al campo?

—En cuatro días, tengo que esperar unos técnicos americanos que llegan el martes.

—¿Podemos vernos?

—Yo ya te vi.

—¿A mí? ¿Dónde?

—En mis sueños... —Risa sardónica—. Era un chiste... Te vi en la calle el otro día, ibas besándote con un buen mozo.

—¿Yo? ¿Dónde? ¡No era yo!

—Ah, entonces no era buen mozo, era un intelectual con agujeros en los bolsillos.

—¿Ah sí?

—O era una mujercita rubia con anteojos y desprotección que recibía tus besos ardientes.

—Estás muy gracioso...

—Te olvidaste pero te vi, y vos también me viste a mí, por eso me llamás.

—¿Y me querés decir que porque vos me viste y yo te vi y no me acuerdo no es necesario vernos de otra manera?

—Exactamente. ¡Cómo te molesta no lograr lo que querés! Estás muy linda, pero muy tensa como siempre. Estás muy mujer, pero estás poco abierta, como siempre.

—Puede ser, pero aflojá un poco vos también... Evidentemente me viste, yo no. Quiero verte, ¿tiene que ser tan difícil?

—No sé si yo quiero verte.

—¡Ah, bueno! Cuando lo sepas mandáme alguna señal para que me entere... Tal vez yo todavía tenga ganas de verte.

—Bueno. Mientras tanto, cuidáte, no tomes riesgos innecesarios. Chau. —Y cortó.

Chau. Me quedé con la bronca en los labios y el tubo en la mano, mudo y muda. El adusto aparato parecía silenciado para siempre. Pelotudo. ¿Eso era todo? Ahora me quedaba con muchas más ganas de verlo que antes, y sólo tenía cuatro días hasta que volviese al campo.

SE CONVOCA
a un hombre que compita con un adorable labrador por el amor de una mujer y le gane. El labrador es independiente, sensible, inteligente, apuesto, leal, tierno, honesto y de muy buena salud. Agresivos y moralistas abstenerse. Mujeres también. CC 28

El viernes encontré un mensaje contraseña: «Se convoca a una mujer que no sea autosuficiente ni mandona ni posesiva, que sea inteligente y bonita. ¿Estás segura de que querés encontrar a ese hombre? ¡¿Cómo se atreve?! Si es posible, llamar al 345-7854. Espero que sí».

No era la voz de Max; era la del mismo hombre que me había intrigado con su equivocada pero sutil interpretación: ¿no detestás a los hombres? Había algo incandescente y sugestivo en esa voz, que no era una pose, que podía seguir mis señales. Lo llamé exaltada. Fue parco hasta hacerme dudar de su interés. La conversación fue corta. Quedamos en encontrarnos el martes en un bar lleno de ruido cerca de la revista.

El martes en la redacción fue inquietante, una imprevista inestabilidad me atrapó; ante cada mínima dificultad me brotaban lágrimas ridículas. Sentía que no controlaba la diversión y la propuesta; intuí que ese hombre me iba a poner a prueba. Durante la breve conversación él no había hecho ningún esfuerzo por parecer inteligente ni atractivo. Eso me desconcertaba. Por teléfono había sido «mi enigmático y sagaz hermeneuta», y ahora no me quedaba ninguna ironía a mano. ¿Por qué me empeñaba en creer que iba a tener que ser sincera? ¡No podía soportar la perspectiva de tener una cita en serio!

La idea de encontrarme con él me alteraba tanto que provoqué una discusión en la que terminaron participando todos, redactores, diseñadores, editores, fotógrafos. Como cuando uno se aturde con la propia voz, yo hablé sin escuchar:

—¡El sexo no existe! Lo femenino-lo masculino, ¿por qué tanta bola a esa confrontación? Lo que sí existen son las relaciones de dominación y sumisión, ¡pero también dentro del mismo sexo! Madame Bovary soy yo. Albertine era Alberto. ¿Por qué ese desgaste en protegerse de lo opuesto si en realidad forma parte de uno? La guerra de los sexos... ¿Quién querría enfrentar a un hombre y sacarle todo, desahuciarlo? ¿Es que no podemos habitarnos a nosotros mismos? No es suficiente, necesitamos ocupar otro cuerpo también. Tantas veces me encuentro acariciando mi parte femenina o afilando mi parte masculina y no distingo bien cuál es más yo. ¿Cuál es? Otras siento que en realidad todos somos andróginos con apariencias muy definidas: hombre-mujer, tetas-pitos, pero no somos ni lo uno ni lo otro, pura cáscara que se casca fácilmente, que deja ver la androginia, erógena sí. Claro que si no existieran estas ridículas pugnas, el mundo sería muy aburrido, ¡sí le dan color y pimienta a la vida! A veces, muchas veces, creo que estoy loca de remate, y salgo corriendo (sí, literalmente corriendo) al reducidor de cabezas, y me tranquilizo cuando lo veo y siento que está mucho más loco que yo pero no se lo nota preocupado; es impasible, inmutable, imperturbable.

Una de las cronistas se excitó y logró interrumpirme:

—Originariamente, ¿cómo fue? Me encuentro con el Gordo Villamil. No se hace problemas con las mujeres: «Tomo lo que me sirve, lo que necesito de una mujer». Por otro lado, el reflexivo Fernando me dice: «No, lo siento... no tengo tiempo. Una relación amorosa me insume mucha energía que prefiero concentrar en mi trabajo. No sé si se entiende...». Cómo iba a entender, si todo lo que quería era que me dedicara ese pensamiento, esa atención.

La editora argumentó con suavidad:

—Lo que pasa es que algunos hombres creen que las mujeres somos insaciables y que si no están alertas los podemos ir succionando de a poco. Y eso porque hay hombres que permiten que las mujeres se los vayan tragando casi imperceptiblemente. Entonces desde dentro de ese cuerpo recuperan una paz y una seguridad que los protege. Nunca estuvieron mejor que en el útero materno: «¿Por qué hacerse el guapo si hay una forma conocida que nos acoge?».

La vehemencia del diagramador le arrebató la palabra:

—Y hay quienes viven respirando el aire del otro hasta que lo dejan sin aire y sin color y sin vida. Lo abren, lo limpian, lo fagocitan, y se lo comen, relamiéndose, degustándolo. Entonces giran, hasta encontrar más oxígeno, donde seguir nutriéndose más.

La discusión que se armó fue incontrolable. Parados o sentados sobre los escritorios insistían en imponer cada uno su teoría, en escuchar la propia voz. Yo los miraba muda, cada minuto más replegada hacia el fondo de la redacción. Durante un rato me dediqué a escuchar los tonos, los timbres, las inflexiones y los acentos. Era muy entretenido.

Hacia las ocho me había aplacado; reafirmé mi máscara, recuperé sus gestos más prominentes, y definí sus rasgos. Había resuelto reírme de mí misma. Lentamente caminé hacia el bar. Me estaba esperando. Me senté frente a él. Este hombre era atractivo. Me gustó. ¿En cuál de mis múltiples máscaras se detendría? Blas ya no era parco, era cauto, inteligente, escuchaba, veía. No me indagó, no me acosó. El tomaba whisky; yo, Bloody Mary.

El no fumaba, yo tampoco. Nunca había vivido fuera del país ni escapado de nada. Yo, «tampoco». Tenía el pelo negro, las líneas alrededor de los ojos y de la boca, muy marcadas; los dedos, largos, secos. No sonreía con facilidad. Era impecable pero parecía no tener conciencia de su aspecto. Le pregunté si le molestaban los anteojos —un modelo bastante antiguo— porque se los sacaba y se los ponía a cada rato, sin embargo, no era un gesto de impaciencia. Dijo que siempre había sido un anteojudo pero éstos eran nuevos y siempre le tomaba unos días acostumbrarse. Hablamos del trabajo, de las funciones y usos del dinero, de la masturbación y de la soledad, de lo parecidas que se van tornando las parejas con la vida en común y si son las diferencias que molestaban lo que se borra o lo que los hacía más atractivos a los ojos del otro; de los pájaros en otoño (él parecía saber mucho de pájaros) y de estrellas (él sabía mucho de estrellas). Me cautivó; preferí seguir otro día u otra noche, estaba cansada, no burlarme de él me había extenuado, quería volver a casa. Sabía que había dado con alguien con el que podía ser sincera, pero ¿podía ser sincera todavía? Me preguntó si le permitiría ver al labrador, era justo conocer a su rival. No le dije que el adorable labrador no vivía conmigo, y nos despedimos.

El calor, el alcohol, el cansancio... estoy como embotada. Los párpados —clog clog clog— tienen una pesadez insostenible.

Me desperté excitada, inquieta, picazón en el cuerpo, transpiración, sudor. Me refriego en las sábanas que ya están pegajosas. Quiero despertarme de este sueño pero no puedo apartar la sábana que me tiene enrollada; no encuentro un borde o una punta para sacar una pierna y apoyarla contra el piso y levantarme y sacudir la sábana y sacármela, salir de este atolladero que es mi cama.

Me doy vuelta para la izquierda, y vuelta para la derecha y sigo enrollada y, además, cada segundo estoy más sudada. Cada movimiento es llenarme de transpiración, entonces las sábanas se me adhieren más y más. Ahora se trabó un brazo, quedó atrapado entre los pliegues y, aunque le mande órdenes, parece no oírme. Se abandonó. Si espera que el otro brazo lo rescate está perdido, porque es lo único que me queda libre para accionar: lo necesito para secarme la transpiración de la cara. Los ojos se nublan de tanta agua que gotea desde el nacimiento del pelo (que empieza a chorrear), pasa por la frente y tapa las pestañas que no funcionan como ninguna protección. Se me inundan, se me ahogan los ojos. ¿Me moriré ahogada en esta cama por mi propia transpiración, con el agua de mi propio cuerpo? Soak, soak, soak, ya la sábana es mi piel, intento separarla, pero ¡es imposible!

*

Cris me buscaba; había dejado dos mensajes en mi contestador. En el primero sugería vernos esa noche o la siguiente; en el segundo simplemente, lánguidamente, me pedía que lo llamara cuando pudiera. Cuidaba mi espacio, estaba muy pendiente de no invadir (¡qué paradójico hubiera sido invadir un espacio ya ocupado por él mismo!). De mi conversación con Max no le dije nada pero le conté de mi encuentro con Blas. «A ver si te llevás una sorpresa», me dijo con una sonrisa, «y descubrís que no todos son subnormales.» Enseguida le resté importancia: «Creo que solamente me voy a enamorar cuando encuentre a alguien con la voz de Richie Havens cantando *Just like a woman*. Me puedo enamorar inmediatamente de cualquiera que tenga esa voz. ¿No es la voz algo muy importante? ¡Mucho más que "las ventanas del alma"!».

Ya habían pasado siete meses en los que comíamos dos veces por semana en casa o en el boliche de enfrente. El, su infaltable bife con ensalada de zanahoria rallada o un plato de tallarines con manteca, y agua mineral, manzana asada o flan.

Había noches en que lo encontraba pésimo, desahuciado. La cara de ojos y huesos, sufriente, sufriendo. La desolación lo consumía, lo chupaba hacia adentro. Hablaba con V. por teléfono, pero ella no confiaba en un reencuentro. El se empecinaba en entenderla y en persuadirla de que, si se amaban, *tenía que haber* una solución. Así de simple. Yo trataba por todos los medios, con toda mi fuerza, de aportarle algo, de aclarar la cerrazón, de encontrar avenidas, recovecos, sutilmente, suavemente.

Siempre me preguntaba cómo estaba yo: tenía esa capacidad de involucrarse de verdad —sin miedo— en la vida. Cris sabía escuchar y recordaba con fidelidad nuestras conversaciones anteriores, se refería al sentido que yo les daba, detalle fundamental para que yo pudiera seguir diciendo. Y le contaba fácilmente, no eran necesarias las explicaciones: nos entendíamos desde siempre, desde algún limbo en el que nos habíamos guiñado un ojo y sin más habíamos sabido que nos volveríamos a encontrar para recorrer juntos el camino.

En esas noches intensas, cuando le tocaba el turno a él, prendía un cigarrillo y el ceño se le marcaba, las sienes se tensaban y los ojos se hacían más negros, más expresivos, y concentraba toda su atención en cada comentario mío, en mis preguntas, y no paraba hasta no tener muy claro lo que yo decía, hasta no comprender exactamente el argumento.

Nos despedíamos con un gran abrazo, él mostraba una gratitud que me incomodaba, porque él merecía esa dedicación y mucho más. Cris le había dado mucho más que amor y atención a la niña que yo había sido, sin pedir nada a cambio. «Gracias, petisa, me hace mucho bien verte. Gracias. Estamos en contacto, ¿eh? Por ahí nos vemos el jueves, si vos podés...».

Cada noche, ya entre mis sábanas, exhausta, mi cabeza sentía en mi propio cuerpo el peso de una vida tan falta de raíces, de tan poco apego a lo material, que se iba, se elevaba, se escurría. ¿Cómo retenerlo? Cada mañana era un alivio saber de alguna u otra manera que Cris estaba en la oficina: ¡otra noche más, otro día más...!

Una y otra vez volvían a mi memoria sus amores con Inés, Janine, Stephanie, Mercedes... Tan faltos de dramatismo; amores fáciles. Cuando me escapé de Buenos Aires, Cris no reflexionaba y se dejaba querer con el desparpajo de quien tiene la seguridad de que ese gozo va a durar toda la vida. Ahora había dejado la inocencia. Sufría. Había entrado en la conciencia, y ya no podría volver atrás, a recuperar el candor y el placer. Ahora sabía que los hombres mueren y no son felices.

8

Horacio vuelve a la casa

SE CONVOCA a un hombre que por el amor de una mujer compita con un adorable perro, y le gane. El labrador es tierno, apuesto, independiente, saludable, inteligente, leal y honesto. Agresivos, moralistas y ansiosos abstenerse. Mujeres también.

Al leer el aviso, Blas, el cautivante candidato, me llamó. «Sos muy desconcertante, creí que nos veríamos otra vez.» Yo había esperado que el cautivante candidato no lo leyera. «Claro que nos vamos a ver, simplemente no estoy desesperada, por eso se publicó de nuevo.» No pude hacer nada contra el desencanto. Me impresionó bien que no se mostrara herido, sólo decepcionado. No pude hacer nada por mi rostro atroz. Lo sentí, pero como ante algo inevitable.

Vi a Cris para encontrar algo de dulzura que suavizara las aristas de mis múltiples caras. Estaba desencajado: V. se escabullía con argumentos y excusas que no alcanzaban a disimular una huida. Cris no se resignaba. No quería «pasar a otra etapa», ni pensar que ya lo iba «a superar»; no quería imaginar la vida sin ella, decía que si la imaginaba era como empezar a aceptarla y empezar a vivirla. Y a esa vida no le encontraba sentido.

—¿Cómo es posible depender en esta medida de la presencia de otro, de la voz, del contacto, de una mirada? ¿Cómo es que me siento tan débil? Casi como si el golpe me hubiera dado en el centro y me hubiera despedazado, y ahora tuviera que juntar mis pedazos con esfuerzo para hacer, rehacer una forma. Soy una persona que ha perdido su consistencia y su definición, ni siquiera puedo pensar... Me siento tan impaciente, pero no quiero tranquilizarme demasiado, tengo miedo a que si me detengo la angustia me va a clavar ahí indefinidamente.

Cuando la angustia es tan total y absoluta toma cada parte del cuerpo, y es mejor no detenerse porque se hace más aguda. La angustia física, emocional, espiritual. Cuando nada calma, cuando nada suaviza, cuando cualquier gesto hace temer un exceso que nos hará perdernos del todo, en un lugar donde nadie notará nuestra disolución.

—¿Cómo es posible ser tan vulnerable? Sentirse atravesado por un dolor de lado a lado, que deja un hueco, un agujero, y ya no distinguimos el dolor; ya no respondemos a nada familiar, no hay control posible; frente a una crueldad tan penetrante uno no es dueño de nada, ni siquiera de nuestro cuerpo, que apenas nos responde, ni de nuestro pasado; la angustia nos revuelca y nos lanza a las sensaciones más inesperadas. Uno está desahuciado, solo en el mundo y nadie tiene la culpa.

—¡Oh, Cris, dame un abrazo, no quiero que sufras!

Me abrazó. Si pudiera protegerlo como a un niño... Pero no es un niño, y mi abrazo no es suficiente.

*

Oria buscó un libro y volvió con una sonrisa pícara, Horacio la miraba intrigado:

—¿Sabés qué hago últimamente? Me voy a la cama con *El Principito*. No te rías. O sí, reíte. Mamá me lo regaló cuando tenía catorce años y lo encontré por casualidad; desde entonces cada noche leo el viaje a un planeta nuevo, una o dos páginas, y me duermo con una paz que deshace cualquier tormento.

—Sos un bebé. Cuando me mude a mi casa nueva, la primera noche vamos a leer *El Principito* y así ahuyentaremos para siempre todo tormento.

—Eso me encantaría pero ¡hey, hey, hey! no soy una encantadora boba. ¿Puedo leerte un fragmento?

Horacio escucha a Oria que lee con voz profunda y clara. Conoce al zorro que pide ser domesticado por el Principito para ser amado, que protesta porque los hombres ya no tienen tiempo de conocer nada. Para ser domesticado, dice el zorro, al principio hay que sentarse lejos y mirarse de reojo, y cada día acercarse un poco más. Observar la importancia de los ritos para preparar el corazón y hacer que un día sea diferente de otro, y una hora, de las otras horas. Horacio está de acuerdo con el Principito: es imposible morir por las rosas no domesticadas que tampoco han domesticado a nadie, son bellas pero están vacías. No, no se puede morir por ellas.

Oria había dejado de leer; levantó la vista e iluminó a Horacio con sus transparentes ojos negros. Se miraron. El estiró la mano y la sentó sobre sus rodillas. Había cierta inocencia de Oria, cierta alegría que lo hacía soñar. Había sido educada para «hacer las cosas bien». El padre era un médico apasionado por el trabajo. Su inmensa responsabilidad y dedicación le habían conseguido una excelente reputación en su especialidad, la traumatología. La madre, una mujer de naturaleza nerviosa, había muerto hacía ocho años de un fulminante aneurisma en el cerebro. Las dos hermanas de Oria eran más chicas y vivían con el padre y la segunda esposa, una hiperkinética mujer de cuarenta años sin hijos pero con demasiados amigos y cuya principal actividad era supervisar que la casa estuviera impecable y lucir lo más atractiva posible. Horacio los había visto una sola vez, cuando por insólita casualidad coincidieron en un concierto y tuvieron que aceptar una amable copa de *champagne* en el entreacto. Horacio apenas habló; ellos descontaron, claro, que él pensaba como ellos y lo incluyeron en cada una de sus aserciones. Por supuesto, al despedirse Horacio fue invitado con enfática solicitud a comer a la casa del padre esa misma semana, pero mientras Oria murmuraba todo tipo de impedimentos para salvar a Horacio de una mala excusa, ellos ya se habían alejado hacia los palcos principales, dejando a Oria y a Horacio al pie de la interminable escalera que los llevaría al gallinero.

Horacio nunca acusó recibo de tal invitación; lo que sí recibió fue la confirmación de lo que Oria le decía: para el padre el mundo se reducía a enfermedades físicas, diagnósticos, operaciones, curas. Su esquemática forma de resolver cualquier problema borraba de su horizonte todo lo que superara ese esquema. Oria nunca había salido de ese mundo aparentemente sin contradicciones, protegido por la simplificación de relaciones causa-efecto entre las personas y entre las personas y las cosas. Sin embargo había algo a contrapelo en su vida y en su forma de objetivar al padre. Le gustaba un hombre como Horacio.

A Horacio le atraía espiar en ese mundo, por momentos sentía un fuerte rechazo al confirmar sus teorías, al reconocer un guiño, un silencio o un desprecio; en otros le divertía que Oria conservara ciertos tics de su educación y de su clase: era un mundo tan conocido y tan ajeno al mismo tiempo, tan autosuficiente pero tan abundante en debilidades.

A veces le daban ganas de creer que todavía también él podía «hacer las cosas bien». Pero después, al día siguiente, pensaba que se habían encontrado muy tarde. Destiempos malditos.

*

Volver con qué excusa. La casa no la iba a comprar; la vecina no era tonta. Extraña mujer. El archivista, documentalista en Horacio, había aprehendido un hedor familiar en ese lugar; y no era solamente la muerte de la chica, de la mujer, detrás del padre, lo que desprendía ese olor y esa náusea. Un nervio, el que baja de la oreja hasta la clavícula, empezó a automatizarse y a vibrar, manteniendo una tensión, un alerta imposible de eludir. El, archivista, documentalista, fotoperiodista, había desarrollado una percepción especial para captar ciertos climas que habitan los lugares y no los dejan más; climas que condensan, que contienen, que se forman por la crueldad, en el crimen, en la perversión, en el odio. Hay paredes que hablan, hay ambientes que cuentan claramente historias de horror, que están ahí para que alguien las perciba, las recree, ¿y las exorcice? Los buitres, los cuervos, se alimentan en la carroña.

Volver, seducir a la vecina e inspeccionar la casa como un detective. Horacio se sentía un detective, un husmeador tras una presa que desconocía. Saber. Datos objetivos, concretos, de la realidad no tenía, pero ese nervio que batía su señal jamás se había equivocado, como si estuviera conectado con el olfato y la percepción.

Su manía de documentarse y archivar; su obsesión por captar fotogramas y preservarlos para algún día poder reproducir parte de la Historia. Cuando otros contaran la suya, cuando otros produjeran una verdadera, incuestionable, él presentaría sus fotogramas y sus documentos, y sin necesidad de agregar nada, ni de acompañarla con ninguna voz, la Historia se impondría por sí sola, majestuosa, contundente, enmudeciendo a los embaucadores, a los magos, inventores de realidades perversamente maquinadas, subestimando la memoria, insultando a la memoria, a los que padecieron y a los que sufren por ese recuerdo —los que aún tienen inscripciones imborrables en sus cuerpos—. El cuerpo nunca miente, y la fotografía es una pequeña voz: si está bien concebida, a veces funciona.

Las fotos como historias-relatos. Años atrás había pasado semanas y meses con un solo tema en particular que retratara esa porción de la humanidad. No hablaba con nadie de lo que lo obsesionaba. En su esfuerzo porque esas imágenes no fueran «reflejos» de una realidad más descarnada, Horacio trabajaba en el cuarto oscuro para descerrajar con cada fotograma segmentos de la vida nuestra de cada día, que se instalaran con violencia, que sacudieran el moho, que disolvieran los mantos de olvido tan voluntariosamente conseguidos. Cada vez que apretaba el disparador en aquellos días era como un grito que se desgarraba y se hacía oír a través de los años y las geografías, con la esperanzada desesperación de que resonaran en las mentes y corazones de las personas.

«La primera palabra a eliminar del folclore del periodismo es la palabra "objetivo". Ese sería un paso gigante hacia la prensa libre. Y tal vez "libre" sería la segunda palabra a eliminar. Solamente liberados de esas dos distorsiones el periodista y el fotógrafo pueden dedicarse a sus responsabilidades.» Con esas palabras presentó Horacio la muestra en distintos países, donde se detuvieron miles de ojos de un circuito poco frecuente en la fotografía. Las fotos recorrieron el mundo con Horacio y sirvieron para que las organizaciones de derechos humanos y la prensa las usaran como testimonio y presionaran para acelerar la descomposición y caída de un proceso kafkiano. Ese fue, paradójicamente, su momento de gloria personal.

Horacio había tomado distancia de sus fotos primeras; ya hacía tiempo que las había archivado y las había guardado: las había congelado. Tanto que ya nadie hablaba de ellas, como si nunca hubieran existido: nadie quería acordarse de esos años, ni revivir el dolor, casi como si esos hechos hubieran ocurrido en un pasado remoto que ya no se recuerda con nitidez. Horacio no resentía este olvido, era algo natural, una conducta coherente con muchas otras formas de ser avestruz.

Oria recordaba que cuando había ido a su casa por primera vez, tal vez las primeras veces, las fotografías de Horacio cubrían gran parte de las paredes, mosaicos de fotogramas desplegados con cierta desprolijidad o desorden o descuido. Ella había quedado admirada por la claridad de reproducir, documentar, testimoniar el Terror; los hechos hablaban, se descolgaban por las paredes y a ella le daban ganas de salir rajando. Notó que a Horacio no le gustaba explicar ni comentar, y un día las fotos desaparecieron: las había guardado en un mueble antiguo, le dijo, un fichero antiguo donde estaban cuidadosamente archivadas. El Terror había quedado encerrado en esos cajones hondos, de madera lustrada, detrás de esa doble llave imaginaria que impedía cualquier impulso a toparse o chocarse con El. A Oria le aliviaba creer que esas cerraduras en cada división aseguraban su tranquilidad, clausuraban la posibilidad de que ese Terror se colara por las junturas de los cajones, y la resguardaban, porque al estar aislado y compactado —todo junto, apretado en esos compartimientos—, ese Terror había aumentado sus dimensiones aún más. Oria se erizaba cada vez que pasaba al lado del fichero, sentía una presencia densa como si un muerto descansara doblado, replegado en esos estantes y fuera a permanecer ahí como lo más natural, sin conflicto alguno.

Hacía cinco años que Horacio trabajaba en cine como director de fotografía. Había decidido alejarse del periodismo y éste era un micromundo nuevo, donde casi nadie lo conocía y nadie le traía preguntas incómodas. Pagaban buena guita y el trabajo no era succionador de jugos gástricos, pépticos, etc. Era un laburo piola, suave, muy *light*.

Horacio creció en un medio con pautas muy claras. Hasta casi estaba trazado el camino por seguir: ser exitoso, hacerse un nombre, casarse una vez y para siempre. El mismo se lo dijo a Oria. Pero se casó una vez y no fue para siempre. A eso se llamó fracaso. Se casó una segunda vez, segundo fracaso. FRACASO. Eso no puede ser un estigma, le reprocha. ¿No es algo un poco abstracto un estigma? ¿Por qué dejarle tomar tanto poder, como una fatalidad? Oria no tiene miedo de usar esta palabra porque esos «fracasos» lo han dejado herido de muerte, árido, descreído. Ya ha fracasado: no puede esperar nada más, está acabado, porque un fracaso provoca otro fracaso. ¿Acaso cree Horacio que es una ley natural que ha transgredido, que los dioses le han dado una oportunidad (y sólo una) y que él ha desperdiciado? Escuchemos a Oria:

—¿Por qué no te permitís ser feliz? No me refiero a algo total, permanente o eterno, sino a aceptar y penetrar en la tibieza de un sentimiento que nos hace bien, nos hace sentir más queribles. ¿Ya lo has hecho todo, ya has «probado», y siempre has fracasado? ¿Es ésa la sensación? No vale la pena vivir la vida cobardemente. ¿Por qué no admitir que la vida recomienza en cada nueva situación y que, aunque esencialmente somos nosotros aquellos chicos que tenían miedo de noche, podemos vivir varias vidas en una? Tenemos la posibilidad de darnos esa chance y no la tomamos.

»¿Por qué somos tan poco generosos con nosotros mismos, Horacio? ¿Por qué nos castigamos? ¿Por qué nos cerramos puertas y clausuramos caminos? ¿Por qué no somos más creativos con nuestras vidas? No me digas que no sabés ser creativo... No quiero ser injusta: sé que es un modelo que detestás, pero no te hagas cómplice, no nos hagamos cómplices, no es cuestión de trazar otro orden paralelo, o alternativo. ¡No! Ignorémoslo. Es como decirte seamos libres, seamos felices. Suena bien, ¡pero qué utópico! ¿Cómo desprenderse de este deseo? Deshabitarse y boyar, insustancial. ¿Someterse? ¿Crées que es someterse?

Horacio escuchaba reconcentrado y ausente:

—Creo en los surcos que deja la noche. Creo en la ternura de la noche.

Oria discó el teléfono de Horacio a la tarde. Habían pasado tres días. El nunca llamaba, esperaba que ella lo hiciese: «Podés llamarme siempre o cuando quieras, a cualquier hora sos bienvenida».

—Hola, ¿cómo estás? —contestó.

—Bien, ¿y vos? ¿Terminaron de filmar?

—Sí. Ayer. Sólo falta sacar las fotos para la publicidad. ¿Y vos? —preguntó distante.

—Yo, bien. ¿Nos vemos esta noche?

—No, mejor no. Creo que es mejor que no nos veamos por un tiempo, por unos días. Me voy a dedicar exclusivamente a encontrar una casa que me cope, y no quiero demorarlo más. Quiero mudarme lo antes posible. Además, estoy de pésimo humor. Insoportable.

Shock del primer momento, Oria nunca se acostumbraba. El corazón empezó a latirle fuerte, sin embargo, no perdió la calma. Ya sabía, nada nuevo.

—Justamente te llamaba para decirte que me voy al sur mañana, y quería verte y despedirme, darte un beso.

—¿Al sur? ¿Cuántos días? ¿Con quién?

—Sola. Por dos semanas. Allá está papá con las chicas. Terminamos la campaña de Sony; fue tan agotadora que nos dieron unos días de descanso, y yo sumo una semana que me deben. Voy a ver si redondeo y termino el libro de *sketches*. Allá voy a estar más despejada... Después de estas campañas quedo idiotizada, tan contaminada por el dibujo publicitario y su estética, obsesionada por el producto, por vender. Quiero volver a mis *sketches,* y presentarlos a la gente que me sugirió hacer un libro. Hasta que no vean el trabajo terminado no van a decidir si me lo bancan o no. Tengo muchas ganas de dibujar mis propias cosas, y al mismo tiempo miedo de perder el estilo, pero sobre todo el gusto. ¡No puedo correr ese riesgo!

—Sé bien lo que querés decir —contestó Horacio con

tono grave—. ¿Vas a pescar? ¡Qué lindo! Que te vaya muy bien, amor mío. Pero cuando volvés me llamás, ¿no? Me llamás en cuanto llegás, ¿eh, Bebu? —No podía estar más dulce.

—Sí, claro. Que tengas suerte y encuentres una linda casita. Te mando un beso. Chau.

Cansancio. Paciencia. Una vez más. Desgaste. Algo se está muriendo adentro. Siento...

*

Horacio decidió volver a la casa luego de varios meses de tratar de olvidar el lugar, la sensación y la historia. También había dejado de buscar departamento, algo le había quitado las ganas de mudarse. Se había paralizado. Volver con qué excusa. La casa no la iba a comprar; y la vecina no era tonta, extraña mujer. Siempre hay una excusa para volver. Finalmente, amparado por el paso del tiempo se animó.

La llamó por teléfono deseando que en esos meses la casa se hubiera vendido. Eso habría significado que él se había equivocado en su percepción. Mejor así. «No, no se vendió. Las condiciones siguen siendo las mismas», le dijo la mujer en un tono neutro. «Esa casa es invendible», pensó Horacio. «Me está esperando a mí», bromeó, pero en su cara no se dibujó ninguna sonrisa. «Tal vez», le contestó la mujer sin cambiar el tono. Horacio se erizó, sin embargo, no dejaba de reconocer cierto alivio. La ambivalencia. No se podía hacer el boludo. Y menos ahora.

Para generar cierta expectativa se ayudó con un tono de voz zalamero que le salía perfecto: nunca se le habían resistido después de un buen *entre* «sobón». Se presentó con la sonrisa seductora que usaba para confirmar, una vez más, que era irresistible una vez más. Nada es más fácil que seducir a alguien que no nos gusta. En este caso la vecina no le gustaba ni borracho, pero la importancia que tenía para Horacio sacarse eso de encima le quitaba soltura y seguridad: lo asustaba mostrarse torpe y obvio. Mientras caminaba los últimos metros, Horacio se aseguró en su cometido.

La vecina lo esperaba con mate y unos bizcochos. A Horacio le gustó que ella tampoco quisiera mostrarse obvia: mate y bizcochos eran cosa de todos los días en esa casa. Insinuaba que ya había un guiño entre ellos, como un permiso para avanzar, y que la transacción iba a resultar mucho más fácil que lo calculado.

—Estaba segura que iba a volver. Casi nunca me equivoco con la gente. Si no, ni loca le contaba la historia de la Lucrecia —dijo sin mirarlo mientras chupaba la bombilla con suavidad. Se entendían. Además, a Horacio lo ayudaba el presentimiento de que le había contado sólo a él.

Recorrió la cocina sin ánimo de husmear, sólo lo llevaba la curiosidad. Era un ambiente muy sencillo y prolijo. El televisor estaba cubierto por una carpeta de plástico blanco calado. Pequeños adornos colgaban de las paredes: una sartén y un cucharón enchapados en cobre, una casita de juguete, un angelito de yeso, un almanaque de panadería, una radio sobre la heladera de modelo antiguo, fotos de familia sobre el aparador. Se acercó a mirarlas: la fiesta de casamiento, la luna de miel en Mar del Plata, nacimiento y visita de los nietos.

—¿Cuántos nietos tiene?

—Cuatro. Dos de mi hija y dos de mi hijo.

—¡Cuántos! Pero usted es una mujer joven...

—No se crea. Los tuve joven. Gladys tiene treinta años y vive en Mar del Plata y Jorge va a cumplir veintiocho y vive en Mendoza. Tienen unos hijos hermosos. Vienen una vez por año; cuando podemos viajamos a verlos, pero eso es más difícil. Nos turnamos, un año visitamos a uno, al año siguiente al otro. Raúl no tiene más que dos semanas.

Sí, los tuve *muy* joven... —dice esto con una media sonrisa y lo mira de costado, los ojos le brillan, achinados.

Cuando ella lo rozó al poner más agua a calentar para una segunda vuelta de mate, él ahuecó la mano y se la apoyó con suavidad en la teta izquierda, la dejó ahí unos segundos mientras la miraba a los ojos. Realmente esa mujer era feísima, pero el peligro y la sensación de que ella estaba consintiendo y sabía y deseaba todo lo que iba a seguir lo excitaban. Horacio se encontró acariciándole los pechos con placer, buscando sentir los pezones endurecerse. Esa mujer enigmática e inteligente manejaba el tiempo de manera muy personal, se demoraba en sus movimientos, dejándole descubrir una perversión que el primer día no había notado en absoluto. Supo que era cuestión de tiempo. ¿O sería él, que para meterse en escena agregaba rasgos, actitudes inventadas? Ella se apartó y siguió hablando (hablaba demasiado) pero el tono había cambiado y lo había rozado (eso no era la necesidad o imaginación de Horacio, la cocina era grande); y él sintió que era el momento, la cancha-concha abierta. Allá se mandó, a las profundidades, a los confines de esa tierra inexpugnable.

Cada mujer encierra un misterioso mundo, formas, cavidades, curvas cóncavas, convexas, temperaturas, humedades, temblores, silencios, susurros, diámetros, aperturas, retaceos, zonas prohibidas o exhibidas, encantos o desencantos. Uno conoce rápidamente al otro en una cama, decía Max. Horacio no se había hecho ninguna idea sobre esa mujer —no se había imaginado a esa mujer cogiendo— pero en ese momento la deseaba con toda su fealdad, con todo su olor a fritura en el pelo resecado por la tintura y el champú de mala calidad, con su piel cuidada con cremas baratas, con sus dedos de uñas cortas y yemas ásperas.

La madera de la cama hacía un ruido insoportable, un quejido, un lamento que lo exasperaba. La acomodaba a la derecha, trataba de hacerse liviano como una pluma, la acomodaba a la izquierda donde el colchón estaba menos vencido. Lidia lo sorprendió con un orgasmo rapidísimo. Abajo, abajo, abajo.

—¿Cómo mierda hacen para coger tranquilos en esta cama?

Ella largó una carcajada.

—Dormimos, ya casi no cogemos. Raúl era un gran cogedor...

—¿Qué le pasa?

—La depresión, no se le para, no le dan ganas, qué sé yo.

—¿Depresión?

—Lo echaron del laburo hace diez años, junto con otros veinticinco compañeros. Era bueno, el mejor. Desde entonces trabaja y trabaja pero estamos siempre igual, o peor...; él quería llegar a capataz, pero se tuvo que poner solo, por lo menos cobra lo que a él le parece y no tiene que obedecer a nadie. Igual tampoco nos alcanza, nunca pudimos mejorar, dice que no hay nada peor que vivir sabiendo que va a ser siempre igual, viviendo para trabajar, para pagar las cuentas... A Dios gracias que tenemos nuestra casa, hay otros que están peor, pero él no se conforma; saber que no podemos darnos ningún gusto, que va a ser siempre así, que nada va a cambiar...

Horacio se tapó con la sábana y la abrazó.

—¿Qué hacés?

—Te abrazo.

—Ah.

Lo excitaban sus gemidos y su desinhibición pero le dijo que no gritara, que los vecinos la iban a escuchar. Cada vez que él estaba a punto de acabar se desconcentraba con el lamento de la cama, pero estaba tan caliente que necesitaba seguir. Finalmente respiró profundo y en su cansancio se dejó ir. (Ya no tenía las mismas gambas de antes, la puta madre.) Se acostó agotado boca arriba a su lado:

—¿A qué hora vuelve Raúl?

—Falta mucho.

111

—Qué bueno.

—¿Por qué?

—Porque quiero estar así con vos un rato largo. —No sabía por qué decía eso, si no era cierto; tampoco era necesario.

—¿Qué querés saber?

Horacio se sobresaltó por un momento, casi se había olvidado de la transa, del motivo que lo había llevado ahí.

—Me gusta mucho la casa pero me jode la historia. ¿Es verdad? ¿Fue así como me la contaste?

—Sí, ¿por qué iba a mentir?

—No sé..., ¿por qué me la contaste a mí?

—No sé.

Horacio la apretó más fuerte y la besó en la boca. No podía irse de ahí, seguía caliente, como alerta, la pija parada, sus manos se movían con cuidado pero conteniendo una violencia que no sabía de dónde venía.

Estaba un poco desconcertado, pero siguió su impulso. Era la proximidad de la historia que no terminaba de entregarse. Finalmente, antes de que fuera demasiado tarde, Lidia habló.

—Nuestro baño del fondo tiene una ventanita que siempre queda abierta para que esté ventilado, porque ahí lavo la ropa; tiene una pileta grande y cuando llueve también cuelgo ropa. Es una ventana alta, casi un agujero, y da al pasillo que va a los dos cuartos de los Kraude. La pared es una medianera. Y por ahí escuché muchas cosas. No es que quisiera...

Horacio no la miraba pero sintió en la penumbra de la pieza que la cara de Lidia se encendía. La imaginó pegada durante horas contra esa pared bajo el ventanuco abierto, sin atreverse a respirar y menos a abrir una canilla. Recordó la primera vez que visitó la casa, Lidia era un chorro imparable de palabras, tantos secretos guardaba pero, ¿por qué a él?

—Escuché cómo se trataban la Lucrecia y el papá. Tenían una relación muy rara. Lucrecia era una chica muy dulce, muy suave, pero cuando yo la oía por la pared casi no la reconocía, al principio me parecía que el padre estaba con otra mujer, tenía un tono tan enérgico, tan decidido, le reclamaba que a veces estuviera callado, otras le pedía que le hablara. También a veces lloraba y la voz se le ponía como la de una nenita. Pero lo que me sorprendía era cómo ella llevaba la casa, hacía todo a la perfección, y además lo mandaba a él, le decía qué ropa se tenía que poner, qué corbata le tocaba, qué camisa...; que los zapatos estaban mal lustrados, que estaba engordando, que el saco le tiraba, que ya le había comprado nuevas hojitas de afeitar, que le había cambiado el desodorante, que no dejara la servilleta hecha un bollo, que ella después tenía que volver a planchar, que no se secaba bien los pies afuera y le manchaba los pisos, como esas mujeres refunfuñonas.

«Esta mujer Lidia pasa de ser una mujer de barrio simplona y transparente a una sutil manejadora de los acontecimientos y de pronto yo siento que me guía, que me lleva, que yo voy haciendo exactamente lo que ella tiene previsto para mí. ¿Cuál es su objetivo primero, final? ¿Todo lo que va sucediendo es lo que ella planificó? ¿Cuál es mi parte en esta obra? Me salgo de mí mismo para verme desde fuera, algún indicio tendré, alguna pista. ¿Cómo puede ser dos mujeres tan diferentes y deslizarse de una a la otra sin que el pasaje sea impostado? Es tanto una como otra, es la misma piel, es tan verdadera, tan creíble una y otra vez. Ahora era la simplona chismosa...»

—Ella lo amenazaba muy seguido con dejarlo. Con que iba a terminar muriéndose de hambre, de sucio, de solo. Y ahí él se vengaba, le decía que la que se iba a quedar sola era ella, solterona, sin nadie, y que no se creyera que era tan buena para las tareas de la casa, que él a veces encontraba pliegues en los cuellos de las camisas mal planchadas, o algún botón medio flojo, o que el arroz se le pasaba, o la carne estaba dura, o la puerta tenía dedos marcados cerca

113

del picaporte. Ella se quedaba muda y yo la escuchaba andar por la casa en silencio. Entonces lo que él le pedía ella se lo traía, salía especialmente a comprar eso que a él se le antojaba. Ella estaba todo el día en la casa, no tenía amigas; hombres, nada... Con lo linda que era..., un desperdicio. Sólo salía para su trabajo. El padre también era solitario, recibía algunos amigos, a veces, cuando se quedaba solo. Eran hombres diferentes a él. El era un hombre muy fino, un bigote finito casi blanco, había sido rubio y tenía ojos muy celestes, chiquitos pero de mirada fuerte. El pelo muy corto y prolijo, siempre impecable, claro... La Lucrecia tenía todo impecable, lo que él le recriminaba que ella planchaba o cocinaba mal era todo mentira para hacerla rabiar. Debe haber sido buen mozo el viejo, la cara cuadrada, de rasgos de extranjero, piel gruesa, era raro que tuviera piel tan gruesa y pelo tan finito.

—¿No trabajaba?

—No, estaba retirado, recibía una pensión.

—¿Quién lo visitaba? ¿Cómo eran?

—Hombres toscos, ordinarios, como matones. Eso me sonaba raro, ellos dos eran finos, no parecía que pudieran tener amigos tan toscos.

—¿Se quedaban mucho rato?

—No.

—¿Cuántos dormitorios tiene la casa?

—Dos, uno al lado del otro, una puerta comunica un cuarto con otro por adentro. Los dos dan a un pasillo (el que tiene la ventanita a mi lavadero) y al baño. El baño donde ella se ahogó. —Lidia hizo una pausa que a Horacio le pareció auténtica—. Cuando el padre se enfermó la Lucrecia dejó de hablarme, pasaba como una ráfaga para ir al mercado o a la farmacia y volvía corriendo, cada vez más delgada, más pálida, hasta que yo empecé a ver pasar una sombra. Se consumía, le dedicaba todas sus horas, dejó de trabajar, pidió licencia. Era un fantasma. No se separó del lado de su papá. Lo cuidó hasta el último minuto. No

114

quiso contratar ninguna enfermera, ella aprendió a dar inyecciones, a manejar el catéter que le pusieron cuando ya no le quedaban venas.

—¿De qué se murió el viejo?

—Creo que de cáncer a los huesos, no sé bien, porque ella nunca me aclaró, cuando se quedó sola hablamos de «esa enfermedad». Aunque sólo hablamos dos veces, ella prefería estar sola. Yo estaba preocupada porque tenía una dureza en la cara, tan flaca y tan seria. Los ojos eran como que no veían, no sé cómo decirlo, estaban vacíos, no había nada detrás. El pelo perdió color, brillo, ya no se cuidaba, estaba desprolija, fea, sí, se había afeado, envejecido, encanecido. Me hubiera gustado acompañarla, ayudarla pero ella se escapaba... No quería compañía. Todo su mundo era su papá.

Horacio notó que el relato de Lidia empezó a acelerarse:

—Un día apareció un hombre. Yo justo estaba lavando ropa y escuché gritos, la voz de Lucrecia era irreconocible de vuelta. De pronto se echó a llorar y gritaba: «¡No es verdad, no es verdad, mentiroso, váyase, mentiroso!». Y lloraba sin parar. La voz de él no se escuchaba. De pronto, silencio, y al rato Lucrecia empezó a hablar como un rugido, gruesa, cada vez más alto y llena de odio. Hablaba de traición, de ignorancia, de confianza, y hasta le dijo hijo de puta. Me sorprendí porque Lucrecia parecía no conocer las malas palabras. El hombre trataba de calmarla con un tono bajo y controlado, pero ella seguía. Le dijo que si todo *eso* era mentira, lo iba a pagar muy caro, y que no le tenía miedo a nada. Después lo echó. Al hombre no lo vi, yo pensé que tenían problemas de plata, viste que siempre hay uno que aparece y se presenta con deudas cuando alguien se muere...

Lidia se detuvo. Horacio no quería presionarla y apenas insistió.

—¿Cuál fue el problema? —Ella lo miró buscando con-

115

fianza, pero no habló—. Vos quisiste escuchar en ese momento, y saber. ¿Qué buscaste, husmeaste con todo eso?

—Tengo miedo, mucho miedo.

—¿A qué, a quién?

—Ese hombre que la Lucrecia echó, estoy segura de que era Echagüe, el tipo para el que trabajo, el que quiere vender la casa. Apenas le escuché la voz. Pero cuando apareció para decir que era primo de Lucrecia y que se tenía que ocupar de la casa, y después vi el cuerpo de ella y él se llevó todo, yo reconocí algo de aquel hombre que escuché a través de la ventana del lavadero. Estoy segura. El no sospecha de mí porque yo me hago la tonta, la distraída, la que nada ve, nada oye, nada sabe..., desde un principio me cuidé con él. De entrada le dije que yo no era amiga de la Lucrecia porque ella era muy callada y muy antipática. Yo nunca salgo al patio cuando él viene, como si no lo escuchara, tengo siempre las ventanas cerradas, las cortinas corridas, y las persianas bajas. Espero que él me venga a buscar, y yo parezco muy ocupada en la cocina. Con los anteojos como si no viera bien. Pero tengo miedo de que él haga ver que no sospecha pero en realidad se dé cuenta de todo, para que yo me embale con la comisión, venda la casa rápido y una vez que vendí la casa se deshace de mí, me saca del medio por si acaso. Las vecinas somos personas que siempre sabemos demasiado.

«La pobreza de esa vida sin cielo y sin esperanza, la miseria y la sordidez. Sentí ternura por esa mujer asustada e inteligente. Se me había entregado (ponía en mis manos su seguridad, su vida) por desesperación e instinto. ¿Por qué a mí? ¿Cómo supo? ¿Cómo intuyó? Yo tal vez podía ayudarla pero eso significaba remover cielo y tierra; esa tierra y la mía propia, la que me habitaba desde hacía años.»

—¿Quién pensás que es Echagüe? ¿Qué es? ¿Por qué le tenés miedo?

—No le creo que sea primo de la Lucrecia como él dice. No creo que él tenga ninguna autorización de la familia

para vender la casa. Por algo tarda tanto en venderla, ni debe tener la escritura. Yo vi a la Lucrecia muerta en esa bañadera... —La voz de Lidia se quebró en un sollozo—. Yo la escuché que le decía mentiroso. Yo siento que él es un mal bicho, él está robando, cuatrereando, llevándose todo.
—El llanto o el miedo la vencieron.

El nervio del cuello de Horacio se tensó, y los ganglios derechos le empezaron a latir. Había algo siniestramente familiar con las historias que la tierra —que su cuerpo y su memoria habían dejado habitar— había enterrado. ¿Quién quiere desenterrar a sus muertos? ¿O hay que desenterrarlos y volver a enterrarlos para que descansen en paz, Antígona? No encontrarán sosiego esos cuerpos y esas almas hasta que no se haga justicia. Hay gente que sigue enriqueciéndose con el hambre, el futuro y la esperanza de los que serán para siempre pobres. Hay gente que sigue enriqueciéndose sobre los cadáveres de sus hermanos saqueados y asesinados. ¿Quién era él para pretender administrar justicia? ¿Cuál era la justicia? La justicia en abstracto nada significaba.

El llanto de Lidia sacudió a Horacio y sin clemencia ni anestesia fueron apareciendo las secuencias interminables que encerraba en su archivo, que tan herméticamente había clausurado. Se filtraban y desfilaban crudas. Botas, varas, fusiles, ametralladoras, cuerpos, despojos humillados, informes. Rostros torvos, perversos, impasibles, de párpados pesados sobre miradas densas bajo las gorras. Bigotes como parte del uniforme, bigotes oscuros que copian —como muñecos cortados con la misma tijera— gestos y tonos, todos iguales, todos iguales, marchan, marchan derecha e izquierda derecha izquierda, obedeciendo gritos, a órdenes, o a voces que vociferan impotentes, demostrando solamente la potencia; copias de hombres que se excitan al oír la potencia de la propia voz. Hombres que siegan las vidas de otros simplemente porque lo deciden, como si la vida fuera tan natural, tan reproducible.

¡Oh, indignidad! El que se siente en condiciones de

marchar con placer, en fila, codo con codo, al son de la música marcial, ha recibido un cerebro sólo por equivocación, puesto que le hubiera bastado con tener únicamente la médula espinal. Escribió Einstein. Horacio cerró los ojos y volvió a abrirlos. ¿Cómo detener la memoria involuntaria? ¿Era real la relación con la historia que Lidia contaba y ocultaba? ¿O era su obsesión? Lo que él había sentido y percibido al pisar esa casa y escuchar la historia de Lidia le producía algo inconfundible y certero. Ese instinto de Horacio nunca se había equivocado.

No le prometió nada ni la tranquilizó con afecto. Se vistió, le dio un beso en el pelo y se fue. Ella se cuidaría sola. Hay ciertas complicidades que no se pueden explicitar y aun así uno debe confiar. Manejó mecánicamente hacia su departamento, necesitaba ese lugar, ese espacio de soledad, y cuando se sentó frente al archivo supo que no podía volver atrás ni ignorar esa historia, ese pedazo del pasado de su vida personal y del país, que volvía para encontrar luz, que ya no toleraba el encierro y el frío, que no lograba diluirse, desintegrarse ni desaparecer.

118

9

El miedo

De chico le gustaba jugar al detective y fantaseaba con ser taxista y toparse con casos que necesitaran de imaginación y de mano decidida para resolverse. Entonces él, anónimamente, los desentrañaría y encontraría la solución, para volver a su rutina de chófer de taxi que deambula por la ciudad. Nadie lo identificaría como detective, pero caso tras caso le irían dando la astucia y la habilidad especial del mejor investigador.

¿Por dónde empezar? Horacio, periodista, documentalista, archivista, investigador, tenía que afinar su sagacidad e ingenio, anticipar todos los riesgos. Ir diseñando el camino hacia la luz —camino angosto y lento, minucioso; volver a desarrollar su sensibilidad y recuperar su audacia—. Cuando no tenés nada, no tenés nada que perder. Investigar a Osvaldo Kraude, a Néstor Echagüe. Repasar la historia de Lidia. «¿Sabe más de lo que me dice?» Se concentró, reconcentró, ni un minuto que perder, había poca información y la punta del iceberg era sólo eso.

Por momentos se desactivaba pensando que todo era una siniestra historia fabulada por una mujer delirante que buscaba que le pasara algo en la vida o embaucar a un boludo como él; o una historia macabra que empezaba y terminaba en la patología familiar de los Kraude y en la inescrupulosa ambición de un pariente estafador. «Está plagado de esas historias...» Era la tentación de la huida, pero enseguida el peso de lo que se filtraba por entre la tierra buscando la luz era tan persistente que la tierra tenía que ceder, dar paso.

Tiene que volver sobre sus pasos. Reencontrar el pasado, reencontrar ciertos hombres que ha olvidado, que ha dejado en otro camino. ¿Cómo buscarlos? Hay algunos colaboradores del Gobierno, ex aspirantes a revolucionarios, que han negociado información y su tranquilidad con una mala conciencia. Sabe que es arriesgado, tiene que volver sobre sus pasos, ha dejado algunas piedritas para reemprender el camino, ¿o se las habrán comido los cuervos?

Lo primero que averiguó fue que Néstor Echagüe no tenía ningún parentesco con los Kraude. Lo segundo que supo fue que Osvaldo Kraude había sido compañero del mayor Sarlengui en la época más iracunda de la represión y que había un tal Kraude o Caballero Rojo en los informes de las acciones triunfales del Ministerio del Interior o Ministerio del Miedo, pero no figuraba como miembro del Gobierno. Este ministerio actuaba juntamente con el ala más mesiánica de los militares, el ala silenciosa pero más distinguida y elitista. Eran exquisitos que imitaban a Alan Brooke, a Dempsey o a Leigh-Mallory, y a veces la opinión popular los tomaba por trasnochados inofensivos que vivían en una burbuja fuera de la realidad. Jamás se expresaban ni se manifestaban a la prensa. Funcionaban como un club exclusivo, inofensivo. ¡Qué ingenuidad!...

Después se había sabido que esta facción que operaba al estilo de la hidalguía española o de la honorabilidad inglesa era la más exquisita, purista, en contra de toda ostentación. Pero justamente desde las sombras desplegó una red de espionaje tan sofisticada, de tal refinamiento, que muy pocos pudieron apreciarla, y sus células lograron infiltrarse en los recovecos más desalentadores. Esto se supo mucho después porque, por supuesto, no buscaban notoriedad ni ser reconocidos, ni ratificar su poder ya que esta superioridad se descontaba. Urdieron una red imperceptible, invisible, que se extendía y se replegaba con una sincronización, habilidad y cálculo aplastantes.

Investigar y desmontar esa perfecta trama les costó la vida a varios. No se llegaba a la médula, no se descuajaba. Lealtades a muerte, silencios de honor que se llevaron hasta el final, y con esos silencios insobornables se fueron nombres, fechas, lugares y muertos cargados a sus espaldas sin ningún peso. La dureza inhumana, inmisericorde, parecía que no tenía fin; eran células desperdigadas estratégicamente, entrenadas para arrancar y extirpar un «mal supremo», y para replegarse sin desmoronarse, exhibiendo capas que ocultan cada vez una más.

Horacio pensó en la posibilidad de que fueran androides, seres no humanos. Esto hubiera sido un alivio. En la lista que le pasaron asépticamente buscó a Kraude entre todos los funcionarios —hasta los pinches— de la dictadura. En los primeros cuatro años no figuraba nadie con ese nombre pero sí en las acciones orgullosamente registradas (no como las escuetas leyendas jeroglíficas que él escribía al pie de sus fotos para no olvidar ni confundirse). Sólo el apellido, ni una inicial más. ¿Cuál era su función? Horacio estaba lanzado a perseguir este pasado que, aunque parecía tan lejano, abría heridas no cicatrizadas, que todavía sangraban. Restaurar, reparar, a través de una historia muchas otras. ¿Se había sentido culpable de estar vivo y no vengar a los muertos injustamente? El sabía que no había excusas frente a uno mismo. La sangre exacerba la sangre, la violencia engendra violencia, pero ¿cuánto había de pacificador y cuánto de cobarde?

Su estilo nunca había sido agresivo, pero sus fotos eran documentos implacables, eran su memoria y su Historia, eran sus ojos. Abrió uno a uno los cajones del fichero y lentamente, con tanto cuidado como si transportara un sueño o un tesoro, fue sacando todas las fotos y los fotogramas, secuencias sin fin que fue esparciendo sobre el piso hasta que se extendieron y crecieron por cada milímetro de

121

la habitación y volvieron a mostrar la devastación, los destierros varios.

Horacio apretó las mandíbulas y buscó, buscó selectivamente, como un detector; descartaba rápidamente, reconocía una esquina, una mirada, una forma de agarrar la pistola y pasaba a la foto siguiente. Perdió conciencia del tiempo y se dejó llevar hasta que el agotamiento lo obligó a sentarse en el sofá y prender un cigarrillo. Estaba desbordado. Sintió miedo. ¿A qué? ¿Qué podía pasar? El miedo es irracional, se repitió. No se puede dejar avanzar el miedo que viene del pasado, el miedo se filtra y va ocupando espacios, hace copamientos y se instala, echa raíces y prepara el terreno para que el asolamiento sea desolador. Hay que agarrarlo de cuajo, no cederle un centímetro. Esas fotos volvían a él como quien busca algo reconocido.

Se había equivocado. Kraude no estaba en esas fotos. Decidió detenerse en una por una, obstinadamente. Cuando Lidia lo describió lo había imaginado al instante, casi como si lo hubiera visto. Y ahora estaba convencido de que también con ese hombre había entablado una lucha silenciosa de odio y preguntas en esos fotogramas. Las secuencias, a veces, una detrás de otra, permitían construir horas, días enteros, casi como se montan los dibujos animados. Horacio había disparado su cámara con tanta furia, sin respiro, sin aliento, sin flaquear, sin un temblor o vacilación del pulso, con un corazón detenido no de frío sino de perplejidad, fuera de sí mismo. Con desesperación, como empuñando su única defensa y su único ataque. Qué lo había hecho tan determinado y valiente y qué lo había replegado, aislado, vaciado, desolado después. Sus fotos habían recorrido el mundo hasta que un día «Te dejás de joder o mañana una bomba destruye tu casa, y después seguís vos». El sabía bien de la efectividad y ejecutividad de esos androides. Pagar con la propia vida. ¿Irse o quedarse? ¿Quedarse y callar? El temor de irse y no volver nunca más a ningún lado. Se le había formado una especie de sobrehueso.

122

Horacio se quedó y calló porque también comprendió que nadie quería saber más. Durante los últimos años de la dictadura sus fotos «valientes» y «determinadas» más famosas pasaron a ser parte de la colección de alguna organización internacional de derechos humanos, sus fotogramas quedaron cristalizados, inmóviles; ellos también habían enmudecido y desaparecido en un departamento, en una habitación. Encerrados testimonios, finalmente sin testigos, en un fichero, en un mueble antiguo. Y aun así lo habían detenido por dos meses, nunca le dijeron por qué. Esa sociedad... cómplice, arma un sistema tan cohesionado, y defensivo, y crea relaciones, funciones, funciones binarias: sistema cuasiperfecto que ignora lo que pasa afuera; y hábil, ferozmente, descalifican, ridiculizan o menosprecian todo lo que lo confronta, lo opone, lo desestabiliza en su inmovilidad y omnipotencia. El absolutismo. Los que se diferencian o apartan de tal sistema quedan erguidos o tumbados en los márgenes, trazando una huella honda y altiva, paralizados porque saben que violar la norma es fortalecerla, o tirados como bultos que se confunden: también son autosuficientes, pero con la terrible posibilidad de no ser nunca reconocidos. Establecer las propias normas y las propias leyes ignorando la dominante lleva a una calle sin salida. Muchos de ellos reconsideran su horizonte y convienen en que el *mainstream* no estaba tan mal y que incorporarse, adaptarse, adherirse, camaleonizarse progresivamente, mezclarse, ligarse, puede ser provechoso, positivo, prudente, productivo. ¿Puede uno ser y hacer, dándole la espalda, despreciando este orden establecido? ¿O la transa, el trueque, es inevitable?

Horacio había callado, había encapsulado el dolor, la emoción, reprimido el recuerdo. Por un tiempo había estado desmemoriado: olvidaba las cosas más triviales y la información importante, los saltos de su memoria eran indiscriminados. Había tenido que olvidar para callar. Había consentido en obturar —no oponer mayor resistencia que el silencio—. Había consentido. Se había asimilado a una mayoría vendada, momificada, negadora, convenida, aprovechadora, cobarde, se había mimetizado en una complicidad pasiva. No solamente por lo que *ya* había pasado sino por lo que *todavía* pasaba y de lo que nadie quería enterarse. Pecar por omisión, por no hacer. Te van a pedir cuentas por lo hecho y por lo no hecho. Te van a preguntar por qué te cruzaste de brazos, por qué te hiciste el sordo, el ciego, el mudo. ¿Por qué cuando tuve hambre no me diste de comer, cuando tuve sed no me diste de beber, cuando estuve solo no me visitaste? Yo..., yo... Cuando enfermé oíste cómo aullaba —un hermano, un ser humano como vos aullaba— de dolor, mientras me secuestraban o torturaban te tapaste los oídos, los llenaste de cera sin darte cuenta de que vos también ingresabas en el mundo de los muertos.

Y Horacio había encerrado, enterrado sus fotos y fotogramas que gritaban por justicia, que vociferaban su dolor: que no querían ser sepultados en silencio o recogimiento.

Ahora se encontraba impulsado hacia adelante, hacia esas imágenes que reproducían y revivían su historia y la Historia. El archivista en Horacio —*arché:* origen; no es que crea en el origen— se enfrentaba a ese mueble que había cancelado todos esos años, y se enfrentaba a sí mismo. Recuperaba una lucha, una dirección y un sentido, se apartaba de una mayoría entumecida que no conocía la palabra *no,* porque ilusionan, ilusos, con que el *sí* significa avanzar. Se quitaba la venda de los ojos, la mordaza de la boca y la cera de los oídos.

¿Hacia dónde ahora? ¡Es por aquí!

124

10
Ayuda

Lidia lo había elegido. ¿Quién elige a quién? ¿Alguien elige? Debía tener cuidado de no ser el ratón de esta historia y asegurarse de no hacerle el juego a nadie. No creerse más piola porque las cosas se le daban solas; preguntarse en cambio ¿por qué a *él?* No podía ser una casualidad. El hombre frente a su propio destino, frente a su finitud y su muerte. A pesar de que el gesto sea egoísta o cruel, a pesar de los gritos de odio, a pesar de las voces que vociferan a nuestras espaldas —¿indiferentes?—, una fuerza atropelladora nos impulsa hacia adelante. Tenemos que sacudir la telaraña que insiste en atraparnos; despegarnos, desprendernos enérgicamente de los brazos que quieren apresarnos y se niegan a dejarnos ir.

Horacio piensa en Cris. Es el primero que tiene que sacudir esa telaraña y no dejarse apresar. Pero Cris es de los que no se dejan atropellar por ninguna fuerza aunque lo impulse hacia adelante. Cris es de los que quieren entender. Se obstina en llegar a la claridad, aunque tenga que buscar en la oscuridad y al permanecer demasiado tiempo allí corra el riesgo de perderlo todo.

No es que Horacio haya recuperado la pasión o la inocencia que lo dispararon en su juventud. Este no es un tiempo para la pasión ni para la ingenuidad arrebatada y dolida. Es un momento de cálculo y calma. Después de haber sentido la certeza de que el lugar que ocupa no es el propio, y que ese lugar lo ha dejado vacío, sin nada, las manos sucias, las manos vacías, y el que no tiene nada...

Horacio siente que no tiene nada que perder, y esa certeza le brinda una confianza que impulsa sus pasos sigilosos y seguros, cautelosos y precisos.

Conseguir información sobre Mario Welsman. Decían que estaba muy viejo, que vivía en un geriátrico, en un hogar para ancianos, que padecía la enfermedad de Alzheimer, rodeado de fantasías y fantasmas. Welsman había sido un hombre fundamental en el periodismo. Desde las épocas en que el Terror se iba gestando sutilmente —perceptible para pocos—, Welsman había sabido anticiparlo. Manejaba información única y sabía interpretar las señales y la intencionalidad con una justeza tal que su opinión se fue transformando en un factor de presión para los movimientos de los políticos y de los militares. Lo que lo distinguía, además, era que para conseguir la información privilegiada nunca había tenido que acercarse demasiado a los individuos que denunciaba para escuchar la confidencia.

Cuando el Terror se instaló para quedarse ya era un personaje legendario en la política del país. Había creado su propia revista formando periodistas con su convicción y mística: empuñaba la escritura como un arma. Durante mucho tiempo esta misma relevancia lo había salvaguardado de ser eliminado con facilidad. Pero él había sido consciente del riesgo que corría su vida y finalmente adoptó un perfil bajo. Fue en ese momento cuando el ala más dura aprovechó para secuestrarlo eficazmente en la Mansión Noverá. Y para cerrar la revista. Algunos de sus periodistas se exiliaron, otros desaparecieron. Se sospechó que no se habían atrevido a matar a Welsman por temor a una reacción internacional masiva que les caería con violencia. Un día lo dejaron o logró escapar y se puso a salvo en el Paraguay y después en España desde donde escribió inolvidables, dolorosas notas que se publicaron en diversos países para denunciar la brutalidad, la insensatez y la injusticia salvaje que

126

se padecía aquí. Volvió al caer la dictadura, pero al año de llegar se recluyó en una modesta clínica donde sólo lo visitaba su segunda esposa, una mujer mucho más joven que él y que no permitía visitas. La enfermedad de Alzheimer lo había aislado en su propio mundo y apenas reconocía a nadie.

Horacio intuyó que no iba a ser fácil hablar con Welsman, pero lo había invadido una serenidad y un temple que no reconocía en sí mismo.

*

Los movimientos de los aikidocas. Lo había visto a Max en el *dojo* ejercitarse en esa sabiduría oriental japonesa, de movimientos imperceptibles y síntesis. Lo llamó al campo.

—¿Cuándo venís a la ciudad? Necesito verte.

Max llegó dos días después. Ver a Cris y a Horacio siempre era una alegría. Receptivo, intenso, había luchado por preservar la transparencia. No era fácil con la *angurria,* y las luchas intestinas y biliosas dentro de la familia, dentro del pueblo, dentro de las empresas con las que negociaba el té y el arroz. Era extenuante el esfuerzo que debía hacer para entrar en ese circuito y mantenerse. Ser un cínico. Max se había propuesto no autoeyectarse pero tampoco podía asimilarse, y la única manera de preservar su identidad era ser un cínico: el rechazo de las convenciones sociales y el vivir con la naturaleza, la práctica en la constancia como medio para alcanzar el autodominio y la parquedad para conservar esa autarquía. Y cierto egoísmo no para conseguir el placer sino la felicidad a través de la virtud, la sabiduría y la prudencia. La prudencia y la experiencia. ¿Será posible implantar otro modo, otro código? Es preciso hacer algo para reparar este orden injusto, el sufrimiento, la enfermedad mental, la inutilidad de la enfermedad mental, la gratuidad, la riqueza a costa del hambre de otros, hacer algo para reconocer el dolor de los que sufren injustamente, para compartirlo, para sacudir la indiferencia del mundo.

Max cavilaba y hacía. En el campo, en Corrientes, había encontrado la manera, un desafío, pequeña concreción de lo que intentaría llevar a una mayor dimensión. Había establecido, poco a poco, hombre a hombre, de boca a oído, con paciencia y tiempo, una forma de trabajo poco usual pero efectiva. Sin jerarquías, sin autoritarismos, con la autoridad que da conocer su propia labor y realizarla a conciencia y con responsabilidad. No es fácil desmantelar una estructura jerárquica sostenida durante tantos años, confirmada y fortalecida por cada persona en su nivel, mandoneando al que se tiene abajo, desquitándose de los resentimientos y la opresión heredada generación tras generación.

Max había logrado persuadir a cada uno de los peones de la posibilidad de crear y mantener un orden más bondadoso e invisible, que se podía ir modificando, mejorando sobre la marcha, y que les pertenecía a todos. Esto había corrido de boca en boca, desparramado por todo Alvear, y los peones de los campos vecinos se empezaron a revolver en sus puestos, y tímidamente se iban presentando a sus patrones, sugiriendo unos, prepotentes otros, exigiendo imitar un sistema tan beneficioso para todos. Curiosidad produjo en los dueños de la tierra, incomodidad también. Mucha reserva produjo. Los estancieros y chacareros vecinos descreían del éxito de este invento, hasta que un día registraron que sistemáticamente —una vez cada dos semanas— se repetía el planteo: unas veces un peón aparecía en representación de todos, otras aparecían tres, y cuando aparecieron seis se empezaron a preocupar y decidieron rechazar cualquier ilusión de cambio. La fantasía temida era que, anuladas las jerarquías, el gustito por el triunfo fuera insaciable y pidieran más y más y más hasta dar vuelta la tortilla. No sería la primera rebelión en la granja. Los capataces y los mayordomos no se plegaron a la propuesta-protesta. Sin embargo —Max lo sabía y no se impacientaba—, tarde o temprano, ésta era una forma del conocimiento que no se podía parar: se había abierto un canal, un curso impostergable, que se debían a sí mismos los seres humanos. Hay en el hombre más cosas dignas de admiración que de desprecio pero el corazón del hombre late demasiado silencioso.

Sentados en el bar pretencioso, de esos que atraen a citas calladas, Max escuchó muy serio la historia de Horacio, ningún músculo se movió. Cuando Horacio calló, Max dijo:

—De afuera hacia adentro y de adentro hacia afuera. Hay un equilibrio y una armonía que se van transmitiendo, que van entrando cada vez que se hacen los movimientos; esa energía entra y sale, sale y entra, recircula, se funda una y otra vez, cuanto más logres carnalizar esos movimientos mejor se trasladarán a todos los gestos y tonos, interiores y exteriores. Te voy a contar esto como introducción:

»El día antes de su muerte, Morihei Ueshiba, el fundador del aikido, fue visitado en su lecho por un monje shinto que se había hecho presente para realizar una plegaria curativa para el hombre a quien los practicantes de aikido se referían como O-Sensei o "Gran Maestro". Lo encontró como una hoja seca yaciendo en la cama. Finalizada la oración, el anciano se incorporó y caminó al *dojo* donde comenzó a ejecutar lo que testigos han llamado la más grande e increíble demostración de aikido que haya tenido lugar. El maestro Ueshiba enfrentó a atacantes individuales, atacantes armados, cinco a la vez, arrojándolos a un metro, sin más esfuerzo que poner una mano sobre ellos. El esfuerzo no era necesario. Al terminar dio una charla a los alumnos incrédulos y explicó que el poder del aikido no deriva sólo de la fuerza física. Al día siguiente Morihei Ueshiba murió a los ochenta y seis años de un mal que afectó a sus riñones.

»En varias oportunidades tomaba un Bo, un palo largo, de uno de sus extremos, y empujaban tres o cuatro de sus cinturones negros. Sin embargo, no podían moverlo. Segundos después, él los empujaba hacia abajo. El tenía una fuerza poderosa, como un campo energético. Era impresionante y daba miedo, uno podía sentir ese poder que emanaba, y que tenía su origen en su habilidad de ir más allá de la faz física del aikido al campo espiritual, donde las limitaciones materiales de las técnicas son excedidas por el poder del universo.

»Esta disciplina va más allá de lo físico, yo aprendí a moverme sin movimientos, en vez de dirigirte hacia malas situaciones, tu intuición te llevará hacia puntos seguros y desarrollarás un muy especial sentido de alerta. Uno debe ser uno con su cuerpo y la naturaleza, si no estás dando un paso fuera del universo y ya sos un perdedor. Con el tiempo he descubierto que si uno lucha con la actitud adecuada, y uno tiene razón y es bueno, cada vez es un triunfo, y un paso que nos afirma en nuestra dirección, en nuestra estrategia. Los movimientos de aikido son rápidos y precisos, uno deja al enemigo tratando de atrapar el aire. Para llevarse a uno de estos aikidocas la muerte tendrá que realizar un duro combate.

»Para establecer toda estrategia tenés que saber primero: qué querés hacer; a quién se lo querés hacer; cómo lo vas a hacer. El saber qué querés hacer no está limitado a vos mismo solamente, sino también a tu adversario. Nuestra posición o ángulo es fundamental: nos posiciona frente a la situación o al enemigo, y la táctica será invencible. El estudio del tiempo es vital. Por lo que me contás creo que tu ataque tiene que ser progresivo: no lo esperan. Y siempre anticipar, anticipar el golpe y evitar el daño. Como la tuya es *masakatsu* hay que lograr *karsuhayai* —Max sonrió.

—¿Qué significan *masakatsu* y *karsuhayai?* —preguntó Horacio con atención.

—Bien, muy bien, lo entendés rápido —dijo Max en tono paternal—. *Masakatsu* significa «victoria correcta» y *karsuhayai* es «rápida victoria». Para captar el espíritu del aikido sabés que hay que estudiar cada fenómeno del universo, la rotación de la Tierra, el intrincado sistema ordenador, los climas...

—No tengo tiempo, Max.

—No hay tiempo... Entonces, lo que tenés que desarrollar son los reflejos, la concentración, y fortalecer tu cuerpo. Tenés los reflejos algo aletargados; estar alerta y preparado ya no para reaccionar sino para anticipar, adelantarte a todo lo que pueda sucederte.

*

Gatos. Felinos se desplazan, se estiran, se contraen, se retraen, cada paso, cada pisada, con su pelo apenas erizado, alerta, las cejas enarcadas, las uñas afiladas, los oídos agudos sintonizan la mínima expresión; sentir en la tierra los más imperceptibles y sigilosos pasos. Acercamiento. Anticipar la intención. Internalizar, carnalizar la serenidad, la armonía, el equilibrio, el espíritu a través de los movimientos. Horacio dedicó cinco horas por día a ejercitar los reflejos y la concentración, y a fortalecer su cuerpo. No era joda ni mágico; sabía que esto le ahorraría tiempo, equívocos.

Consiguió ver a Mario Welsman, primer objetivo de su plan. La mujer lo recibió inquisidora, aprensiva, intrigada. Mientras lo escudriñaba le explicaba y lo olía.

—Cuando le pasé su mensaje a Mario me dijo que quería verlo. Al principio venían muchísimas personas, extranjeros, periodistas, para tratar de hablar con él, pero él no recibía a nadie. No le interesaba. A veces ni siquiera me escuchaba; simplemente decía no con la cabeza. Algunos periodistas insistieron durante años y finalmente se dieron por vencidos. Le mandaban tarjetas, frases. Creo que buscaban tentarlo, comprometerlo, pero fue en vano. En cambio, cuando le dije su frase, esa frase que usted me dijo que le repitiera, fijó la mirada con atención, y sentí que quería saber más, casi fue expresivo, como si hubiera sido una contraseña para muchos recuerdos. ¿Qué significa? ¿Usted quién es? ¿Lo conocía mucho?

—Fue un maestro, yo era su alumno dilecto pero díscolo, indolente, me empecinaba en no aprender la lección.

—¿Usted es periodista?

—Algo así.

—¿Cómo era Welsi antes?

—Incansable, agotador, no paraba hasta que el trabajo estuviera perfecto. Pasaba noches sin dormir, días a cerveza y sándwiches, ni se enteraba. Era diez en todo, pero además siempre daba ese plus que define la diferencia, la distinción. Decía: «Falta el plus, siempre hay que superar la marca». Cuando trabajaba era insoportable, no toleraba el descuido, la negligencia. Conmigo fue muy paciente, y yo no lo valoré, trataba de que no me anduviera encima, que no me jodiera y no me daba cuenta de que esa atención era un privilegio.

De pronto Horacio se dio cuenta de que le estaba hablando a esa mujer a quien probablemente todos esos detalles no le importaban, que había preguntado por otras cosas, y que él estaba hablando solo, ensimismado, emocionado.

—Pero él no recuerda nada ni reconoce a nadie —le aclaró la mujer—. A mí sí porque está habituado a verme pero algunas personas lo visitaban y él ni los miraba... Ya no vienen porque es muy desagradable molestarse hasta el lugar y que él no valore ni reconozca su presencia. Por eso me extrañó que el mensaje que usted envió...

Todo iba bien, bien bien.

—¿Puedo verlo?

132

¿Cuánto tiempo me daría a mí misma antes de decidir si casarme o comprarme un perro? Blas me había gustado, no lo podía negar, pero tal vez adivinaba que con él caería mi máscara y todavía no estaba dispuesta a acabar con mi juego. Debía haber alguien por ahí con sentido del humor que me sorprendiera. Cuando una se enamora empieza a ponerse seria, es inevitable. A pesar de todas las *ars amandi* que una pueda producir y los términos que se puedan acordar para mantener la distancia, si nos enamoramos de inmediato dejamos de ser intrigantes. Y si para mantener el misterio nos imponemos una estratagema, se hace muy cansadora; no sólo eso, corremos el riesgo de quedar aún más en ridículo que una enamorada: ante el más mínimo descuido el ardid queda cristalizado como un flagrante artificio y lo que se hace visible es el enorme esfuerzo por mantener un secreto inútil. Una situación tan negativa e incómoda como ser pescadas *in fraganti* en una infidelidad.

Cris es de los que no creen en estrategias ni en estratagemas. Su necesidad de transparencia es admirable porque él puede resistir la luz permanente, él puede resistir un interrogatorio con el reflector enceguecedor en plena cara y decir la verdad una y otra vez sin tener miedo a equivocarse, con la seguridad de que no va a herir a nadie. Para él hay una sola versión, y por eso puede exigirla.

Supe por Cris que Horacio buscaba una casa lejos del centro donde mudarse, y que también quería tener un perro que conviviera con sus dos gatos. Oria se había ido al sur para terminar una primera versión de su libro de dibujos. Intuí que era uno de esos gestos que el amor nos obliga a hacer antes de ahogarnos en la capitulación total o en la angustia. Horacio podía ser una maravilla, pero cuando era duro y frío no dejaba que se colara ni una sombra de alivio para él o para nadie, era insobornable.

Yo no había logrado ver a Max. ¿Cómo sería volver a hacer el amor con él? Trataba de imaginarlo pero el recuerdo era tan intenso que sólo capturaba una sensación, una penumbra, el brillo de su piel, un olor, partes de su cara y la postura de su cuerpo. La suavidad y la pasión. Era mejor así, con su sabiduría él había sabido mantenerse lejos, y yo también me salvaba de desarmarme. La tristeza y la angustia de Cris por momentos me contagiaban una mueca de desesperación. Me había llamado esa mañana. Se esforzaba por parecer animado, pero por detrás la voz de Dylan en *Wedding song* sonaba muy melancólica. Después de intercambiar obviedades quise saber cómo estaba realmente; le pregunté por V. y su tono de voz bajó, su esfuerzo se esfumó, se desinfló de un soplido. Estaba preocupado. Ella no atendía más sus llamados. Como si se hubiera evaporado en la bruma que la rodeaba. Enseguida apareció su ansiedad. Temor a que no le dejara nada que hacer.

—Siempre hay algo que hacer —le dije—. No aflojes pero respetá sus tiempos.

—Me da miedo que se aleje —me dijo.

—Sí, pero tampoco podés acosarla de tal manera que salga huyendo definitivamente.

Nunca hay que pronunciar esas palabras frente a naturalezas sensibles: «definitivamente», «siempre», «jamás», «nunca», «odio», «todo», «nada» son definiciones que clausuran, cierran y encierran conceptos irreversibles; es infinita la angustia que provocan. Lo puse nervioso:

—¡No la quiero perder!

Traté de recuperar mis palabras y reformularlas. Entendió: respetar los tiempos, no presionar para no ahuyentar.

—¡Pero tengo que reafirmarle que la amo!

—Ella sabe.

—Sí, pero no quiero que se confunda.

Sonó el timbre: me pasaban a buscar para hacer una nota. ¿Qué hacía esa noche?

—Nada, ¿por?

—¿Querés que comamos juntos? Llego a las ocho, te espero.

Durante los cincuenta kilómetros que teníamos que hacer hasta llegar a la colonia nudista que íbamos a reportear con mis dos compañeros de la revista pensé que alguien como Cris, que ponía tanto en lo emocional, era un extraño, quedaba excluido por raro. Casi todas las personas tratábamos de no involucrarnos del todo para poder seguir manejando los sentimientos de manera que no jodieran demasiado. ¿Quién tenía razón? Los códigos personales. Los códigos de vida, de país a país. ¿Qué es el éxito? ¿Quién determina si uno fracasó o triunfó? «Ese chico es un fracaso...» ¿Cómo puede un ingeniero matemático comprender a un artista? ¿Cómo puede un artista comprender a un especulador de la Bolsa? ¿Cómo puede un robot de Wall Street comprender a un peón de la tierra?

Sabía que a la noche Cris me contaría todo otra vez, que analizaríamos lo que pasaba y lo que habría que hacer. Una y otra vez volveríamos sobre los temas hasta agotarlos y agotarnos. Cris volvería a salir de la angustia, ya un poco más aliviado y esperanzado.

Una vez más recordé al tipo ganador que hacía estragos entre mujeres de todas las edades sin acusar recibo. Transmitía una seguridad indiferente, y misterio, sin premeditación ni esfuerzo. «Ah, ¿vos sos hermana de Cris Eguiza? Me muero de ganas de conocerlo, ¡me han hablado tanto de él...!» Yo, por supuesto, nunca facilitaba esos encuentros. Las escapadas en viajes sofisticados y privilegiados.

135

Otra vez las imágenes de Stephanie, Inés, Janine, Mercedes. Sin embargo, él seguía de largo. *Le prince*. La inconsciencia total. Si ellas supieran ahora... «¿En qué te has convertido, guapo?»

La palabra moral me aterraba, pero en Cris la condición de la memoria era moral. Los efectos de su cáustica nitidez no los quería para mí. Mis avisos y la posibilidad de dar con un personaje increíble me mantenían en una levedad necesaria. Cada vez que aparecía el aviso me ilusionaba con encontrar, entre las decenas de mensajes en mi contestador, una voz que me llegara como un golpe al corazón. Decidí renovarlo y renovar así la diversión. Lo consulté a Cris: «No decís en ninguna parte que lo que querés es que te sorprenda o te divierta». «No, no es necesario», le contesté, «alguien con esta combinación me va a sorprender muchísimo.»

PERSONAS BUSCADAS

SE CONVOCA A
UN HOMBRE

que compita con un perro apuesto por el amor de una mujer. El labrador no tiene pulgas, es sencillo, alegre, sincero, expresivo, leal, no se toma a sí mismo muy en serio, no exige nada; nunca se aburre, le gusta ver películas y salir a pasear en silencio; no es ceremonioso ni espera grandes cosas de nadie. Sin embargo, es incondicional.

Apareció lunes, miércoles y viernes en *El Día* y esperé.

Llegué ayer y siento como si nunca me hubiera ido. Volver al Limay. Acercarse de a poco, observando el cielo que se ilumina más allá de la línea del lago, y a lo lejos, los cerros de picos apenas nevados que se levantan abruptamente. Reconocer cada una de las curvas de sus aguas, dónde se hacen más profundas, dónde crecen los mimbres y los sauces. Las aguas turbulentamente azules que en el próximo recodo se vuelven mansamente transparentes, de curso lento, son el hogar de las truchas marrones y arco iris. Adivinar el movimiento de sus honduras y la actividad de las truchas según las horas, el viento y el sol. Un día en el Limay nos devuelve lo conocido y lo imprevisible de la naturaleza. La belleza de su forma y su color. Reencontrar los sitios favoritos por la curva de la corriente y la sombra de los coihués y los cipreses. Río de constantes cambiantes movimientos: tan suave e imperceptible, tan arrollador y violento. El campamento. La paz y la tranquilidad de poder participar en la secreta actividad de las piedras que toman sol y se mojan en las márgenes; consiguen para sí mágicos colores, combinaciones de texturas y veteados. Imposible resistir a su influjo. Este lugar exige la soledad. El silencio de la sombra y el silencio del sol.

Redondo. Hondo. El caracol se repliega. Hace un rato que se mueve con dirección certera; avanza milímetros, centímetros, tal vez avance unos metros en unas horas: ése es su recorrido. Puedo, de una zancada, en un segundo, cubrir la distancia de todo su día. Y aun así, convive con mi pie y con mi bota de cuero reforzado y doble suela. Estoy acá tirada en el pasto obstinadamente cortado, verde muy verde, todo mi cuerpo apoyado en el pasto verde, boca abajo, el mentón sobre el dorso de mis manos, la cara muy cerca del pasto. Siento que el sol se está moviendo porque ya no me da en la cabeza. Pronto todo mi cuerpo quedará en la sombra de este atardecer todavía caliente; el pulóver me da calor y hace rato que quiero sacármelo pero esta posición es cómoda y siento que todo mi cuerpo se hunde en el pasto verde y si me saco el pulóver tal vez pierda de vista el caracol o cuando vuelva a mirarlo me convenza de su indiferencia y no como ahora que siento su proximidad y adivino un guiño que no llega y que esconde para sí.

La silenciosa emoción al contemplar el atardecer. La posibilidad de tener el mejor o el único pique del día. El sol se escurre pero el cielo todo y el lago y el río y los cerros se llenan de su presencia, roja primero, rosa después: la hora rosa. Si miramos con atención vemos que inevitablemente el cielo se va tiñendo de celeste, no tan sólo el cielo sino también el lago, el río, y los cerros; el sol ya se ha escabullido: la hora celeste. Pronto el color volverá a cambiar sin que podamos atrapar el momento de su mutación, simplemente el azul irá ganando el cielo, el lago, y el río y los cerros y el horizonte: la hora azul. Que dará su densidad a la noche y a la luna, su reina enigmática y distante.

El sur. Su paisaje magnífico. Si hubiera un lugar más bello en el mundo no me interesaría demasiado conocerlo. Aquí cada día es inolvidable. Su naturaleza tiene una armonía única. Ritmo sube y baja; imposible pensarlo, entenderlo: circular, óvalo de suspenso, se escurre, se estira, se alarga, suena, resuena en colores y formas inapresables, imposible apresarlo en imágenes o palabras, son atisbos, acordes mínimos; los tonos combinan la estridencia; se percibe con el corazón, se escucha desde la nada y se crea un mundo nuevo, que vive por una décima de segundo, y nos deja un toque, una caricia, su élan, un pellizco que nos marca por un rato más. Circunferencias, esferas, la forma perfecta, acabada, cerrada, eternamente buscando la perfección engañosa. Rasguido, tacto afinado, toca, roza, apenas palpa, tentado a agarrar, a aferrar, a no dejar ir. Eso sería silenciar. Volutas, aros, se esfuman, hacen formas insólitas, mezclan colores con sonidos, pero son destellos: existen y mueren, van y vienen, aparecen y desaparecen. Son luces que no viven: son ráfagas, haces de colores que brillan, que dan vida a otras cosas, que juguetean; se encienden graciosos y haciendo una pirueta desaparecen, como burlando su paso, indiferente, sin intentar un gesto mayor. No perdurar, en esa futilidad está su esencia. ¿Quién puede medir nuestro tiempo? Tal vez duremos un suspiro de gigante. No es alto, bajo, afinado, desafinado lo que me interesa expresar.

El sur, donde la belleza es igual a la tristeza. Cuando estoy algún tiempo alejada de este lugar sueño con sus atardeceres como promesas de felicidad. En los momentos en que estoy nuevamente aquí el sentimiento, sensación y sentido de este lugar vuelve y me envuelve, recupero su densidad y su magia, el peso de su consistencia y sus rincones; vuelvo a entablar una relación amorosa, con toda la ilusión de la posesión que tienen las grandes pasiones. Horacio... quisiera poder decirte, sin lastimarte, que a veces me seco, y a veces me canso.

Flirteo con el viento —medias sonrisas cómplices—, doy vueltas, me acomodo el pelo, me acomodo adentro del saco o de la campera. Las manos en los bolsillos, las manos en cruz, estiradas, abarcando, extendiéndose, ambiciosas, las manos arriba hacia el cielo. Salto sobre un pie, sobre otro, sonrío para adentro, ¿para quién? Los árboles se ladean, saludan «¿cómo estás, cómo están?», hacia un lado, hacia el otro, murmurando, susurrando, secretos, presencias. Los pájaros llevan más información de una rama a la otra, chismosean traviesos. De pronto los árboles parecen querer hablar todos a la vez y levantan sus voces, crecen, crecen —es un diálogo breve—; se apaciguan, susurrantes, y los pájaros se excitan e intentan diversos vuelos, al ras, planeador, zigzagueante, medio círculo, círculo y medio, vuelta carnero, alto más alto. Y las moscas, las abejas, las avispas y los tábanos medio atontados bailotean, ¡son un chillido de excitación! Revolotear, sin dirección, desconcertados en el viento que está copando este espacio sin entrada o salida, avanza y toma forma, se estremece y se queda o se va; se excita, se alegra, se enfurece, se marea, se desvanece, se empequeñece. Las mariposas se trasladan en su propio tiempo indefensas y frágiles pero muy testarudas. Y las nubes vigilan. Parecen indiferentes; sin embargo, a una apropiada distancia todo observan, sobrevuelan, van y vienen. ¿Serán las mismas, o serán otras? ¿Las reconocerías? ¿A quién llevan sus impresiones? ¿Para quién están tan atentas?

Nunca me importó deslindar la realidad de la fantasía: para mí una y otra tienen el mismo valor. Si la fantasía crea la realidad —la inventa, le da vida y forma—, la realidad provee de infinidad de elementos, de restos. La realidad no aventaja a la fantasía en nada. Uno puede vivir con su imaginación y sobrevolar lo real. ¿Quién puede decir que *la* verdad es otra?

Cuesta escribir el aire, describir el arte. Por momentos tengo la ilusión de que el tiempo se hubiera detenido y esta misma mirada abarcara y penetrara los mismos árboles, el mismo lago, los mismos tonos. Una puerta se golpea intermitente y sé que *son* los mismos tonos, el mismo lago y los mismos árboles y las mismas rocas que desafían con su indiferencia. La imperturbabilidad de la naturaleza, la futilidad del hombre. Puedo tirar abajo árboles, minar la roca, cambiar el curso de un río pero otras montañas se eternizan impávidas, otras aguas forman otros lagos: más acá o más allá la naturaleza sigue imponiendo su poder. El hombre sólo ha podido contra otros hombres; siempre violentando el orden natural, nunca lo ha persuadido con suavidad.

Alguna vez tuve la esperanza de influir en el tiempo. Es cruel saber que pasarán más de cien años y, a menos que sobreviniera una guerra atómica, todo permanecerá casi como ha permanecido estos últimos cien. Es liberador y excitante saber que somos una ínfima parte de un devenir y que todo sigue sin nosotros, sin ni siquiera nuestra impronta. El silencio del *continuum* es igual a la fuerza de lo inmóvil.

Las gaviotas arman su ballet. Muy bien. Lo han ensayado toda la vida, y el horizonte se extiende inexistente pero tan real como el arco iris, tan real como un espejismo. El horizonte es como la meta en el conocimiento de uno mismo que jamás se alcanza porque lo que cuenta es el camino hacia la meta. Las huellas. Tratar de alcanzar el horizonte consiste en transitar el eterno camino hacia el horizonte (inalcanzable, siempre lejano).

El silencio impresionante de la noche lejos de las ciudades, densidad de la nada. La luna naranja ilumina la noche que se inicia y despide el día que no vuelve. Apenas los grillos, los teros, el aleteo de una gaviota, los mugidos de las vacas, los patos en el lago, algún ladrido. La planicie, el llano, la chatura, lo parejo, la tierra, las montañas, las extensiones, el cielo y la tierra, los cielos y las tierras. Los hombres, los animales, los cielos y las tierras y las casas, y los autos. La luna se amarillea, más blanca, más ilumina; sigue trepando, lenta, como en un movimiento mecánico hasta llegar a su punto ideal. Ahí queda por unas horas, nos contempla, triste, cansada, aburrida, nos presta su luz y su belleza. ¿Es bella la luna? ¿Quién puede decir qué no es bello? ¿Es bello ese rostro arrugado por el viento y el sol, de gruesa piel oscura? ¿Es bello un niño avejentado por la miseria y el maltrato?

Acá está Mike, un norteamericano súper atractivo, filósofo, escritor de guiones, actor de Hollywood, espía del

Gobierno, deportista y buen mozo, se recluye a escribir. Venimos de mundos diferentes, de épocas diferentes (él pasa los cincuenta, yo voy para los treinta), pero existe una zona común entre los dos que nos acerca sin explicaciones. Estoy más próxima a él que a muchos que han nacido en mi misma calle o con mi misma sangre.

Mike y yo nos miramos y entendemos. Me descoloca, me desconcierta, vibraciones, cercanía involuntaria. No lo busco. ¿Es a *él* al que estoy mirando, aprehendiendo? ¿O te encuentro a *vos*, Horacio, en su seducción, en su charla, en su huraño repliegue? Me fascina bastante. ¿Es *él*? Nos hemos contado nuestras vidas sin detalles y creo que no necesitamos saber más. Rápidamente estuvimos a gusto juntos y eso es lo que más nos incomoda. Es un encuentro imprevisto, le brillan los ojos: lo sorprendo, yo lo escucho embobada. Es bueno que esté. No me asusta esto que pasa. Me encanta. Flirteo. Como con el viento.

Oria decidió volver. Había tenido suficiente. Siempre le costaba dejar ese lugar. La naturaleza hosca del sur. Su admirable monotonía. ¿Quién soy? Soy yo, sí, Oria. Otra vez sobre un avión. A mí también me entristecen las despedidas.

Me reconozco. Vuelvo a la ciudad. Avión casi lleno. Me gusta viajar en avión. Volar. Sobrevolar la tierra y mirar todo el viaje por la ventana. Es una manera de entender un poco más de lo que se trata todo esto.

Hoy vi el cerro Tronador impresionante, enorme, una mole blanca. Las montañas, los ríos, los valles, el avión avanza entre las nubes. La geografía cambia, se hace más baja, más llana, menos abrupta, se suavizan los ángulos. Las casas, los puestos solísimos entre inmensidades. ¿Quién puede vivir ahí así? Desde acá arriba se comprende mejor el movimiento de los hombres, cómo se han organizado, cómo se han asentado, y qué han elegido, cuál es la dirección. Cosmovisión, ¿desde dónde se puede ver mejor?,

¿dónde me puedo situar para ver mejor? ¿Los pilotos entienden más? Tienen la ventaja de abarcar con su mirada y su paso el mundo. Saint-Exupéry. Por eso, seguro.

El avión avanza. Silencioso, parece suspendido en el aire. Los campos de la provincia de Buenos Aires, las parcelas, los caminos, los árboles agrupados, enracimados, las arboledas, la sombra y el sol, cuadrados, triángulos, bulevares, rectángulos. La tierra. La tierra. El cielo y la tierra. El horizonte, punto de fuga que no existe, eterno, eterno, inalcanzable.

Mike, qué inesperado contacto. Increíble persona, persona, persona, distinta; única, esforzándose, intentando evitar la vulnerabilidad. «Quiero ver lo que quiero ver.» Sofocando las paranoias, vistiendo sus debilidades, soñando. Me encantó. Humano, querible humano. Y el hombre... ¡Pobre hombre!

Estábamos en trance escuchando el ensayo de un concierto de cámara que llegaba a nosotros desde el otro lado del lago. De pronto, con el rabillo del ojo miró la hora y me descolocó. Ese mínimo rutinario gesto fue inesperado.

—*My dear Oria, I want you to meet a friend of mine. He's highly bright and outstanding. So don't leave without giving me your telephone number and address because I'll come up to the city some time. I don't know exactly when but I will come.*

—¿Por qué sos tan cobarde? *Sure, that'll be fine. I'll do it.* ¿Me vas a entregar? ¿Qué debería decir? ¿Enmascarar la humillación con una apariencia, una decencia?

—¿Cuál será el acceso a esa blusa? A ver el acceso a esa blusa... Los botones están al costado. ¿*Where the fucking hell* están los botones?

—Mike, tuve una discusión durísima con papá. Me dijo que yo no sabía convivir con nadie, que ni siquiera había podido convivir con mamá, ¡como si eso hubiera sido fácil para cualquiera...! Que soy difícil y complicada, fría y distante. Que no soy transparente y que no me sé adaptar. Pienso que es al revés. Que uno no debe adaptarse, *that one*

143

should never blend with the rest. Muy por el contrario, debemos *stand our distinctions out, they must show and be evident.* No hay que confundirse con los demás. Las diferencias son lo que hace que valga la pena ser personas, casi habría que exasperarlas.

—Mhm... sí, sí, claro. ¿Por qué dirá cosas tan «inteligentes»? Me resulta un esfuerzo, porque ya le noto una ansiedad..., se la noto en la mirada..., está esperando que le responda con algo sustancioso, y yo tengo una pereza de pensar... Le propondría otra cosa pero sé que no tendría ningún efecto, porque todo lo que no sea esa expectativa no vale nada en este momento, y es tan linda...

—¿A vos te preocupa adaptarte a los demás? ¿Creés que habría que poder convivir, compartir...?

—No, creo que lo que decís es perfecto, *just perfect.*

Ya estoy acá, casi, tan esperado, tan deseado momento. ¿Lo es ahora? No. ¿Cómo estará Horacio? ¿En qué estado lo encontraré? ¿Frío, distante, tierno, contento, abierto, cerrado, *down, blue,* prescindente, bueno? Todo puede ser. Atrás dejo unos días de creatividad y paz.

Buenos Aires. ¡Qué pronto! El río marrón, la ciudad universitaria... Ya estamos. El vaho de humedad me envuelve. Buenos Aires.

Oria llegó a su departamento. Ansiedad. Oria no puede contenerse. «¿Para qué seguir esperando?»

—Hola.

—Hola, Horacio, llegué hoy.

—Hola, mi bebé, ¿cómo está? ¡Qué lindo oírla! ¿Cómo le fue, mi ángel?

Alivio, respiro. ¡Ah!

—Bien, muy lindo. Dibujé mucho. Descansé. Hice unos cuantos *sketches* que ya quedan como definitivos, para incluir en el libro. Me trabé en el número trece.

—¿Lindos?

144

—Sí, creo que están bien. Sí, estoy contenta.

—Qué bueno, mi amor. ¿Cuándo la veo? ¡Me muero de ganas de verla!

—Sí, yo también... Hoy, si querés.

—A las ocho y media la espero, pero en realidad *ya* la empiezo a esperar, hace días que quería que llegara.

—Sí, sí... —Qué aturdimiento.

—¿A las ocho y media le parece bien?

—Sí, muy bien.

—Chau, mi amor.

—Chau, hasta luego.

Loving life! ¡Qué maravilla...! Qué felicidad tan dulce...

Oria estacionó su Fiat color crema. Agarró su bolso de cuero: ropa, libros. ¿Cuántos días se quedaría? ¿Cuántas noches? ¿Cuántas horas? ¿Cuántos besos? Caminó apretada las dos cuadras, eternas, ajenas. Nuevamente frente a ese tablero, frente a esa puerta. ¿Era ésa? Sí, claro. Extrañamiento, ver las cosas como la primera vez; no, como la primera vez ya no más. Conocer ese momento otra vez. Reconocerse. Pausa. Respiró. Presionó el botón. «Hola.» Su voz. «Soy yo.» Su propia voz. ¿Era la de ella? Debía ser. La chicharra; empujó la puerta pesada. Movimientos maquinales. En un segundo se encontró frente a la puerta entreabierta. Ya no podía escapar, estaba ahí, y quería estar ahí, no quería estar en ningún otro lado más que ahí. Vértigo. La empujó suavemente. ¡Qué olor delicioso! Media luz de las cortinas corridas, jazz como un vaho espeso, exquisito. *Nastasia* y *Piotr Verjovenskii* se desperezaban en su sillón favorito; madre e hijo después de la siesta. *Nastasia,* indiferente como siempre, ni la miró; en cambio, *Verjovenskii* saltó al piso y se acercó con sus saltitos a refregarse en sus piernas. Densidad amada y deseada. Oria cerró la puerta despacio y apareció Horacio, perfumado, bañado y peinado. Sí, era él. Mareo. Le tomó la cabeza entre las manos y le dio un beso en la frente. Fraternal. Oria muda, hundida, volaba.

—¿Qué dice mi bebé? ¡Pero qué linda está! Deje las cosas por allá y venga a sentarse conmigo. ¿Querés un whisky?

—Sí, con mucho hielo.

Cuando Oria fue a dejar sus cosas al escritorio quedó paralizada: las fotos de Horacio tan largamente guardadas desplegaban su crudeza en el piso, sobre el escritorio y el sofá. El había querido volver a verlas y después —eran tantas, que se desparramaban por todos lados— no había podido ordenarlas y guardarlas, y había tratado de contenerlas en ese espacio. Pero Oria no se conformó con la explicación. Horacio, entonces, le dijo que había sido necesario recordar algún episodio y que no las había guardado porque pensó que tal vez volvería a necesitarlas.

—¿Estás haciendo una revisión? —preguntó Oria con suavidad.

—Sí, algo así —contestó evasivo mientras cerraba la puerta del escritorio y volvía a la cocina—, pero hablemos de otras cosas, ya habrá tiempo para hablar de esto.

Oria intentó apartar la certeza de que él tenía algo más serio o grave entre manos. Se sentó en el sofá contra la ventana, recostó la cabeza contra los almohadones y se relajó. Respiró hondo. Cerró los ojos. Oía a Horacio con los hielos en la cocina y sintió que eso era la felicidad. «En este momento soy totalmente feliz.»

—¿Cuándo llegaste?

—Esta mañana a las once.

—¿Buen vuelo?

—Sí, buenísimo. Lindísimo.

—¿Viniste sola?

—Sí.

Le acercó el whisky y, como un ritual, arrastró con suavidad el sillón hasta ubicarse frente a ella, sus piernas apoyadas contra el sofá. Canchero.

—¿Estás cansada?

—Un poco. ¡Qué bien se está acá...! Un placer. ¿Qué es esta música?

—Me lo compré el sábado, es Wynton Marsalis. Me copa, ¿te gusta?

La miraba disimulando su intención de escrutarla. Signos, indicios, pistas. Mike y sus ojos anegados de azul. Imposible que supiera. Oria sentía que sus músculos se relajaban. Le costaba hablar, estaba todo bien.

—¿Quién estaba? ¿Con quién estuviste?

Hizo el esfuerzo.

—Los de siempre.

—Tu padre, Marina, Isabel, Hernán... ¿Qué hiciste?

—Tomé sol, me bañé casi todos los días en el lago, fui al Limay, dibujé mucho, caminaba con mi bloc de *sketches* por el bosque hasta encontrar el lugar. Fue muy bueno. Tranquilo, por mi lado.

—¿Tu papi?

—Imbancable. Nos peleamos mucho.

—No me cuentes, no me gusta saberlo. Vos también sos muy difícil a veces.

—A veces.

—Estás lindísima.

—Vos también. Me moría de ganas de verte.

—¿Sí? ¿Mucho? —Sonreía. Sabía que era cierto. ¿Sabía? La miraba a los ojos.

—Te propongo que nos miremos —le sonrió—. A ver cuánto aguantamos sin tocarnos.

Oria aceptó el juego y apagó la luz. Sólo los iluminaba el reflejo de la calle. Mirarse sin tocarse durante minutos u horas, hasta desbaratar el control del otro. «Es como estar fumados.» Placer infinito. Mirarse: «Es como hacer el amor».

¿Quién cedía primero? Quién se mostraba más vulnerable, más vulnerado, más amado o más amante. Tensión que llega irremediablemente al punto insoportable.

—¿No das más?

147

—No. —Oria casi desmayada.

Horacio sonrió maléficamente. Se acercó y la miró a un centímetro. La besó. «Me rindo.»

Cuando se acomodaron cada uno en su lado de la cama, exhaustos, cuerpos laxos (¿parecidos a los muertos?), Oria casi lloraba. Vacío imposible de llenar. Las respiraciones, los corazones latiendo, el silencio. La música hacía rato que no sonaba, y los ruidos de la calle que se habían detenido con el resto del mundo, reaparecían.

Horacio se acomodó de costado y la abrazó tan fuerte que Oria creyó que iba a escuchar crac crac de una vértebra.

—La quiero, la quiero, es amor total, ¿sabe? Hoy siento que es amor total.

—Yo también te quiero, con cada milímetro de mi cuerpo cada milímetro de tu cuerpo.

—Tuve tanta angustia el sábado, me iba por un agujero, me despertaba transpirado a cada hora, y tenía que abrir la ventana, una angustia espantosa, me iba, me iba y no me podía agarrar a nada. Dormí tan mal estos días... ¡Quiero dormir! No quiero resbalarme por el agujero....

—Yo estoy acá, mi amor. Yo te hago muchos mimos y te cuido. Nada va a pasarte, ¿sabés?

—Parece tan fácil cuando vos lo decís...

—Si Dios no existe, hay que crearlo.

Enseguida Oria oyó su respiración más profunda. Pensó en las fotos que, en el cuarto de al lado, no dormían; si se asomaba en la oscuridad la mirarían desde sus distintas posiciones reprochando el olvido: si uno las miraba, no las podía olvidar con facilidad. A partir de cada una se abría una historia, un mundo horroroso que podía reaparecer en cualquiera de sus formas.

Horacio la tenía abrazada tan apretada que Oria casi no podía respirar. Forcejeó hasta encontrar una posición donde pudiera sacar la nariz hacia el aire. Al rato oyó sus ronquidos, suaves, acompasados. Lo amaba, amor total desde la punta de los pies hasta el último pelo de su cabeza. Y ese ronquido era como la mejor música, la más dulce. Amaba su olor, su pelo, su forma, su ternura, su desamparo. ¿Qué hacer con ese amor? Daba miedo. Mareaba. ¿Cómo hacer para que ninguno de los dos lo dejara morir? En esos momentos era imposible recordar cómo había vivido tantos años sin Horacio, e inconcebible imaginar cómo iba a ser cuando tuviera que vivir sin él.

Luego de mi último aviso fue Blas quien volvió a responder con una ocurrencia divertida, sin solemnidades ni declaraciones: estaba dispuesto a jugar. Lo vi tres veces en dos semanas pero de pronto sentí que él estaba tan prevenido conmigo que no había naturalidad en el juego, para él era un medio para llegar a algo; y descubrí que tal vez lo que yo en realidad quería era perpetuar el juego mismo. Empecé a sospechar que no sabía ya cuál máscara o qué combinación de máscaras conformaban mi verdadero rostro. Me encontré haciendo lo imposible para que él no diera nada por sentado y por resultarle disimuladamente desagradable. Enamorarse exige un esfuerzo que me sentía incapaz de hacer; enamorar a alguien implica ser objeto de amor y sentir la presión de quien espera que demos ese salto. Tampoco estaba dispuesta a jugar con él —percibía que él ya no quería «jugar» conmigo—, ni a investigarlo como quien examina un insecto raro para extraer conclusiones sobre la especie.

Cris estaba mejor. Había conocido una mujer bellísima que le gustaba mucho. Claudia, como Cris la describía, era muy atractiva, segura de sí misma pero, por supuesto, otra mujer desconcertante; y Cris estaba muy preocupado en no dejarla descubrir su inseguridad abrumadora. Me consultaba si la llamaba o no la llamaba, si aceptaba su invitación a una comida con amigos porque —puta madre qué complicado— ella era una artista de la estrategia y él, que durante varios lejanos años había sido un objeto de deseo enigmático y mítico, tenía algún recuerdo de cómo ocultar el juego pero parecía que necesitaba refrescar la memoria.

Una noche me contaba divertido cómo ella, Claudia, quedó intrigada con una media frase que había saltado a él desde un libro y que él reprodujo por casualidad sin estar seguro de «qué mierda había querido decir» pero el tono había producido un efecto «acojonante» y ella había aflojado la histeria y se había puesto más lábil.

El brillo de ciertas alegrías y de alguna esperanza había vuelto a la mirada de Cris; su expresión se había distendido y era un alivio poder respirar profundo y estar más relajados. La cabeza podía descansar y nos reíamos otra vez. ¡Qué luz volver a ver esa boca plena, y la ausencia de pesadumbre y opresión era un recreo! Daba lugar a un sueño tranquilo, a una ilusión, una posible vida más simple, o simplemente no atormentada.

Llegaron las vacaciones y Cris se fue a Mar del Plata en febrero. Nuestra madre, tíos y primos habían alquilado dos casas linderas. Su amiga Rosalía también iría. Vida familiar, sol, salidas tranquilas: pintaba bien para él. Claudia —no se podía decir que fuera su «novia», no había explicaciones que dar ni reproches que hacer— viajaba a Estados Unidos por dos meses. Yo tenía mucho trabajo en la revista y prefería tomarme vacaciones cuando pudiera descansar de verdad, pero principalmente no se me ocurría pasar unos días en Mar del Plata porque seguía sin relacionarme con mi familia; desde lo de Ernesto no había intentado una explicación (¿la hay?). Cris me mencionaba naturalmente en su conversación, pero tanto papá como mamá mantenían un silencio y una mirada inescrutables. Durante mucho tiempo él había intentado contar mi historia, defenderme de sus juicios, ablandar su severidad, pero había rebotado. Eran implacables. Yo sabía que mamá, después de un largo silencio, a veces le preguntaba: «Y Juana..., ¿cómo está?».

Papá, en cambio, ni me nombraba. No dudo que pensaba en mí, pero yo... en fin... había ido demasiado lejos —*point of no return*, como decía él—, yo era un ser extraño que ya no tenía nada en común con «los valores, la educación y el modo de ser» inculcados. El vagón en el cual andaba se había «descarrilado» y no había reencontrado ese «carril» nunca más.

De chica siempre me habían hecho una gran impresión las carreteras, desde el asiento de atrás asomaba apenas la cabeza, pegada la nariz al vidrio miraba azorada: varios carriles llenos de autos que iban en nuestra misma dirección y varios carriles llenos de autos que venían en la dirección contraria. Todos los conductores muy firmes al volante, resignados al lugar que se habían conseguido en esas filas infinitas, impacientes al ser demorados, pero seguros de conducir sus vehículos y sus vidas en una dirección precisa e inequívoca, lanzados hacia adelante, ya fuera en una dirección o en otra, ése era el único camino para llegar adonde querían. El camino que todos debían seguir. Recuerdo cuánto me angustiaba la imponente y trivial visión de esas carreteras que parecían no vaciarse nunca y cuánto deseaba que no existieran los carriles.

Le pedí a Cris que no intentara hablar de mí con papá o mamá, que no lo hiciera más: ¡uno podía transitar prescindiendo de la aprobación de los demás y de los padres! Mis años en Madrid me habían mostrado que uno puede crear su propia historia, creíble hasta para uno mismo, y que no vale la pena deambular preguntándose por el origen ni buscando la armonía entre todos los elementos de la propia existencia.

Cris volvió de sus vacaciones dorado y con buen ánimo. A través del trabajo habían logrado con nuestro padre mejor comunicación, una relación más natural. El resto del verano le tocaba hacerse responsable de la oficina y esto le producía una ansiedad indecible. Pocos días después de su llegada lo estaba esperando en casa para comer, cuando sonó el teléfono. Era Cris con voz intensa desde un teléfono público.

—Petisa, disculpáme pero no voy a poder ir. Me encontré con V. y vamos a ir a comer algo.

—¿Cómo que «te encontraste» con V.?

—Sí, es increíble, nos encontramos en el colectivo. Quedamos en que más tarde yo la pasaría a buscar para charlar un rato, y ahora voy para allá. ¿Te clavé con la comida? No te emboles, pero creo que es necesario que hablemos, ¿no te parece?

—Sí, me clavaste pero no importa. Bueno... —Yo estaba aturdida.

—¿Mañana qué hacés? Apuráte que se va a cortar.

—No sé..., llamáme.

—Un beso grande. Te llamo mañana.

—Sí, chau, que te vaya bien.

Trac. Seco. El tubo en la mano y el vacío desde el otro lado. Colgué. Suerte, Cristiano. Un frío en los brazos, aprieto las mandíbulas. Que te vaya bien. Cruzo los dedos. Cuidáte. ¿Qué es esto? Algo sentí en ese momento, algo parecido a una marcha atrás. ¿Volver a vivir la misma pesadilla otra vez? ¿O una acelerada ciega a fondo hasta el final? ¿Por qué?

Un murciélago en la vereda, en el medio de las baldosas intenta tomar vuelo. Lo esquivo, salto un paso más lejos. Me doy vuelta para observarlo: es asqueroso, gris rata y gomoso. Gime. Me siento afuera de un bar, en la esquina, a tres metros del murciélago. La gente pasa apurada hacia sus trabajos, otros se bambolean más lentos, van conversando el sopor de los rayos del sol de mediodía de febrero. Nadie ve al murciélago. Lo miro. Pega saltitos y gritos hacia adelante, no puede volar. Repugnante. No puedo sacar mi vista de él. Insiste. Se sacude, colérico. El mozo me trae un café. Los ojos del murciélago brillan como llamas. Lenguas de fuego salen de sus ojos; se retuerce un poco, se queja apenas y ¡el fuego crece! ¡Se está quemando vivo! Ya no reconozco nada de él. Es un fuego en el medio de la vereda que ya se está apagando. No hay rastros ni restos del murciélago, pero una cera gomosa y viscosa se desparrama caprichosa. Como un vómito o un charco de banana pisada sobre dos o tres baldosas. Lo miro fijo, no se mueve pero reverbera pringoso con los rayos del sol. Pago el café y me alejo. Me voy.

Cris y V. empezaron a verse otra vez. «Está muy cambiada.» Tal vez suene familiar... «Hicimos una revisión de lo que pasó. Vamos a vernos como amigos.» Tal vez siga sonando familiar... «Ella ve a otra gente, no vamos a estar sólo el uno con el otro.» *Tell me why ay ay ay you cry and why you lie to me...* Los dos disimulaban sus ganas de saber qué habían hecho durante ese tiempo, léase si habían franeleado, si habían cogido, si habían sentido algo parecido o semejante o diferente. Si habían sentido. «Vamos a ser menos posesivos, menos celosos, es una tortura absurda.» Sí, sí...

¿Qué es la posesión? ¡Dios! ¡Uno para el otro...! ¿Es posible ansiar eso y sostenerlo como una promesa? ¿Por qué existirán las promesas?

A los tumbos. Marzo, abril, mayo. Escenas irrefrenables: esta cama, este colchón, esta casa. ¿Quién te ayudó a decorar el departamento? Fue Juana, Juana y yo, los cuadros con un centímetro, un martillo, y unos pesos.

Mentes sospechosas. *We can't go on together with suspiscious minds...* Junio. Tan tan ta tan... «Nos casamos en julio.»

Cerré los ojos fuerte. No quiero ver el choque. Me tapé los oídos. No quiero oír el ruido a vidrios rotos, a caños que se retuercen, gritos que desgarren la noche. No quiero ser testigo ni parte. ¿Qué puedo hacer?

Cris y V. se casaron en julio. Nunca lo había visto a Cris tan exultante: sonreía con cada partícula de su cuerpo. Era feliz. La serenidad y la bondad se gestan por momentos de gran plenitud. Parecía que ese estado tan sagrado y arrebatador iba a superar todo el pasado de fragilidad y sufrimiento, como una gracia ganada para siempre. Un triunfo que se levantaba por sobre todo el dolor y la desesperanza.

Por un momento pensé: «Tal vez nos equivoquemos y llegue a lograrlo. Tal vez haya una voluntad hacia la reparación que se imponga, algo así como mi cuota de pálida ya se cumplió, ahora me toca el reverso». Anverso y reverso. Era fascinante verlo en ese estado de nirvana.

—¿Sabés qué siento? —me dijo en un momento en que nos apartamos de la fiesta—. Siento como un alivio: dejo de ser el anacoreta, sólo para locos. Entro en la normalidad; la incomodidad en la vida llega a ser muy incómoda. ¿No te pasa a vos?

—Sí...

La libertad..., pensé. Exige ser muy fuerte esa pequeña libertad.

Max, Horacio y Oria deambulaban silenciosamente por la fiesta, buscando un lugar. Por fin lo veía a Max luego de más de dos años. Estaba canoso y buen mozo, conservaba su apostura física —los hombros descansados, los movimientos lentos— y su gentileza —la atención, el interés por su interlocutor—. ¡En esta oportunidad no podría evitarme! La conocí a Oria, la mujer que amaba a Horacio. Ella se esforzaba en parecer divertida y mundana; yo, por que nada nos acercara.

Papá y mamá me habían saludado con una inseguridad acartonada. Verlos después de tantos años fue una impresión fuerte. Por un lado eran extraños, pero por otro reconocía gestos que me remontaban a momentos compartidos que ya no tenía ningún interés en desentrañar.

Afirmé mi máscara a mi cara y no vacilé. Cuando me acerqué, mamá se quedó sin saber qué hacer y apenas apoyó su cara contra la mía. Sentí su temblor. Tuve que seguir de largo. Nada me retuvo allí. Papá había sido helado: «¿Cómo estás, Juana?». Y se había dado vuelta a saludar a otros, como si me hubiera visto ayer.

Max intentaba parecer indiferente. ¿Max indiferente? Ja, ja.

—Hola, Max.

—Hola, Juana —sonrió, media sonrisa seductora, ganadora, ocultadora de todo el temor a ser herido—. Se nos casó nomás el Cristiano.

—¡Está esplendente! Parece un príncipe...

—Así se lo ve.

Max había dejado de lado su ironía, y yo supe que esa noche dormiría con él.

Horacio, siempre cariñoso y reservado (de los tres, Cris era el más expansivo con sus afectos), se fue poco después de la medianoche; estaba cansado y tenía que levantarse temprano. Yo sólo sabía que había abandonado la idea de mudarse porque estaba con mucho trabajo. Eso era lo que Cris me había contado, ocultándome la historia en la que Horacio se había metido. No solamente por cautela sino porque nunca volvimos a hablar de Ernesto y él prefería ahorrarme malos recuerdos y siniestras realidades. Ellos ya sabían que todas las percepciones de Horacio se confirmaban en las señales de los ex aspirantes a revolucionarios que podían conseguir información pero que hacía meses eludían el compromiso de ayudarlo a investigar el accionar de Kraude y el Ministerio del Miedo. Una y otra vez se repetía la misma situación: lo escuchaban y lo consideraban un delirante, eran acciones del pasado más antiguo y olvidable, sólo un sádico o morboso querría revolver esa mierda. Para Horacio era la certeza de que se trataba de asuntos que se prefería negar.

Oria se despidió de mí con frialdad. Era bella, era tensa. Con Max nos rozábamos desde lejos; los dos. Al despedirme, Cris me abrazó fuerte:

—Gracias por todo, petisa, ¿eh?

—Gracias por nada, no seas sonso.

Nos fuimos juntos, Max y yo. Hacer el amor con él siempre era un desafío y una aventura. Todos los fragmentos de mis recuerdos con él se juntaron con claridad. Imposible dormir quince minutos seguidos.

V. quedó embarazada enseguida. Cris no podía con su sonrisa: los chicos siempre le habían fascinado y se le pegaban sin que él hiciera un gesto, tenía un carisma poco común. Ser padre, tener un bebé a su cargo era haber dado con una raíz, era apoyar un pie y hundirse apenas; dejar de caminar a un centímetro por encima de la tierra y que esa raíz crezca profunda y fuerte.

Pronto el embarazo se complicó. V. tenía unas llagas que había que analizar. Reposo absoluto. Los esfuerzos de Cris en cuidarla como al bebé que querían tener fueron vanos: al mes y medio, raspaje y cama.

Cris se puso sombrío. No habían podido retenerlo, darle más vida. Un brote, una semilla que germina, un hijo. Este no se había prendido con la fuerza necesaria.

Algo se quebró ahí, una esperanza en que la vida se hiciera más común, más simple, más ordinaria. ¡Puta, no podía ser tan difícil juntar un óvulo con un espermatozoide y producir un niño! Si todo el mundo los tiene, y el otro mundo los evita con cuidado. Pesadumbre. Empezar todo de nuevo. Convencerse de que todo está bien.

Después vinieron las llamadas anónimas. Voz burlona de hombre.

—¿Hablo con Cristian Tzara?

—¿Quién es?

—Vos no me conocés. Yo, en cambio, sí te conozco. En realidad, a la que conozco bien es a tu mujer... —Risita socarrona, silencio perverso que hiela la sangre.

—¿Ah sí? ¿Y no me vas a decir quién sos?

—No, todavía no.

—¿Qué querés, flor de hijo de puta?

—No te pongas así, hermano, nada más quería que... Clac.

Además, ¿por qué Tristán Tzara, un personaje que Cris siempre encontró antipático?

No pude soportar la visión de los gusanos en la comida. Me estaban asesinando. ¿Quién puede excusarlos?

Sin intuir los pasos de Horacio en lo más mínimo y despreciando las brutales consecuencias que podía provocarme a mí misma, puse a prueba mi rasgo de mayor escisión y me aventuré en un terreno que sólo trataba una de mis máscaras, la más frívola. En la revista propuse una nota sobre los militares y su relación con las mujeres y con otros hombres, civiles. De esa manera fue como conocí al capitán del Ejército Jerónimo Giúdice, un acontecimiento que distrajo mi atención y mi interés, capturó mi concentración y control sobre mí misma. De los entrevistados seleccionados, Giúdice fue recomendado por unanimidad como un personaje sociable y buen exponente del punto de vista que queríamos conocer. Los seis estaban dispuestos a hablar pero no todos tenían algo que decir. Realizar las entrevistas con la distancia interior que me resguardara de la emoción era un desafío mórbido (hay enfermedades de las que es mejor no curarse, funcionan como la memoria necesaria). En realidad, fue un gesto de bestial frivolidad y omnipotencia.

Giúdice me pareció inteligente y peligroso. Era un militar prototípico de cincuenta años pero tenía una conciencia extraña a su profesión y estructura de personalidad: se veía falible; y una cualidad que podía actuar a mi favor o no: era sensible. En una situación clara, de neta oposición, donde la distancia nunca se acorta, sería más fácil para mí sostener una máscara que no mostrara arrugas ni fisuras. Si yo lograba mantener mi rigor periodístico y un tono clínico, él podría darme la información que a medida que tomó forma fue más esencial para mí: cómo se ve desde el otro lado. Siendo muy cautelosa, yo, una cronista encantadora que seduce al más pintado, podría suavemente darme cuenta de cómo opera la psiquis y la emoción y la educación en los hombres a los que Ernesto mató o quiso liquidar para alcanzar su fin, y para quienes un hombre como él o cualquiera que pensara como él era un peligro, el mal supremo que había que exterminar. Y sabría por fin —me creía fuerte para absorberlo— cómo fue pensada y programada la lucha en la que Ernesto dejó la vida.

Lo entrevisté dos largas tardes para la nota. Con la excusa de completar información y cotejar sus opiniones con las de los otros militares reporteados —los dos sabíamos que era una excusa— nos volvimos a encontrar. El era muy seductor y simpático. Me preguntaba por mi vida con una ingenuidad tan actuada que yo le contestaba cientos de mentiras con el mismo desenfado. La versión que le di era la que mis padres hubieran deseado para mí, la típica vida de una chica de clase alta en un país acomplejado y conservador: mimada como única hija mujer por mis padres y mi hermano mayor, una familia unida, educación en un colegio inglés, una carrera femenina como letras en una universidad privada, casamiento a los veintidós años, viudez a los veinticinco —un accidente de auto, una verdadera tragedia—, viaje a Europa para olvidar y mantener una conducta digna, cinco años en Madrid para evitar los recuerdos, aprendizaje de algo de periodismo, vuelta al país y a frecuentar las amistades de mi clase, reorganizar mi vida. Me pareció adecuado no ocultarle mi provocadora propuesta de los avisos y mi forma de conocer hombres atractivos: reforzaba la historia que le estaba haciendo. En esos momentos no sentía que corría ningún peligro. Era después cuando, sola en casa, reproducía la conversación en el grabador, un frío me corría por la espalda no sólo por lo que decía Giúdice y las asociaciones que provocaban en mí sus relatos o comentarios sino por lo evidente del riesgo innecesario al que me estaba exponiendo. Pronto me recomponía y la fascinación del horror y de saber era más fuerte.

En un principio yo no debía ocupar ningún lugar en la vida de Jerónimo, tenía que ser apenas perceptible. Era casado, esto facilitaba la dificultad para vernos y frenaba el impulso a multiplicar los encuentros. Pero me las tenía que arreglar para que el día que él decidiera averiguar sobre mí ya sintiera una simpatía que me protegiera de cualquier represalia; y yo debía estar dispuesta a desaparecer de su vida con la misma suavidad con la que había entrado. Lo que yo no sabía era cuándo sería ese día o si Jerónimo ya me había investigado.

Cris y V. pasaron los meses. Hay todo el tiempo del mundo para amarse, para tener hijos, para reconstruir, para darle sentido a la vida, para convencerse de que no vale la pena encontrar todas las respuestas.

Los vi en Navidad. Me invitaron a comer a su casa y fui con Blas. Blas también era un solitario y no se había equivocado con mis mensajes. No confiaba en alguien como yo para involucrarse sentimentalmente, y como «amigos» nos entendíamos bien. Max se había quedado en el campo, no había podido resolver ciertos asuntos a tiempo para pasar la Navidad con los amigos, o tal vez habrá preferido quedarse solo.

Estaban Oria y Horacio. Esta vez Oria fue más simpática conmigo; tal vez el hecho de que yo estuviera con Blas la dejaba más tranquila. Sin embargo, ella tenía que darse cuenta de que yo no era una comehombres... No, no era eso lo que le molestaba de mí, era la sensación de que nosotros —Horacio, Cris, Max y yo— compartíamos un pasado que ella ignoraba. Debía de tener veintisiete años pero parecía muy joven. Su belleza no necesitaba cuidados esmerados, pero su aspecto era tan prolijo, tan obsesivamente asegurado que ese nerviosismo me inspiró ternura.

A Horacio se lo veía agotado y reconcentrado, ¿mal dormido? Sin embargo, su sonrisa era clara.

—¿Qué estás haciendo? Hace mucho que no te veo —le pregunté.

—Volví a las andadas.

Cejas que se levantan:

—¿Qué tipo de andadas?

—Las fotos..., en realidad, sufrían de catalepsia. No habían muerto. —Su sonrisa se crispó apenas.

—¿Y para qué quieren reencontrar la vida las fotos?

—Para no olvidar.

Pelos que se erizan.

—¿Es que vale la pena recordar lo que cuentan las fotos?

Siguió sonriendo, enigmático:

—Tal vez...

Estuve a punto de decirle que hacía meses que veía con cuentagotas a un capitán del Ejército para saber en cuentagotas, que tenía cosas desesperantes para contarle, pero apreté las mandíbulas y tragué saliva: no podía hablar de eso delante de Blas. No podía hablar de eso con nadie, yo no hablaba de Ernesto con nadie.

Tal vez si en ese momento le hubiera preguntado a Horacio qué alcance tenía «la catalepsia» de sus fotos y ese «para no olvidar», él me habría dicho en qué historia estaba metido hacía más de un año y me habría advertido lo difícil que le estaba resultando conseguir ayuda, que nadie se quería involucrar en sus averiguaciones, que le escamoteaban información aparentando indiferencia porque sabían que todavía había peligro, de la cantidad de deserciones que había conseguido su insistencia, y yo me habría prevenido a tiempo. Habría percibido las consecuencias que podía tener para nosotros —aunque a mí me tocara lateralmente— la historia que yo estaba fisgoneando por medio de una morbosa investigación aficionada encubierta en la más obvia seducción.

Pasamos bien la Navidad en lo de Cris. Como siempre, él pendiente de mis cosas, de mí. Me buscó en el balcón cuando salí a mirar las plantas.

—¿Y... qué pasa con Blas, petisa? —me sonrió cómplice.

—Somos amigos, creo que bastante buenos amigos —le contesté seria.

—Parece un gran tipo. ¿Qué, te estás haciendo la difícil, o todavía no te resignás a que no tenga la voz de Richie Havens? ¿O, además, tendría que cantar como él?

—No, no, Blas es un gran tipo, pero el labrador no tiene rivales verdaderos, es imbatible, sigue siendo el favorito. —Le devolví la sonrisa—. ¡Feliz Navidad, hermano querido! —Lo abracé y aproveché la oportunidad para tentarme: le pasé la mano por el pelo de ondas gruesas y determinadas.

Le molestaba, pero se rió.

Me despedí aliviada, parecían haber ganado tranquilidad y paciencia; la vida se deslizaba mansamente.

La nota sobre los militares salió hacia fin de mes. Inofensiva, *light,* acorde con el registro de la revista. El tema era bueno, lo desaprovechamos; quedó como respuesta a una simple curiosidad, ignorante del peso y del espacio que tenía en nuestras vidas. Yo no iba a exponerme por algo ya perdido. A Jerónimo le gustó, además, había salido muy buen mozo en las fotos. Con la ingenuidad y la insustancialidad de la nota creí ahuyentar cualquier sospecha de mí.

El quería seguir viéndome, yo le dije que salir con un hombre casado no entraba en mi código de moral.

No sé cómo Cris se enteró de la nota, pero cuando me llamó apenas podía contener la furia y el estupor. Quería saber por qué lo había hecho, si no había llegado demasiado lejos con la diversión, o si escondía otro fin u objetivo que me habían perturbado. Yo balbuceé alguna estupidez que no llegó a ser una respuesta, en ese momento me di cuenta de que en realidad no tenía una razón lo suficientemente fuerte como para exponerme de esa manera; además, nada había detrás de mí, ni red ni margen, para protegerme. Yo estaba sola.

—¿Querés pasarlos por un tamiz *light*, que se vean ridículos? Nunca subestimes al enemigo, Juana (porque para ellos vos todavía lo sos). Basan sus relaciones en la sospecha y la estrategia, ¿y vos te querés pasar de viva? ¿Qué ibas a hacer con tus averiguaciones después? Para peor, no tenés ninguna idea detrás, como si no fuera fácil para ellos inventarla. ¿Tanto se te pegó la máscara a la piel?

Quise explicarle que empezó como un gesto de morbosa frivolidad pero que después necesité seguir, acercarme más. Las presunciones dejaban de tener carácter de teoría y...

—¿Ofrecerles otra vida más? ¿Vos creés que cuando mirás sólo vos estás viendo?

—¿Qué pueden pensar de mí?

—Eso tendrías que poder contestarlo vos que llegaste a estar tan cerca, confirmando suposiciones o teorías..., o esas pelotudeces que ponés como razones. Confiemos en que no tenga la menor repercusión.

Era una imbécil. Me quedé temblando. Mi máscara sí que se había independizado esta vez, o yo ya era parte de ella. Por supuesto le oculté a Cris que había seguido viendo a Giúdice, ¿para qué preocuparlo más? Tenía que salir de eso sola.

164

Viajé todo enero. Londres, París y Roma. Me di cuenta de que si hubiera querido ir con alguien no habría encontrado con quién. No tenía amigas; y viajar con un amigo hombre —Blas o Max— era comprometer una intimidad que distorsionaría el espíritu de ese viaje. Cuando vivía en Madrid nunca me había animado a salir de la ciudad, ni tenía el dinero para viajar. De chicos, Cris y yo habíamos recorrido Europa con nuestros padres pero eran recuerdos tan borrosos, otra vez parecían pertenecer a otra vida.

Volví a la ciudad. Me tranquilizó saber que mi nota no había trascendido el círculo previsto. Aparentemente a los entrevistados tampoco les interesó que se supiera que hacían públicas sus opiniones sobre temas no específicamente castrenses, podían pasar por conciliadores, o llevar a pensar que la vanidad, un signo de obvia debilidad, los había traicionado.

Llamé a Cris.

—¿Cómo andás, petisa? ¿Cómo te fue? —Voz un poco lánguida.

—¡Sensacional! ¿Cómo están?

—Bien, bien.

—¿Cuándo nos vemos?

—Mejor hablemos en la semana, porque V. tiene una tía internada a la que va a cuidar todos los días y llega muy tarde y cansada.

—Bueno, llamáme vos.

Volví a llamar yo en la semana.

—Viajo el sábado hasta fin de mes por trabajo. ¿Nos vemos? ¡Quiero contarte de Roma, de París, de Londres!

—Sí, sí. Mejor te llamo yo. Le pregunto a V. qué día es mejor para ella.

Miércoles. Jueves. Viernes.

—Me voy mañana. Me despido.

Silencio.

—Estas han sido unas semanas un poco complicadas.

¡Qué lástima que no nos veamos! Que la pases bien, petisa. Pasálo bien, ¿eh? Cuidáte.

Corté desconcertada. Sin duda, Cris estaba tan cariñoso como siempre pero había preferido no verme. También me extrañó oír como fondo *Shelter from the storm;* lo aparté como un mal pensamiento, las canciones de Dylan habían acompañado a Cris en todas las épocas.

En ese momento de silencio..., ¿estuvo a punto de decirme que V. se había ido ya hacía un mes y que él estaba sufriendo?

Cris era mi única familia. La persona (hombre-mujer, ¿qué más da?) que vivía en mi corazón, que más había significado en mi vida. Sentía que yo, para él, era Juana muy claramente y así era querible. Yo me sentía tan pegada a Cris que pensar el mundo sin él era casi tan imposible como pensar mi propia muerte.

Revelación

Un día Echagüe desapareció, dejó de pasar por lo de Lidia, ni siquiera llamó para pedirle cuentas o para avisarle que algo en su arreglo cambiaba. Nada. Lidia se asustó. Era mala señal, eso no era olvido ni desinterés. Algo le había pasado a Echagüe, y ella no quería estar asociada a él en nada. Si alguien aparecía invocando su nombre, ¿ella qué diría, qué debía decir?; y en el caso de que él regresara, tal vez la acusara de haber seguido con la venta sin él. Estaba decidida: en cuanto reapareciera le diría que ya no le interesaba la comisión, que no tenía tiempo de ocuparse de mostrar la casa. Tuvieran o no razón en sus sospechas, ella ya no quería participar de ese negocio.

Horacio había entrado a lo de Lucrecia Kraude varias veces creyendo que allí encontraría algún rastro de las actividades de Osvaldo Kraude (o Caballero Rojo, tal como figuraba en el Ministerio del Interior), pero tanto Lucrecia como Echagüe —por distintos motivos— no habían dejado ni un papel, ni un libro, ningún objeto ni indicio. Lidia había tratado de disuadir a Horacio de seguir, tenían que abandonar esa historia. Durante meses no había averiguado gran cosa, los datos que le habían dado lo llevaban siempre a un punto muerto. En definitiva, nadie los había ayudado. Welsi, ese viejo periodista amigo de Horacio, parecía haberse desconectado del mundo. No rechazaba sus visitas pero sólo en dos oportunidades había hilado una conversación lógica y recordado algunos nombres pero con una ausencia total de precisión entre las fechas y los hechos. Sin embargo, Horacio no se convencía, tenía que dar con Echagüe, allí estaba la información que necesitaba. Ya no podía deshacerse de esa historia, estaba lanzado hacia adelante, insensible.

Una tarde encontró a Lidia extraña. Lo miraba con desconfianza, pero contestaba a sus preguntas. Algo había sucedido en esos días que Lidia ocultaba. De pronto lo miró a los ojos con dureza.

—Ya lo decidí. No quiero saber más nada. Te pido que no vuelvas nunca más, que ni vengas por Vilches, y que te olvides de todo —le dijo.

Recuperar la confianza de Lidia.

—Fui una estúpida, sabés. Me equivoqué en contarte toda la historia, ahora no sé cómo salir. Si pudiera mudarme me mudaría. Pero no puedo. No quiero enterarme más de nada. Por saber la voy a ligar, estoy segura. No me cuentes más nada, ¿me oíste?

«Por no querer saber se consintieron muchas muertes e injusticias. La ignorancia voluntaria en ciertos momentos de la historia de los pueblos es complicidad», pensó Horacio.

—Lidia, simplemente ayudáme a entrar en esa casa por última vez.

—¿Y si Echagüe aparece y te pesca? *Yo* voy a estar acá, siempre voy a estar acá.

—No te voy a exponer, te lo prometo.

—No te creo.

Hay un momento en que la intuición pasa a ser certeza, y sin apresurar el paso, sintiendo todo su cuerpo y el martilleo en sus sienes, el camino apareció claro y obligado. Tenía que ver esa casa una vez más, estaba seguro de que había algo tangible allí que se le había escapado, tenía que investigarla aunque fuera una última vez. Necesitaba que Lidia no se endureciera por completo.

—Para Echagüe vos *ya* sos alguien que sabe demasiado.

Odiaba ser tan especulativo, en realidad hasta ese momento no había tenido ninguna seguridad de que Lidia corriera peligro; probablemente ese tipo no quisiera complicar las cosas y prefiriera confiar en el silencio de la vecina, o en su falta de perspicacia y malicia.

Lidia puchereaba:

—No sé qué hacer... ¡Tampoco quiero que ese tipo se instale a vivir al lado! ¡Un tipo como él, si no se vende la casa, es capaz de instalarse ahí! Me quiero ir de acá y no tengo dónde ir, ¿adónde vamos a ir Raúl y yo, adónde puedo irme yo sola?

Solamente tenía que presionar un poco más.

—Hagamos un pacto. Estoy seguro de que Echagüe va a volver; podría aparecer en este momento, mañana o la semana que viene. Antes tenía la rutina de caer cada tres o cuatro días, ahora no sabemos cuándo. Vamos a esperar que aparezca el hijo de puta sin avisar y que se fije en todo como siempre. Una vez que se va vos me llamás y yo vengo. Recorro la casa una última vez y si no encuentro nada me voy y no vuelvo nunca más. Me olvido. ¿Te parece bien?

No podía decirle que su intención era encontrar a Echagüe porque Lidia no le creería que la historia terminaría allí. Lo miró en silencio, no estaba muy segura de estar de acuerdo.

—Cuando reaparezca Echagüe yo te voy a proteger, Lidia, porque va a reaparecer, y vos lo sabés. Si no es él será otro de parte de él. Cuando se va vos me llamás y yo reviso la casa. Si justo en ese momento viene alguien de improviso yo seré un interesado en comprar la casa. ¿Entendés? El no va a darse otra vuelta hasta después de un par de días, y tendrás la oportunidad de decirle que tenés que conseguirte alguna changa más estable y que no querés perder más tiempo. Eso no se lo podés decir de entrada, va a sospechar; una vez que el tipo se asegura que nada ha cambiado, tu razón no va a resultar una excusa. —Horacio hizo una pausa para dejarla pensar—. Nada de lo que yo haga te va a poner en peligro. ¿Me creés, Lidia?

La agarró por los hombros y la miró buscando recuperar la confianza que alguna vez ella le tuvo. Hacía tiempo que ya no cogían. El vértigo de la primera época había derivado en una extraña cita semanal que terminó siendo una obligación repetida sin ningún goce.

Ella se dejó abrazar.

—Estoy agotada. ¿Qué carajo creés que vas a encontrar en esa casa, me querés decir? Ya a esta altura todo me parece una pesadilla.

—No sé, tal vez no encuentre nada y será el momento de abandonar la historia.

Lidia lo llamó al día siguiente.

—Se acaba de ir.

—¿Llevó gente para ver la casa hoy?

—No.

—Voy para allá.

Tuvo que reconocer que le impresionó no haberse equivocado al insistir con el pronto regreso de Echagüe. Por momentos tenía la sensación de que estaba metido en una trampa, y cada uno de los pasos que iba dando habían sido cuidadosamente planeados por otro que con satisfacción lo observaba desde la oscuridad. Y que toda su astucia y percepciones no eran más que obvios señuelos que él iba recogiendo como un imbécil que se mete en la boca del león con la ceguera de los ojos cerrados.

Era la una de la tarde, el barrio estaba tranquilo, hora de almuerzo; Lidia, muy nerviosa, le contó que Echagüe no le había dado explicaciones por su ausencia sin aviso, solamente había comentado al pasar que estaba con mucho trabajo y que la venta de esa casa era una ocupación menor a la que no podía dedicarle demasiado tiempo. Ella había actuado como siempre, eso creía.

Horacio le dio pocas indicaciones: cómo pararse al lado de la puerta, siempre dando el efecto de que se acababa de detener ahí, a punto de moverse hacia el interior de la casa para seguir mostrándola, mientras hablaba con el virtual comprador. En el caso de que apareciera alguien sólo tenía que hacerle la señal, sin perder la calma ni la situación de amabilidad. Seguro que Echagüe no iba a aparecer, en todo caso sería un vecino. Ensayaron la señal y cómo él iba a volver suavemente hasta donde estaba ella. Cuando la vio tranquila avanzó al interior con otros ojos.

Recorrió habitación por habitación. Reconoció el dormitorio grande que se comunicaba con el más pequeño, el pasillo con la ventana que daba al lavadero de Lidia. Todo estaba limpio y vacío. Ver en el vacío, ver donde no hay nada. Llegó al baño. Ahora su mirada se detuvo de otra manera, ya no era sólo un baño que necesitaba ser rehecho. Trató de recuperar una vez más lo que había visto a través del relato de Lidia, el cadáver desahuciado de Lucrecia en la bañadera, el vestido verde de gasa que le había regalado el padre hecho jirones, el eficaz brasero a su lado. La obstinación en morir perdiendo el aire lentamente, en morir sin que nadie lo supiera por mucho tiempo. ¿Por qué ocultar su muerte con tanto cuidado? Su muerte también estaba ocultando algo, estaba ayudando a ocultar algo. En realidad, Lucrecia Kraude había sido fiel a su padre hasta el final, lo había protegido con la complicidad de su demora.

Horacio se movió con calma, en cada cuarto buscaba una señal, algo. Llegó a la cocina sin olvidar el tiempo que transcurría y el nerviosismo de Lidia. Su ojo fotográfico recorrió todo y se detuvo en cada detalle. En·la cocina era donde más rastros de los habitantes había porque los armarios empotrados eran los mismos, la mesa donde seguramente comían... Su cuerpo se tensó como el de un animal que huele peligro y al segundo oyó la señal de Lidia. Se corrió con suavidad hasta la puerta, y escuchó la voz de

Lidia que hablaba al «comprador» como si él nunca se hubiera apartado de su lado, y luego pasos de hombre en el pasillo. Horacio enseguida tomó su lugar y sonriéndole a Lidia para darle confianza esperó a que apareciera el que se acercaba.

Lo vio. Menudo. El paso lento, cauto, de piernas cortas, las manos en los bolsillos de una campera de nylon azul oscuro; la cabeza pequeña, el pelo negro engominado hacia atrás, la cara angulosa. Era Echagüe, estaba seguro. Mientras saludaba a Lidia lo miró con rapidez, la mirada aviesa. Horacio también saludó, aliviado de ver que era bastante más bajo que él, y esperó a que el otro tuviera que mostrar su juego, inventar alguna excusa que justificara su doble aparición del día, esto le daba ventaja para observarlo bien. Rogaba que Lidia permaneciera tranquila.

—Ah, ¿está mostrando la casa...?

—Sí, este señor está interesado.

—Ah, ¿y usted es de alguna inmobiliaria o es particular? —Se dirigió a Horacio con ojos desconfiados y amabilidad excesiva.

—No, particular —contestó con firmeza—. ¿Usted es el dueño o de la inmobiliaria?

—Soy pariente de los dueños, me encargo de venderla. ¿Le gusta la casa? ¿Qué es lo que está buscando? —Hábilmente desvió la atención de sí mismo, Horacio no podía insistir.

—Busco algo como esto pero con más luz; por otro lado, me doy cuenta de que a mi mujer no le va a gustar, ella quiere algo más moderno, donde no haya que hacer tanta obra. Hacer todo esto a nuevo nos costaría una fortuna.

—¿Cuánto estaba pensando en gastar? —insistió.

—Cincuenta mil pero con todo el arreglo y la pintura terminados.

—Eso se puede conversar...

172

Evidentemente tenía apuro en venderla, o le estaba dando charla para observarlo más de cerca.

—Si fuera para mí solo, le diría que sí, pero usted sabe, cuando uno está casado hay que pensar de otra manera... Aparte, siempre es la mujer la que finalmente decide... Las mujeres tienen una visión más práctica de las cosas.

—No pienso lo mismo, el hombre es el que trae la plata, por lo tanto tiene derecho a decidir.

Horacio sonrió tímidamente, concediendo, varón domado.

—Sí, tal vez...

Lidia estaba muda, probablemente aliviada porque nada terrible había pasado, pero Horacio no quiso dejarla sola con Echagüe antes de darle instrucciones. Siguió mirando el techo, las paredes del estar y se alejó hacia los dormitorios, desalentando el diálogo.

—¿Vino alguien más hoy?

—No..., no llamó nadie.

—Bueno, entonces me voy, le quería decir que si hay alguien muy interesado, le haga saber que hay facilidades de pago, nada más. Y me llama. Inmediatamente.

—Sí, sí, muy bien. Perfecto —le reaseguró Lidia.

—Hasta luego, señor... —dijo despidiéndose de Horacio.

Se acercó, le extendió la mano, tuvo que dársela, a propósito, blanda.

—Hasta luego.

—Señor... —insistió.

—Paredes.

—Mucho gusto, señor Paredes. Cualquier cosa, ya sabe, si logra convencer a la patrona, y demostrar quién se calza los pantalones...

—Ja, ja..., hasta luego.

De pronto le pareció sospechoso demorarse tanto en una casa que no iba a comprar, no tenía ninguna excusa para quedarse con Lidia, el mismo Echagüe parecía accesible para conversar de precios. Agregó:

—Sí, yo también me voy —miró a Lidia y le extendió la mano—. Muchas gracias, señora, adiós.

Lidia lo miró con ansiedad, y él le sonrió, de espaldas a Echagüe. Los dos hombres se alejaron por el pasillo, conversando.

Horacio se despidió de Echagüe en la puerta y sin vacilar caminó hacia la esquina para esperar un taxi, de ninguna manera iba a usar su auto, estacionado en la otra cuadra, cuantos menos datos tuviera el tipo de él, mejor. Detrás de sus anteojos ahumados vio que Echagüe subía a un Fiat y arrancaba con parsimonia. El no quiso dejar ninguna duda de que se alejaba de allí y paró el primer taxi que se acercó.

Le dijo al chófer que lo llevara al Centro, no descartaba que Echagüe lo siguiera unas cuadras para aquietar cualquier sospecha. El tipo era botón y esos eran procedimientos de costumbre. Cuando se aseguró que no lo seguía bajó y tomó otro taxi en dirección contraria, vuelta a lo de Lidia. Había pensado volver más tarde, dejar pasar unas horas, pero sintió que tenía que volver. De pronto había aparecido en su cabeza la cocina de los Kraude, y el detalle que, por la señal de Lidia, no había podido registrar claramente. ¡El piso era nuevo, eso era lo tangible que nunca había terminado de reconocer! Los mosaicos negros, discretos, elegidos para no llamar la atención, habían sido colocados mucho tiempo después que todos los otros pisos. ¿Por qué reparar ese piso y no gastar un peso en el resto de la casa que también lo necesitaba? Tenía que volver.

El taxi se detuvo en la esquina. Miró hacia la casa. Vio el Fiat de Echagüe estacionado en la puerta y supo que eso era lo que había presentido. Pagó y no esperó el cambio, de cuatro zancadas se acercó a la entrada y escuchó. Ni un ruido. Se asomó al pasillo y lo vio vacío. Avanzó con cuidado. Apretó los puños, miró a su alrededor mientras se

174

acercaba a la puerta de la casa de Lidia, buscando algún objeto que le sirviera para defenderse. Sólo había sifones vacíos. Sabía que las cosas se habían acelerado y que esconderse, tomar una actitud defensiva, era dar demasiada ventaja, no podía darle tiempo al enemigo a que se armase. No había planeado las cosas así, pero *los hechos se habían precipitado*, se habían autonomizado, cobrado vida propia y él tenía que adaptarse.

Se detuvo ante la puerta de Lidia y escuchó la voz de Echagüe. No, no estaba en ninguna película, esa voz amenazante no era actuada ni forzada. El llanto de terror de Lidia...

—No mientas, perra, cómo que no te dio ninguna tarjeta, ningún teléfono ese forrito, ni siquiera anotaste su nombre completo. ¿Por qué justo te olvidás de preguntarle los datos a ése, lo fuiste haciendo prolijo todo este tiempo y hoy te ponés tan nerviosa delante de ese tipo?... ¿Qué pasó en este tiempo que no vine, te conseguiste algún macho de socio para pasarme por encima? ¿Estás segura que no anotaste su número de teléfono en ningún lado? Yo no te creo, lo vamos a buscar juntos, ¡y lo vamos a encontrar...!

Una cachetada le dio vuelta la cara a Lidia y cayó sentada en una silla. Se agarró el cuello y levantó el codo protegiendo la cabeza, el dolor en la cara.

—Hablá, turra, a mí el olfato no me falla, te equivocaste conmigo si creíste que te podías hacer la viva, pasarme por encima para sacar provecho... Tenés que tomar mucha sopa todavía..., justo a mí...

La había agarrado de los pelos y la zarandeaba como a un muñeco. Lidia estaba roja e hinchada, las venas de las sienes marcadas por el esfuerzo de contenerse y no perder la cabeza.

Horacio abrió la puerta con fuerza, el brazo en alto, y con el mismo envión le incrustó la botella en plena cara. Sin dejarlo reaccionar lo agarró de los hombros y lo tiró

175

contra la pared. Lidia atinó a cerrar la puerta y prendió la radio a todo volumen. La cara desfigurada por la sangre y los ojos cerrados por la conmoción, la bestia había dejado caer su disfraz de humano y se desparramaba en el piso. No quería darle la menor posibilidad de inventar nada. Anticipar; las indicaciones de Max venían involuntariamente, como formas de actuar bien aprendidas y ya practicadas, ante las que no se vacila. Se inclinó sobre él y le abrió la campera, por supuesto ahí estaba el revólver, unos papeles, anotaciones, y un carnet: Néstor Echagüe, servicios especiales.

Horacio nunca había matado a nadie, pero al contacto con esa arma se preguntó hasta dónde iba a tener que llegar para que esa bestia confesara, tal vez tendría que utilizar los mismos métodos repugnantes que las bestias renegadoras de la racionalidad habían usado por siglos. Era extraño: no lo asustaba. Estaba cebado, si no quería que la tortilla se diera vuelta en su contra no podía aflojar, ahora sí que tenía que llegar hasta el final. Para él no eran automáticos esos procedimientos de persuasión, cada segundo que necesitara para pensar lo que venía después era una ventaja para Echagüe: no podía dejarlo pensar, tenía que paralizarlo con el miedo, y obligarlo a hablar. Transformarse en un total hijo de puta, y no permitir que se filtrara ni un mínimo de duda.

Entonces vinieron a su mente las imágenes de sus fotogramas, y las caras de sus amigos muertos, torturados, los gritos de dolor y desesperación, de rebelión. El estupor atragantado de sus familias. Las tumbas sin nombre.

Suficiente motor. Acción.

—Lidia, tu marido.... no puede venir de sorpresa, ¿no?

—No.

—Cerrá mejor todas las cortinas y bajá un poco la radio, quedáte al lado de la puerta para escuchar si se acerca alguien. Si escuchás pasos, salís enseguida para frenarlo en el pasillo y te quedás ahí hasta que se vaya. Mantenéte tranquila como hasta ahora que lo estás haciendo todo muy bien.

Lidia lo miraba con tristeza y escepticismo.

—De verdad. ¡Animo! Ya falta menos para liberarte de esta pesadilla y del miedo. Pensá que estamos en la peor parte. Sos una mina con muchos huevos..., muy valiente —le sonrió. Lidia lo seguía mirando impenetrable. Horacio pensó que tal vez estaba en estado de *shock*, pero no se podía ocupar de ella ahora, tenía que confiar en que aun en ese estado podía accionar con prudencia y seguir sus indicaciones.

—Me lo llevo al lavadero, es el lugar más apartado de la casa, ¿no?

Lidia asintió con la cabeza y se ocupó de cerrar bien las cortinas. Horacio agarró a Echagüe por debajo de los brazos y lo arrastró hacia el fondo. Volvió a buscar el revólver y la vio apostada contra la puerta como hipnotizada.

—¿Estás bien?

Ella volvió a asentir con la cabeza.

—Cualquier cosa, me avisás, ¿te acordás de la señal?

—Sí —dijo, hablando por fin.

Horacio creyó oír un ruido en el lavadero y salió disparado apuntando con el revólver la posible recuperación de Echagüe. Cuando se asomó vio que el cuerpo se había caído sobre su costado derecho y parecía inconsciente. No se confió y sin dejar de apuntarlo le habló:

—Estoy acá enfrente, mirando cómo te despertás, midiendo cada uno de tus movimientos, dispuesto a disparar y hacerte fiambre al primer amague a no obedecer. Sé que me escuchás, por eso te aviso que todo lo que ha venido pasando estaba perfectamente calculado. Y vos hiciste exactamente todo lo que imaginamos y planeamos, ni que te lo hubiéramos estado soplando al oído... Te tendría que dar vergüenza cómo trataste a esa pobre mujer, como si ella supiera algo... Vos la estabas usando de un lado y nosotros del otro. Pobre mina, zafó de quedar como Túpac Amaru...

177

Nosotros no le íbamos a hacer nada, pero vos..., no podés distinguir quién es peligroso de quien no lo es. Te venimos observando y siguiendo hace rato, Echagüe, y los que se quieren pasar de vivos vos sabés bien lo que les pasa. Te quisiste cortar solo, viejo, y eso sabés que no se hace, se paga muy caro... Te acordás bien de lo que les pasó a los que se quisieron cortar solos, ¿no? ¿O necesitás que te lo refresque? No, estoy seguro de que te acordás, porque vos eras eficiente y rápido, Echagüe, o la necesidad te puso demasiado ansioso e imprudente. Sabés que en esto hay que mantener la calma y la sangre fría, porque si no se corre el riesgo de ser boleta sin que nadie se entere. Yo, en cambio, conservo la sangre muy fría, Echagüe, y el pulso firme. Así que el pulso no me va a temblar si te tengo que matar acá mismo, te lo digo por si todavía se te cruza por la cabeza hacerte el vivo. Pero no creo, me acuerdo que eras alguien inteligente y que tanto no podés haber cambiado como para no saber medir el peligro, y cuándo es hora de dar órdenes y cuándo es hora de obedecer. Y ésta, te habrás dado cuenta, es *LA* hora de obedecer. Te lo repito, no me va a temblar el pulso si me obligás a matarte acá mismo, está todo previsto: tanto tus ganas de colaborar y seguir viviendo como tu estupidez que nos haga reventarte como un sapo. Es tu elección.

Horacio hizo una pausa, contuvo la respiración, ya no le cabía ninguna duda de que Echagüe lo estaba escuchando, calculando qué hacer.

Anticipar, Max, anticipar.

—¿Qué te conviene hacer? ¿Querés que te lo diga? —lo acorraló con serenidad—. Decíme, ¿querés que te lo diga o lo estás adivinando? —El tono se puso más sobrador. Horacio casi no se reconocía.

Echagüe se removió en el piso, como si recién volviera en sí.

—Agua..., agua... —Abría la boca, y movía la lengua, como una iguana.

Horacio hubiera querido perder la paciencia, pero se contuvo, y con el mismo tono sobrador le advirtió:

—¿O querés morirte de sed? Tragá saliva, hijo de puta, porque agua no te voy a dar. Si lo que querés saber es si tenés posibilidad de vivir o si te voy a matar igual aunque hables, te digo que es el riesgo que tenés que correr. Yo te digo de verdad que sí, que podés vivir, todo depende de vos, pero vos podés pensar que estoy mintiendo para convencerte, y ahí yo ya no tengo nada que ver, son *TUS* ganas de vivir, viejo. ¿Estamos?

Echagüe estaba inmóvil. Horacio pensaba a mil por hora, tratando de abarcar todas las posibles movidas, las preguntas, pero mantenía la frialdad y la firmeza. Creía que no se estaba equivocando, aunque avanzaba a ciegas; y tenía que ser cauteloso, cualquier dato, o pregunta mal hecha podía deschavarlo.

Decidió empezar por lo seguro:

—La hija de Kraude, ¿dónde está? ¿Dónde la llevaste? ¿Hay alguien más que sabe?

—No, nadie.

—¿Te aseguraste que ninguno de la familia o conocidos puedan venir a reclamar, en este momento o más adelante?

—Sí.

—No se te escucha muy convencido, ¿estás seguro? —Horacio mantenía un tono temerario.

—Sí, me aseguré bien.

—¿Limpiaste a fondo la casa, no quedó rastro de nada?

—Sí, claro...

—¿Qué hay debajo del piso de la cocina?

Acá Horacio se arriesgó con su intuición; se jugó una carta crucial, pero su voz no flaqueó.

Silencio. Echagüe no respondía. Horacio pensó que si se equivocaba en ese momento quedaba a merced de Echagüe: al darse cuenta de que Horacio era un improvisado podía empezar a inventar datos falsos y convertirse en una pesadilla.

—Un sótano. Está clausurado. Cuando Kraude vivía el acceso era fácil, yo me encargué de clausurarlo para que nunca hubiera sospechas sobre el origen de la venta de la casa. Si se pica el mosaico tampoco se ve, tiene bastante contrapiso abajo de la capa de cemento.

—Fuiste muy previsor...., ¿pero nunca se te ocurrió que alguno de tus ex compañeros podía seguirte los pasos hasta acá? Sabés que a nadie le gusta que no se comparta el botín, y que el cortarse solo para disfrutar a espaldas de sus compañeros se juzga como alta traición. En eso no fuiste cuidadoso, o subestimaste a tus pares... —Horacio tenía miedo de no usar la terminología adecuada, cada frase era un riesgo que lo acercaba a la liberación o al fracaso. Bajó la voz—. ¿Estás muy en la lona?

—Sí.

—Y..., mirá, si te portás bien y no hacés ninguna cagada puede que seamos generosos y te tiremos con algo para salir del paso, y también para comprar tu silencio: tenés antecedentes de traidor, no se puede confiar en vos, a menos que estés «pegado».

—Muchas gracias... —ironizó Echagüe.

—De nada, pero no te emocionés tanto que no hace falta. Me parece que nos estamos entendiendo, ¿no, Echagüe?

—Sí.

—¿Qué hiciste con los cadáveres? —Horacio ya no lo dudó más—. Puede que a nosotros no nos convenza tu contrapiso, no podemos correr ningún riesgo.

—Son sólo huesos... Muchos huesos. Montones de huesos. Los cementerios estaban abarrotados. Algunos los hice sacar entre escombros, otros quedaron ahí.

—¿Algún pez gordo?

—No..., un monto hijo de puta..., *dos* hijos de puta..., dos troskos..., un puto, unos judíos mal paridos... Nadie que vayan a seguir buscando, por eso me pareció mejor dejarlos ahí que buscarles otro lugar, ahí estaban seguros...

—¿Cuántos?

—Diez, doce, quince, no me acuerdo...

Horacio no se inmutó, impasible reacomodó el revólver en su mano, tenía miedo de empezar a sudar y que fallara la precisión si la necesitaba.

Echagüe lo miró raro y él se concentró en mantener la misma expresión de escucha, induciéndolo a seguir hablando.

—Las familias no los buscan más. Cuando hincharon un poco las pelotas se les entregaron cuerpos NN para que los entierren en sus respectivos cementerios: Tablada, Chacarita, hasta Recoleta a los de familias pitucas. Nadie reclamó, por lo que entendimos que nadie verificó ni hizo ninguna investigación, hacía mucho que se habían podrido esos cuerpos, contratar a algún especialista es muy caro, gente de afuera... Por eso no me preocupé, sigo pensando que ahí están bien.

Horacio estaba petrificado. Esa historia le sonaba muy familiar. Cajones entregados a las familias con la seguridad de que el cuerpo al que por fin se dará sepultura para que «descanse en paz» es el del ser querido. Cajones cerrados que nadie quiere abrir para que no se abra la herida; es más fácil lidiar con el símbolo —féretro— que con la materialidad —huesos— de un cuerpo torturado y destrozado que tal vez todavía deje escapar un gemido que nos persiga día y noche. Horacio sabía que había algún alivio en enterrar esos cuerpos: ya no deambulaban doloridos entre muchos otros irreconocibles desconocidos, una forma de final para la pesadilla de muchos años. Pensó en Ernesto y en Juana y en aquel entierro en La Recoleta a la primera luz de la madrugada. Quería preguntar de una manera casual pero se le cerró la garganta. Esperó. Por fin, cuando aquietó la respiración dijo:

—Yo no quiero correr riesgos, Echagüe, de ningún tipo, a esta altura, cuando todo está tan olvidado no tiene que ser difícil no pisar el palito de algún descolgado. Miráte a

181

vos con nosotros, seguramente no te esperabas ser observado, y ya ves...

Quería preguntar: ¿Alguno de esos montos es Ernesto Acín? Pero tuvo miedo a descubrirse.

—¿Qué te preocupa? No pasa nada...

Horacio se esforzó en aquietar la respiración, ¿se notaría?

—Despreocupáte por eso. ¿No sabés que hay miles de familias que ya no JODEN ni reclaman, que hay miles de familias que no quieren saber más nada? Hay un grupo de locos que sigue trabajando desenterrando huesos e identificándolos pero cuando avisan a los familiares para que se reencuentren con ellos, no aparecen, como si no se hubieran notificado. Y los locos les hacen hasta un velorio y los entierran por su cuenta. ¿Me creés ahora? Ahí abajo hay montones de huesos, todos los cuerpos que se pudieron meter, y los que tuvieron alguna importancia política como esos dos que están ahí ya fueron «enterrados prolijamente» por sus familias. Eso se hizo como un acto de «interés» o «generosidad» para que no jodieran más y no llegaran a salpicar a algunos que habíamos intervenido en esas operaciones, por supuesto, obedeciendo órdenes.

Horacio pensaba a mil por hora. Ahí abajo tal vez estaba el cuerpo, los restos de Ernesto... Eso era lo que él había captado al recorrer la casa por primera vez: no sólo el horror sino el horror conocido. Si Juana supiera se volvería loca. Tal vez era Ernesto, aunque tal vez era otro. No podía pensar en eso ahora, no podía dar ventaja.

—Muy bien —dijo—. Creo que me estás diciendo la verdad, pero ¿cómo Kraude se confió en que nadie iba a venir a pedirle información? ¿Estás seguro de que nadie más podía interesarse en esta casa? ¿Y la hija? —bajó el tono, más confidencial—. ¿Qué le hiciste?

—No le hice nada —se defendió vehemente Echagüe—, se mató. Era una loca que se rayó del todo cuando se enteró de lo que hacía el papi, no por los cadáveres sino porque el papi le había ocultado algo importante. Eran como un matrimonio, ella se lo quería coger, no sé... pero estaba chiflada; él también con la hija.

Horacio «se escandalizó».

—No seas hijo de puta, Echagüe, ¿qué leíste?

—Vos te reís, pero te aseguro que era así, no sabés las cosas que uno ve andando por ahí, las perversiones sexuales..., las desviaciones..., una porquería. ¿Sabés el mal ejemplo que es para la sociedad, cómo van pudriendo todo, cómo *corrompen?* —dijo esta palabra como si dijera algo importante—. Por eso ahí abajo hay un par de putos que ya no eran ningunos pendejos, cerca de los treinta deberían andar, porque cuando son adolescentes a veces se entiende que estén un poco confundidos, indefinidos, les cambia la voz, esas cosas..., pero ya a esa edad... Y éstos..., los tendrías que haber visto. Ella tampoco era ninguna nena, era una mina grande. Yo los veía cuando venía a hablar con Kraude, y me daba asco. Eran un matrimonio, sólo que ella lo llamaba papá. Yo no sé qué pasaría de verdad, porque las puertas de las piezas se comunicaban. Y cuando el viejo se murió ella se puso de mal, lo cuidaba como una monja. Pero lo peor fue cuando se enteró de lo que había abajo, se puso loca, no me lo quería creer, yo se lo tuve que decir porque el viejo no había tapado bien la escalera que daba al sótano y había que hacerlo, y ella mientras el viejo estaba enfermo no lo dejaba ni a sol ni a sombra. Y yo se lo dije, de alguna manera estaba confiado en que ella por cuidar el nombre de su papá nunca iba a hablar. Al ver su reacción, lo descontrolada que se puso, tuve miedo que nos cagara, que el despecho la cegara, viste cómo son las mujeres heridas... Esta estaba como una mujer que acaba de descubrir que es una cornuda flor. Yo no sabía bien qué hacer. Al final *se la dio* ella, de la manera más rara: se ahogó con un brasero acostada en la bañadera. Cerró todas las ventanas, y no se arrepintió. Yo por un tiempo anduve muy cauteloso porque no sabía si la muy turra había dado parte a alguien o si había mandado una carta, si se quería vengar. Pero parece que se lo guardó y se lo llevó con ella. Nunca apareció nadie a reclamar un carajo. Pasó tiempo suficiente, tampoco tenían familia casi.

Horacio pensó que aquella revelación fue la causa de los gritos que escuchara Lidia por la ventana del lavadero y que no reconociera la voz de Lucrecia. Suficiente información por el momento, no podía presionar más los nervios de Lidia.

—Bueno, ahora vas a estar guardado un poco hasta que yo confirme algunas cosas, no va a ser mucho, hasta mañana nomás. —Le hizo un gesto con el revólver para que se levantara—. Levantáte despacio, muy despacio.

Echagüe hizo un gesto de dolor al moverse:

—Creo que se me salió el hombro.

Pero al ver que Horacio seguía impávido se esforzó en levantarse, agarrándose el brazo. Empezó a caminar despacio. Horacio se corrió para dejarlo pasar por la puerta del lavadero hacia la cocina mientras le hablaba a Lidia en voz alta:

—Ahí vamos, señora, no se asuste.

Observó bien los movimientos de Echagüe, hasta asegurarse de que el tipo estaba fuera de carrera. Lidia los esperaba muda, casi incrustada contra la puerta.

—Lo voy a llevar a la casa de al lado, usted señora, adelántese y abra la puerta, deje la llave colgando de la parte de afuera y váyase hacia la entrada del edificio para atajar a cualquiera que tenga intenciones de avanzar por el pasillo, piense ya en algo para decirles y retenerlos en la entrada, algún chimento, algo que haya podido pasar en el barrio hoy.

Lidia obedecía como una autómata, pero hacía las cosas con eficacia. Horacio se acercó a la puerta de la casa para chequear sus movimientos y cuando vio que se apostaba en la puerta principal, y no oyó voces ni ruidos, fue siguiendo a Echagüe —que había entendido rápidamente el procedimiento— hasta la casa de al lado apuntándole a treinta centímetros. Le recomendó que no hiciera ninguna «imprudencia» y trató de no dejar dudas de que al día siguiente volvería por él, que eran cómplices en lo mismo, y que él también saldría beneficiado. Lo encerró y fue a ocuparse de Lidia.

En la cocina ella lo miró con ojos glaucos y él la abrazó, quería reconfortarla, asegurarle que había sido maravillosa, que todo estaba espantosamente mal, que era innecesario explicarle la verdadera historia, no asustarla con datos macabros que no había sospechado. Quiso transmitirle la seguridad que no tenía, le dijo que sabía cuáles eran los pasos a seguir, que no dudaba, que ya estaban cerca del final. ¿Del final? ¿Había un final para algo? Se despidió. Necesitaba estar solo, recuperarse de la sacudida, pensar. Pero tampoco podía perder tiempo. Lo que sabía ahora lo exponía frente a ellos y frente a sí mismo. El precio de saber.

> Pero no fue el sufrimiento mismo su pro-
> blema, sino la ausencia de respuesta al grito
> de la pregunta: «¿Para qué sufrir?».
>
> Nietzsche

Revelar: descubrir la verdad, descubrir el velo.

Reveiller: re velar, velar doblemente, quedarse despierto, vigilar, alerta.

Descubrir el velo y mostrar, delatar.

Lidia no había mentido, ni exagerado, ni inventado. Echagüe era de temer. Kraude era de temer. Lucrecia... a su modo.

Saber. Edipo abrió los ojos y después tuvo que llegar hasta el final. ¿Adónde iría con esas pruebas? Los medios de comunicación estaban infiltrados por el Gobierno democrático. ¿Qué poder tiene un ciudadano si los medios con los que tendría que contar para llegar a los otros ciudadanos están trabados, semisilenciados? Se queda sin voz, sin poder ninguno para resistir de una forma que no sea la solitaria. Sin voz, la boca tapada, se tiene que tragar la mierda y eso envenena y mata, pudre. Que todo cambie para que todo siga igual. ¿Hasta cuándo?

Sus amigos de aquellos años, pocos amigos que habían combatido hasta el miedo por la propia vida, el propio pellejo, algunos sobrevivían. Pocos, sin haber vendido el alma, sin haber perdido la sanidad mental. No era fácil distinguirlos, porque para sobrevivir habían tenido que disfrazarse con gestos de locos o desaforados, otros con la piel de un cordero vencido.

Tenía que pensarlo antes, «anticipar», como decía Max, porque en ese momento iba a tener que moverse rápido, iban a estar tocándole los talones. Tenía que dar con ellos, pronto.

*

Durante mis vacaciones solitarias por Europa y durante los viajes con los fotógrafos de la revista a los centros más populares de veraneo para dar cuenta de las distintas formas en que pasan las vacaciones los habitantes de nuestro país, había cavilado largamente sobre los resultados de mis avisos en *El Día* que provocaban a un hombre a competir con un labrador por el amor de una mujer. *El Día* me había hecho conocer a Blas, un buen amigo, pero el verdadero candidato no había aparecido todavía. Pensé que los lectores de ese diario eran más formales y previsibles, los que no eran empresarios eran parecidos a los hombres que había conocido en los *vernissages,* en las fiestas anunciadas entre los pseudointelectuales como *musts* para «existir» (ver y ser visto), o en el club de backgammon: cualquier gesto de excentricidad de esos aspirantes a personajes era tan estudiado y efectista que no provocaban ninguna simpatía ni la menor compasión. En su pretencioso estereotipo resultaban demasiado previsibles: o eran muy antisociables y solitarios —«misteriosos»—, o muy divertidos y locuaces —«brillantes»—, o muy agudos y mordaces —«inteligentes»—, o muy lánguidos y etéreos —«volados»—. ¡Qué vidas tan encantadoras! Frente a ese perfil de hombre no me quedaba ninguna duda de que sería mucho más feliz compartiendo mi vida con un labrador.

Decidí cambiar de diario por uno más popular. La gama de personalidades sería variada: la clase media es la más heterogénea. Un hombre de clase media con sentido del humor, que no tuviera pretensiones de ser lo que no es ni ansiedad por ascender de clase. ¡Un hombre de carne y hueso! Ni pura carne ni sólo hueso. Me divertía y no tenía nada que perder. No pensaba resignarme. Me daría tiempo hasta enero, a principio de año decidiría si me compraba el labrador. En París y en Londres había visto tantas personas solitarias paseando con sus perros, y no se las veía más solas que a muchos hombres y mujeres que caminan o comen en restaurantes con sus parejas por las ciudades o pueblos del mundo.

El día de mi llegada, mientras paseaba por una plaza llena de flores azules de jacarandá, vi a un fotógrafo intentando capturar los armoniosos movimientos de tai-chi que una muchacha desplegaba con gran dominio frente a la mirada distraída de su instructor. Me senté en un banco a observar la escena. El fotógrafo, en cuclillas sobre la gramilla, se mantenía alejado para no incomodar ni distraer a la muchacha, y en total silencio y concentración sacaba una foto tras otra en su intento de captar la secuencia de la figura. De pronto, se desconcentró: algo o alguien se había metido en el hueco entre su brazo y el ángulo de su cintura y forcejeaba para que le hiciera lugar. El fotógrafo, sorprendido, atendió a lo que lo distraía y se sorprendió aún más: una expresiva cara sonriente de pelo dorado y una nariz húmeda en una gran cabeza cuadrada se empecinaban en ocupar un lugar justamente ahí. ¡Era un labrador! Un adorable labrador desconocido que, confiado, quería conseguir su atención y sus cariños. Cuando el fotógrafo se dio cuenta de lo que buscaba el insólito intruso —que no se alejó ni un centímetro y lo miraba fascinado como si hubiera reencontrado a un amigo—, dejó colgar la cámara de su cuello, le agarró la cabeza con las dos manos y lo sacudió cariñosamente de las orejas. El dueño del labrador ya se disculpaba —¡eran extraños, el labrador no conocía al fotógrafo!— y, aunque el fotógrafo acariciaba a su circunstancial amigo con una sonrisa de oreja a oreja y podía sentir la suavidad de su pelaje, el hombre, contrariado y sin el menor sentido del humor, se lo llevó de la correa farfullando palabras que no pude oír. Por supuesto, fue el final de la secuencia de fotos de tai-chi, por lo menos por esa mañana. El fotógrafo, desconcertado y todavía sonriendo para sí, guardó la cámara en su bolso y se alejó casi sin volver a mirar al costado. Me hubiera gustado filmar toda la escena. Me hubiera gustado acercarme y caminar lado a lado con el fotógrafo para hablar del labrador.

Me hubiera llevado a ese perro a casa de inmediato. Un labrador... ¡Tal vez podía encontrar un hombre *con* un labrador! ¿Por qué tenía que ser excluyente? Tantos avisos para dar con un solo amigo. ¿Parecía muy aprensiva? Es que a cierta edad una tiene que andar con más cuidado. Las marcas que deja un intento fallido son demasiado profundas; el sentir que una ha puesto todo ahí, que lo ha intentado *de verdad*, y tener que aceptar que ha fracasado. Una sabe cuándo empieza a tener menos resistencia al sufrimiento. Hay un tiempo en el que una está todavía tierna para el amor, después de haber conocido el dolor, antes de comenzar a endurecerse para siempre.

Me instalé en mi departamento para «comenzar» el año. Había viajado gran parte de febrero para hacer tres notas para la revista y, sin embargo, el verdadero trabajo parecía empezar en marzo. La luz del contestador automático titilaba sin cesar, tenía decenas de mensajes. Me extrañó no escuchar la voz de Cris. De verdad estaba muy comprometido en esa relación y no dejaba que nada lo distrajera de evitar todo paso en falso. O las cosas andaban muy bien o Cris mantenía la actitud que había inaugurado con su casamiento: había decidido no trasladar sus problemas a nadie y resolverlos dentro de su cogollito familiar. Si eran cuestiones de competencia conyugal debían ser tratadas como tales. Así había actuado con el fallido embarazo, con los llamados anónimos y con sus sintomáticas dolencias —ciática, forúnculos, fatiga respiratoria—, producto de tribulaciones celosamente disimuladas.

Luli, mi compañera de sección, me avisaba, entre otras cosas, que el «capitán del Ejército Jerónimo Giúdice» había llamado por lo menos seis veces, «dice que necesita verte, con un tono muy enfático». En casa Jerónimo había dejado cinco mensajes. Quería verme, me extrañaba. Suspiré. El estupor de Cris ante mi ingenuidad y su severa advertencia me habían hecho revisar minuciosamente la relación con Giúdice. Me había obligado a recuperar en mi memoria cada conversación, cada silencio. Parecía haber pasado mucho tiempo desde diciembre y los calurosos atardeceres que pasamos charlando en confiterías repletas de gente y de voces. Nos encontrábamos y nos contábamos cosas; por supuesto yo siempre le hacía verdaderos cuentos: le relataba fragmentos de mi vida que jamás habían sucedido (solamente en el deseo de mis padres) o le hacía un recorrido con precisos detalles descriptivos o de sensaciones .para hacerlo más verosímil. Cuando él se ponía intimista yo le recordaba con una sonrisa que no salía con tipos casados. El se ofuscaba, y por un momento me parecía que se preguntaba si ésa no era una forma de presionarlo para averiguar hasta dónde llegaba su imaginación: ¿era capaz de separarse de su mujer? ¿Podía por lo menos imaginarlo? Hacerme desear, manejar su código de moral, desconcertarlo. Una forma segura de engancharlo. ¿Por qué confiar en las mujeres? ¿Por qué creer que dicen lo que quieren decir? ¿Por qué no? Yo no sabía si Jerónimo creía mis cuentos, si se estaba enamorando o si estaba muy enterado de mi verdadera historia y le divertía seguirme la corriente hasta que yo me cansara.

No le tenía miedo. Me daba cuenta de que yo le hacía gracia y le interesaba; me hacía muchas preguntas sobre todos los temas posibles, y eso me permitía hacer muchas preguntas con mi persistente inconsciencia engañosa. ¿Era posible que a veces olvidara que Jerónimo era peligroso? Cuando ya no podía usar el grabador con la excusa de la nota, volvía a casa y anotaba datos, formas de planificar o encarar una acción, o frases brutales que definían y condensaban toda la actitud de los militares. Me producía un placer morboso. Después, la confirmación de lo que ya sabía y de lo que temía fue perdiendo la fascinación de lo horrendo para ser sólo horrendo. Era como ser testigo de los miles de crímenes y revivir todo lo que precedió y sucedió a la muerte de Ernesto al lado del asesino. Por un momento tuve miedo; sus relatos —esos sí eran reales— eran siniestros. ¿Jerónimo me consideraba inofensiva aun si conocía mi verdadera historia y mi real interés? ¿O algún resto del delirio lo podía confundir hasta considerarme peligrosa? Por si esto sucedía yo tenía que estar muy cerca de él; cuanto más cerca, menos riesgo. ¿Para qué sufrir? Cris tenía razón, pero yo ya no podía desandar lo andado. Jerónimo parecía pensar lo mismo. El corte natural había sido la llegada de enero, y con él mis vacaciones solitarias por Roma, Londres y París. El sabía que en febrero tenía que viajar por trabajo. Pensé que dos meses eran suficientes para enfriar cualquier tipo de impulso. Pero ahora sus insistentes llamados parecían burlarse de toda distancia.

Recuperé las plantas que había dejado con una vecina. ¡Qué placer reencontrarme con mis cosas, limpiar la casa, dormir en mi cama...!

Antes de apagar la luz imaginé el texto del aviso que al día siguiente pasaría por teléfono a los clasificados:

A la mañana llamé a Cris a la oficina. Quería saber sobre mis viajes. Le conté entusiasmada que en Londres había conocido a un periodista inglés que hacía seis años escribía una biografía sobre Guevara. Había viajado en el 61 a Cuba para ver los resultados de la Revolución y se había enamorado del país. Dejó a su familia que no quiso unirse a él y durante veintinueve años vivió en la isla. ¡Conoció al Che! Lo impactó tanto que después de su muerte llegó a obsesionarlo. Y para desentrañarlo empezó a escribirlo. Sin darse cuenta había empezado una investigación sobre su persona y sobre los movimientos de la historia que posibilitaron la Revolución. Sin embargo, había necesitado alejarse para terminar de escribir. Pronto volvería a mostrarle a la viuda del Che su última versión. Habían iniciado una buena relación. En Roma nadie hablaba de política, los italianos parecían navegar entre las veleidades del poder y los cambios de signo con tal versatilidad que me habían admirado. En París le había comprado unos libros que lo fascinarían; había caminado tanto —¡pasé toda una tarde en los jardines de Luxemburgo, dos días enteros en el Boulevard Saint Germain!—, había visto, mirado, olido, degustado, saboreado de una manera tan diferente de aquel viaje juntos con nuestros padres. Este era el París que había soñado. «¿No te sentiste sola?», me preguntó. «¡No!», le contesté con una carcajada. «Pero el próximo viaje lo hago con el labrador o con un amor como marido.» Sentí que no sonrió.

Antes de leerle el nuevo aviso para que me diera su opinión le confié que lo publicaría en un diario más popular. Se rió apenas. «Ese hombre no existe, petisa.»

Le dije que tenía muchas ganas de verlo. Lo noté elusivo. Cuando le pregunté directamente si andaba en algún problema con V. o de dinero, me dijo que no, que ya charlaríamos. Quedamos en llamarnos el lunes para combinar una cena en su casa.

*

Carta de Cris a Max.

«Querido Max:

»¿Por qué te fuiste tan lejos? No era necesario alejarse para averiguar, ni siquiera a tus veinte años; estaba acá nomás, adentro de uno, ahí es donde había que resolverlo. Esto es terrible. Esto es la nada. Es muy difícil de aprehender la nada, pero existe, es, densa, me cerca, me ahoga, no hay salida. Acá sí que no hay salida. No hay alternativa. Esto es todo y nada. NADA MAS, el fin, no hay vuelta, no hay vuelta atrás, no puedo retroceder, no puedo arrepentirme. Mientras que vos... Vos tenés tantas otras maneras de intentar el camino. Otros caminos, ¡es que debe haberlos! Cómo pude estar tan ciego, tan sordo, tan insensible para no captar otros mundos y cerrarme en uno solo, convencerme de que esto era todo, nada más, y nada menos. Ver nada más que la negrura espesa; dejarme encerrar en un callejón sin salida más que mi propia desesperación. Por qué no supe luchar por otros colores que no fueran el negro, por otros aires que no fueran los de mi propia respiración agitada. Y ya no tengo tiempo, ya no puedo, ya es tarde, tardísimo. Me muero por impaciente. La muerte es una puerta cerrada pero me ayudará a descargar el peso de mi propia vida, ¡aunque al mismo tiempo es justamente un cierto peso de vida lo que reclamo! Vos todavía podés —si querés, de eso se trata—, si querés, podés cruzar el mundo, probar mil formas de vivir hasta encontrar la que te libere de las cadenas que uno acepta tan fácilmente, como irremediablemente. ¿Por qué admitimos ese fatalismo con tanta resignación? ¿Por qué queremos seguir sufriendo? ¿Por qué no pataleamos más fuerte para lograr desprendernos de esa telaraña que nos asfixia y nos ata de pies y manos? Nosotros podemos hacerlo, ¿quién más, si no? Es la única chance que tenemos, la única vida con la que contamos. No se vive dos veces, enfrentémoslo. Basta de ilusiones, esto es lo que nos ha tocado, pero ¿qué podemos hacer nosotros con *esto*? Nos hemos declarado cansados. Nos ha cansado la vida. Cojonudo, diría Juana. Realmente cojonudo... Y qué. No va a ser menos cansadora porque nos declaremos cansados o hastiados. La vida seguirá así, indiferente, su curso, sin nosotros. Somos nosotros, carajo, los que tenemos que adaptarnos. Si no, no queda otra que la muerte... Y esta incomodidad...»

*

No habían pasado cuatro días cuando ya era lunes con una agenda repleta. Me levanté a las siete y media. Tomé mi tazón de vigorizante café y apenas pude hojear los titulares. Sonó el teléfono. Era Max. Tres palabras.

—Juana...

—¿Sí...?

—Cris... Se mató...

Tres palabras, tan simples. Juana, sí, Cris, sí, se, sí, mató.

Y el mundo se quebró, se hundió bajo mis pies. Literalmente, realmente. Qué significan estas pa-la-bras que significan el cambio de rumbo de una vida. Todo es tan incomprensible. Tan absurdo.

¿Cómo?

¿Qué?

No. No necesito que lo repitas. Sé muy bien lo que quieren decir esas tres malditas palabras.

Puedo desgañitarme. Arrancarme los pelos, los dientes. Gritar hasta romper mis cuerdas vocales, mi garganta. Puedo morderme los dedos hasta dejar muñones, puedo descuartizarme o retorcerme hasta quedar insensible. Puedo rugir mi odio. Puedo correr hasta el fin del mundo para transpirar este veneno y creer escapar. Pero no hay apelación.

Estoy impotente. Nada de lo que diga, piense, haga, sienta, cambiará este hecho horrible. Puedo morirme, incluso. No hay vuelta atrás. Llegamos al final. Nada, nada. Nunca más. Nunca más.

Nunca más veré su cara
escucharé su voz
le daré un beso
le tocaré el pelo
le agarraré la mano
nos daremos un abrazo de hermanos
nos reiremos juntos
miraremos el mundo con el ceño fruncido
recordaremos la niñez
leeremos en voz alta lo especialmente subrayado
lo miraré alejarse con su paso firme.

No me pude despedir. No le pude decir, una vez más, cuánto lo quiero, lo importante que es para mí. No lo pude ver más. Se había pegado un tiro en el corazón. Donde le dolía. Papá dijo, después, que tenía los ojos asombrados. No tenía paz, tenía asombro, el asombro de un chico. Se los cerró con suavidad y, mientras limpiaba la sangre de su pecho, de su cara, de sus manos, le hablaba; mientras lo envolvía en una frazada —estaba en calzoncillos, un calor desagradable— le hablaba. Mientras la policía se lo llevó en la frazada en que lo envolvió, le hablaba, en voz baja; un susurro, para que nadie los oyera. Su confesión, su complicidad. Quería acompañarlo, que no tuviera frío, que no se sintiera solo. Quería decirle lo que nunca pudo decirle con naturalidad, de frente. Siempre a través de cartas, en un papel, signos que significan, mediatizados. No la voz directa que roza la oreja o la mejilla del ser querido.

Cuando llegué al velorio, V. fue la primera persona que vi. Se me abalanzó mientras gritaba ¡¡¡COMO TE QUE-RIAAA...!!! La aparté con desagrado y seguí hacia el dormitorio. Ahí estaba mi madre, blanca, flaca, crispada, los pómulos salientes le hundían las mejillas. No la veía desde el casamiento de Cris. Cuando me vio, levantó los anteojos ahumados. Dos huecos. Fijos. ¿Me veían? Me acerqué y la abracé. Me impresionó que mis brazos dieran toda una vuelta alrededor de esa espalda huesuda. Lloramos, estáticas, estatuas perplejas. El tiempo se había detenido. Tenía la sensación de que podíamos quedarnos así horas, días, meses, siempre. Habíamos entrado en un remolino, una vorágine de náusea o un túnel eterno. Y ni siquiera importaba que sería así infinitamente, ese charco en el cual estábamos parados y que derretía como cera nuestros mundos, nuestros cuerpos, en el que nuestros pies habían quedado fijados, como una última morada. Ahí quedaríamos sin impulso ninguno para movernos.

Esa mujer vencida era mi madre, la madre de Cris, la que lo había parido de sus entrañas, la que lo había amamantado, con la que había jugado incansable a la pelota, la que le había contado los primeros cuentos, noche tras noche antes de apagarle la luz, la que había batallado por él en los colegios, la que lo había mirado crecer. Ese cajón lustroso, de pretendida buena madera, que se angostaba hacia la parte inferior, guardaba un cuerpo, como una cuna; como una cuna también tenía un crucifijo que protegía al cuerpo, pero éste era un cuerpo muerto, del mismo niño que años atrás pataleaba sus piernitas gordas mientras intentaba ver el mundo desde esa posición oblicua. Esas piernas ahora delgadas, fuertes y largas, estaban tiesas. Esos ojos ya no intentaban nada, estaban inmóviles, cerrados para siempre, detrás de los párpados de espesas pestañas que su padre había bajado suavemente en un movimiento tembloroso de su mano.

Nuestro padre llegó en algún momento, medio en pedo, con una máscara imperturbable, media mueca afable dandy, elegantísimo como siempre, como siempre consciente de los demás, en control de la situación, montando un acto una vez más. Se paró a mi lado, frente al cajón. Sentí su presencia, su postura inestable. Yo lloraba las heridas de Cris, el sufrimiento, mi bronca, mi desesperación. Lo puteaba PELOTUDO, BOLUDO, ¿¿¿¿¿COMO HACES UNA COSA ASI????? ¿¿¿COMO AFLOJAS AHORA??? ¡¡¡HABIA TANTAS COSAS PARA HACER TODAVIA!!! ¿COMO NO ME DIJISTE...? ¿¿¿POR QUE ME ABANDONASTE??? NO ME DISTE OTRA OPORTUNIDAD. SABES QUE ALGO HUBIERAMOS INVENTADO. Sollozaba, me desgañitaba gritando. Sentía que mi corazón iba a explotar en cualquier momento, y a astillarse adentro de mí, dejándome paralizada, incrustada contra esa pared. Todo mi cuerpo goteaba, estaba traspirando desde la punta de la cabeza hasta los pies, realmente me estaba derritiendo en ese charco.

Mi padre me habló con extrañeza.

—¿Vos tampoco sabías?

¿Qué debía saber? Ya no importaba.

—Yo no sabía —siguió, hablándose a sí mismo—. Me despedí de él el viernes, como siempre, lo notaba preocupado, más flaco, reconcentrado, y en la esquina le dije que todo iba a andar bien, que en abril iba a cobrar su plata, treinta mil dólares, que todo se había atrasado un poco nada más. «Tenés que trabajar con alegría, Cris», le dije y le palmeé la espalda, esa espalda ancha que tenía. El me contestó: «Sí, papá». «Sí, papá», me contestó. Le pedí que me llamara en el fin de semana. Quedamos así, dio media vuelta y se fue caminando. Lo vi alejarse serio, con un paso más lento. Tuve la sensación de que no lo había tranquilizado. Pero no me llamó durante todo el fin de semana. Y hoy a la madrugada me llama tu madre. No entendía nada. Ella sí sabía. El no quiso que yo supiera. Yo algo hubiera hecho. Hubiera montado un operativo rescate, le hubiera dicho tantas cosas, que una mina así no valía la pena. Para qué sufrir....

—¿Qué sabía mamá? —pregunté.

—Que Cris andaba tan mal hacía dos meses, todo el verano. A mí me parecía que algo le pasaba, estaba sombrío, había adelgazado, y él siempre se cuidaba mucho, comía sano, fumaba poco. Ultimamente no sonreía nunca. Yo lo observaba en el escritorio frente al mío que anotaba cosas, escribía y escribía, pero él no se daba cuenta... —Un sollozo le quebró la voz—. Que yo lo miraba...

Mi padre lloraba como un chico.

Cris, estás ahí entre nosotros ¿Dónde carajo estás? ¿Dónde carajo te fuiste? ¿Dónde estás?

El infierno. El infierno es de este mundo. Ahí, en ese cuarto donde Cris había dormido hasta su última noche, donde seguramente había sido muy feliz haciendo el amor con V., en esa casa que había comprado y decorado con tanta ilusión, estaba el cajón que seguramente papá (qué raro volver a llamarlo así) había tenido que elegir para su hijo y, sobre la tapa, arriba del crucifijo, un nombre grabado en plata, el de Cris, mi hermano adorado, mi compañero, que confirmaba cruelmente que ahí adentro estaba él, su cuerpo acostado para siempre en una utópica paz. Hay algo de contranatural, de revulsivo, de repulsivo, de repugnante en que los padres velen y entierren a sus hijos.

Ese asco, esa náusea que no tiene fin, que será el eterno presente. En qué pesadilla inescapable nos has metido, Cris. Seguramente no pudiste hacer otra cosa. Abrir o cerrar los ojos, apretar los oídos, mirar más allá, a lo lejos o hacia el costado buscando otras realidades, otros mundos, una luz que se atisbe en algún horizonte, nada de todo esto nos aliviará de este dolor que arde y quema adentro y afuera.

Vi a Horacio apoyado contra la ventana, miraba el cajón con expresión alucinada. Me moví hacia la cocina. Max, que había venido conmigo, volvía de la calle. Habría salido buscando un poco de aire. Lo miré. El infierno está acá y allá.

Mi madre se movía inquieta. Oria le sugería algo, ella sacudía la cabeza. Los anteojos negros, la cara blanca sin rostro reconocible. Me acerqué. Oria me abrazó protectora.

—Es que uno no sabe dónde ponerse, no hay posición —explicó siguiendo el diálogo con mi madre que, impaciente y con un gesto brusco, fijó en mí la oscuridad de sus ojos:

—No hay posición, no hay más descanso —dijo.

Torbellino de locura que nos envolvía sin piedad, me acerqué un paso más. Su pelo me rozó la cara y me detuve. Ella también estaba dura.

—Vení un minuto —le pedí.

Busqué la cocina donde no había nadie. Entorné la puerta.

—¿Qué le pasaba a Cris? —pregunté en un susurro.

—¿Qué le pasaba, qué le pasaba? —repitió alzando la voz.

—Por favor hablá despacio, te lo pido —insistí con suavidad.

Se removió molesta, se tocó el pelo electrizado como virulana, miró en derredor, miró la punta de sus zapatos y me encaró:

—Pasaba que V. lo dejó a principio de enero, el 4 de enero se fue. Discutieron, una pelea muy fuerte, ella se asustó y se fue a la casa de su madre. El la llamó para disculparse, para hablar, pero ella se negaba. La madre le contestaba que V. no quería hablar y que no iba a volver. La única que supo de esto fui yo. Me pidió, me hizo prometer que no iba a decir nada a nadie, él no quería que tu padre se enterara porque le daba mucha vergüenza. Tu padre, cuando Cris anunció que se casaban en julio, le había dicho, le había advertido: «Cris, pensálo bien, una mina que se raja una vez se raja dos y se raja tres». Y esto fue exactamente lo que pasó. El estaba convencido de que podía remontar la situación solo y que ya estaba grande como para movilizar a nadie por esto. Ni Max ni Horacio sabían. El volvía acá después de la oficina y la llamaba, o esperaba que ella respondiera sus llamados. Quería estar siempre acá por si ella aparecía. En enero un día llamó la madre de V. y le dijo: «Cris, V. necesita un par de cosas y le gustaría ir a buscarlas». El le contestó: «Por supuesto, Ana, dígale a V. que venga cuando quiera» y que si necesitaba plata no dudara en tomar los ahorros que él guardaba. Al día siguiente, cuando Cris volvió a la tarde, encontró que V. y la madre se habían llevado todo lo de ella, ni un clip en el baño habían dejado, hasta la televisión se habían llevado.

—Hija de puta... No dar la cara... a los treinta y cuatro años...

Mi madre seguía, arrastrada por la memoria:

—Y él se la bancaba solo. Volvía y se cocinaba, esperaba; pasó todo enero así. Yo venía los sábados a la tarde, charlábamos, escuchábamos música y me iba a la hora de comer, él bajaba conmigo y nos despedíamos, caminaba a comprar comida al boliche de la vuelta, yo lo miraba alejarse cada vez más flaco, cada vez más encorvado, sus espaldas anchas casi vencidas. Me daba una pena...

La voz se detuvo. La vi sacar un pañuelo de hilo blanco del bolsillo del vestido; se sonó la nariz y levantó los anteojos para secarse las cuencas vacías que habían sido ojos y que todavía segregaban lágrimas, silenciosas, congeladas en esas agrietadas mejillas. ¿Reconocía en ella a mi madre, a nuestra madre?

—Hablábamos por teléfono todos los días. Había días que estaba desolado, otros en que estaba más esperanzado, es que era totalmente ridículo que V. no volviera, no había motivo para que se hiciera algo tan serio. Y él seguía adelgazando. Sufría. A mediados de febrero ella consintió en verlo y empezaron a salir como novios. A él le costaba ser paciente, no entendía por qué ella tenía tantas reservas, tantas dudas y no se decidía a volver a su casa. De todas maneras, se cuidaba mucho de no presionarla. Ella le decía que iba a volver pero todavía no. ¿Cuándo?, tampoco se sabía, y a Cris le resultaba difícil que las cosas no fueran transparentes: si ella lo quería, qué era lo que tenía que pensar tanto. La última semana fue especialmente dura, él estaba seguro de que ella iba a hacer algún movimiento para regresar, todo estaba aparentemente bien entre ellos, pero nada. Y el domingo, ayer..., la llamó para hacer algo durante el día y se enteró de que ella había ido a ver a Rita, la cuñada que había tenido un bebé. Cris la quería mucho a esa chica y había estado pendiente del embarazo, le extrañó que V. no le hubiera dicho de ir con ella, algo que le habría hecho mucha ilusión, y se quedó como siempre solo. El calor de estos días no ayudaba a tener mejor ánimo. Cuando Cris la llamó a la noche le reprochó no haber pensado en él. Ella le dijo que no se la podía ver a Rita, y él le dijo que se habría quedado esperando cerca del sanatorio, que por lo menos no se habría quedado solo todo el domingo, que la había pasado tan mal. Discutieron. Cuando me llamó a las once estaba muy caído. Había estado muy triste todo el día, no la entendía; ella seguía sin decidirse a volver, le contestaba con vaguedades, no era clara, y esto a él se le hacía muy difícil de soportar... Había algo de sadismo en la actitud de V. que sabía muy bien lo ansioso que estaba él... Yo traté de suavizar las cosas, de decirle que tuviera paciencia, de darle confianza. Me pidió que lo despertara al día siguiente porque el reloj se le había roto. —Hizo una pausa, respiró hondo, pensé que no podía seguir—. A la una yo estaba durmiendo y sonó el teléfono, escuché la voz de Cris. «Mamá, no me despiertes mañana, porque no paso de esta noche. Ahora me voy a matar. No doy más. V. no me quiere, lo sé, y no doy más. Esto va a seguir pasando, no está segura, no sabe cuándo va a volver, cada vez que algo pase me va a amenazar con la misma huida, y yo no sirvo para eso. Estoy jugado, soy un tipo marcado... Mi cuerpo es una llaga viva, mamá. No doy más de llorar como un chico todas las noches, de comer solo mirando la pared de la cocina, esperando que vuelva. Sé que V. no me quiere. No tengo fuerzas para dejarte una carta a vos, a Juana. No sufran, estoy en paz, Dios sabe, Dios entiende.» Yo empecé a los gritos, le dije que esperara, que ya iba para allá, que no hiciera nada, pero no me escuchaba, me dijo: «Esperá un momento», y apoyó el tubo, yo seguía gritando, y cuando en ese segundo me di cuenta de lo que iba a hacer, corté. No quise oír el tiro.

Mamá se derrumbó, lloraba, yo lloraba, le agarré la mano, se la estrujé, y ella siguió, con la cabeza gacha, cerrando su puño dentro de mi mano, todo su cuerpo era un solo músculo. Eran palabras que contaban una realidad imposible de soportar.

—Enseguida disqué su número y me daba ocupado, ocupado, ocupado, llamé a V. desesperada. Me atendió la madre, me dijo que V. dormía y no podía despertarla. Le dije que tenían que ir corriendo a lo de Cris, que algo muy terrible estaba pasando, ¡que fueran YA! Entendió, y supuse que tal vez llegarían a tiempo porque viven a seis cuadras. Pero ellas, en lugar de venir acá a salvarlo, fueron primero a la policía, A LA POLICIA... ¿Podés creerlo? Habrán pensado que se podía llegar a sospechar de un asesinato... Se quisieron asegurar..., no sé, me resulta difícil pensar de esa manera, como esas gentes. Cuando llegaron acá, Cris ya estaba muerto, el primero en verlo fue un policía. Ni siquiera en ese momento un acto de amor, ni siquiera la necesidad de despedirse, de besarlo, de tenerle la mano, de abrigarlo, de no dejar que fuera un policía el que lo viera en un momento de tal intimidad, el momento de su muerte, enfrentando ese instante, con toda la desnudez de su vida entera en su expresión.

Yo estaba petrificada, las manos agarrotadas en las de mi madre. Ella me quiso soltar, necesitaba sonarse la nariz, sacudirse. Yo no podía reaccionar. Nada tenía sentido, ninguna palabra, ningún gesto, podía aliviar ese dolor que me atravesaba de lado a lado. Tenía miedo a moverme, a respirar, porque el dolor podía ser aún mayor. No sabía quién era porque eso había dejado de tener valor. ¿Hay límite para el sufrimiento?

Mi madre se sonó ruidosamente la nariz.

—Ya está —dijo—. Ya no hay nada que hacer. Vos no sabías nada, ¿no? Me dijo que estuvo a punto de contarte un día cuando volviste de vacaciones para volverte a ir, pero pensó que tal vez decidirías quedarte si sabías lo mal que estaba y él no quería jorobarte más, ya habías hecho tanto por él, ya lo habías ayudado tantas veces, esta vez tenía que remontarlo solo, decía. Pero no pudo.

Todas esas veces que Cris decía que yo lo había ayudado no habían servido de nada, no eran consuelo de nada. Ahí estábamos. Me estaba desgarrando de a jirones, pero daba igual, si era a pedacitos o a cuchilladas, el dolor era tan brutal que si me hubieran quemado viva no habría movido ningún músculo.

Todavía teníamos que enterrarlo. Mañana, el día siguiente, el otro, ¿cuál era la diferencia? Los días se presentaban iguales. Me fui con Max. Horacio y Oria se quedaron, mi padre también, mi madre se había ido en algún momento.

Dormí junto a Max esa madrugada siniestra. Era una especie de autómata, él también estaba muy mal pero yo ni siquiera podía verlo, sabía que estaba ahí, sentía que era mejor estar con él que con cualquier otra persona, nada más. Cuando me desperté el calor era agobiante. Max estaba al lado de mí, sobre una silla vi el vestido rosado que yo había usado en el velorio, eso significaba que no había sido una pesadilla, la pesadilla seguía, y seguiría de ahora en más. CRIS ESTABA MUERTO. Ni siquiera podía pensarlo. La náusea era imposible de disolver, se colaba por todos lados. Me dieron arcadas, tuve que saltar de la cama y correr al baño, vomité pura bilis amarga. Max al costado, puso su mano fresca en mi frente mientras me sostenía de los hombros. Yo estaba doblada en dos escupiendo y llorando. Nos abrazamos, yo me resbalaba hacia el piso. El rechazo, el asco me venía desde las tripas. No podía hablar, no tenía nada que decir. Volví a la cama y me tiré boca abajo, me tapé la cabeza con la almohada y lloré, grité, me sacudí. Max sacó la almohada de mi cabeza y me sentó para abrazarme. Lloré hasta agotarme pero no estaba aliviada. «Me estoy ahogando, por favor, abrí la ventana», rogué. Me dijo que el aire acondicionado estaba en máximo desde que habíamos llegado. No supe qué quería decir con eso, no lo entendía. Entonces Max abrió una ventana de par en par, el vaho que vino de afuera hizo que la cerrara enseguida. Entendí que tenía que aguantar, que la cosa era así.

Me dio un té que «me iba a tranquilizar un poco». Los dos estábamos mudos. El silencio de Cris también había sido muy duro para él y para Horacio. Salimos a la calle, el calor era poco común. Me acompañó a casa a cambiarme. Yo me repetía: «No tengo que pensar, no tengo que pensar. Si no, no llego. Tengo que hacer las cosas».

Llegamos al departamento de Cris, ya habían sellado el cajón. Disponían cómo íbamos a ir en los autos. De pronto me encontré sentada entre mi padre y mi madre, en un inmenso coche negro de funeraria, sin aire acondicionado. Cuando el coche arrancó, el chófer rápidamente se colocó detrás de un coche más largo aún, con muchas flores que rodeaban y cubrían un ataúd, el que encerraba el cuerpo de Cris. ¿Sería el de Cris? Sí, no había confusión posible, no era mi imaginación, no era un sueño, éramos mi padre, mi madre y yo, Juana, que escoltábamos el cuerpo muerto de Cris hasta su tumba.

El viaje era largo. Sesenta kilómetros hasta Capilla del Señor, donde estaba la bóveda de la familia de mi padre. «Sesenta kilómetros», «largo», «varias horas hasta que todo hubiera acabado» eran palabras que nada significaban, porque esas pautas, esas convenciones temporales y espaciales pierden todo valor en un mundo quebrado, roto, donde ya no hay comienzo ni fin, donde el dormirse no es ningún alivio porque el despertar no nos enfrenta con un nuevo día sino con más de lo mismo.

Nos dejamos llevar, en silencio, las ventanillas bajas dejaban entrar un aire caliente, mi madre se removía inquieta en el asiento, y a cada rato le repetía al chófer: «¿No puede ir más rápido?». El hombre asentía con la cabeza y apretaba el acelerador pero la velocidad era siempre la misma. Mi padre cabeceaba, no había dormido en toda la noche. Era tan difícil creer lo que estábamos viviendo. Yo, sí, era yo, Juana, a mi derecha mi padre, a la izquierda mi madre, a los que casi no había visto en los últimos diez años porque me habían execrado —y ellos que tampoco se veían desde su separación—, de pronto estábamos los tres juntos tan juntos que tenía que mantener mis piernas apretadas para que no se tocaran con las de ellos en ese auto ridículo. El sopor, por momentos me hacía imaginar que estaba en una película, algo macabro que yo me había inventado en un semisueño. Entonces levantaba la cabeza y entrecerrando los ojos, de a poquito, me animaba a ver adelante. Sí, ahí estaba ese repugnante coche negro que no me dejaba escapar ni imaginar, y ese ataúd que cobijaba su cuerpo. ¿Qué hace un ataúd? ¿Encierra un cuerpo? ¿Lo contiene? ¿Lo guarda? ¿Lo protege? ¿Lo oculta?

De repente me parecía oír la voz de mis padres que hablaban de Cris, sin mirarse, mi madre no iba a admitir ningún reproche ni cuestionamiento sobre por qué no había avisado que andaba tan mal. Eso era lo que Cris había querido y ella lo había respetado. Murmuraban cosas que no me interesaban, ese túnel recién empezaba. Miraba por la ventana hacia afuera, ese camino transitado tantas veces, ese paisaje conocido de memoria de pronto me era tan extraño; la indiferencia del mundo. Tenía la sensación de que en realidad estábamos todos muertos y el hecho de que nuestro corazón siguiera latiendo no indicaba nada, era cosa de nuestros corazones que preferían seguir latiendo por su cuenta, pero no había ninguna diferencia entre Cris helado y pétreo y nosotros, muertos que no necesitan sepultura.

Cuando finalmente llegamos a las puertas del cementerio encontramos mucha gente del pueblo que se había acercado a demostrar algo. Muchos lo conocían a Cris de chico cuando pasábamos los veranos en el campo. Yo miré pero eran todas caras extrañas. Alguien había limpiado la bóveda y había puesto flores frescas. Colocaron el ataúd y ahí lo dejaron; mi padre intentó decir unas palabras, creo que las dijo pero no pude entender. Cuando nos tuvimos que despedir fue muy duro, parecía ridículo tener que abandonar ese cuerpo tan querido en un lugar tan ajeno, solo, con otros muertos; parecía imposible que ese cuerpo tan exultante y atractivo tuviera que someterse a la descomposición, a la misma putrefacción de infinidad de otros cuerpos. No, seguramente la de él sería distinta. Me alejé hacia la salida del cementerio, no sabía qué hacer. Mucha gente me abrazó y me dijo cosas, seguramente para darme valor o fuerza. A V. no la miré nunca más. Ella siempre había sabido que el que iba a poner el cuerpo era Cris y no había tenido cuidado. Sentía que la odiaba y eso me indicaba que yo todavía estaba viva, que no me había disuelto por completo.

Volvimos hacia la ciudad. Ya estaba. Ya estaba ¿qué? Otra vez el auto negro, lento, el motor sin fuerza, el mismo calor, pero ahora, si miraba hacia adelante ya no veía el coche negro con el cajón negro que guardaba, llevaba, protegía a Cris, por más que abriera los ojos bien grandes y a los costados estuvieran mi padre y mi madre que, mudos contra cada puerta, trataban de tragar su dolor.

¿Podés vernos?

Estás tan presente acá, hasta casi puedo tocarte, hermano adorado... Te oigo y te veo; te siento. Este lugar en mí sos vos también. Las cosas no son «en sí», son «en sí para mí». El tiempo... hoy podría ser ayer, 1987, 1975, 1972... Los recuerdos son un presente imperecedero. Te hablo y te oigo como te hablaba cuando estaba en Madrid. Eras lo único que me devolvía algo, algo que yo podía creer. Siempre tuve nostalgia de vos, siempre me hiciste falta cuando estabas lejos, y siempre fue un dolor no tenerte. Esa noche de brutal soledad tuviste que detener tu corazón, a quemarropa, porque dolía, dolía la piel, dolían los ojos, dolía el pensamiento, dolía el cuerpo, que era «una llaga viva». El mundo te era hostil, y te diste cuenta definitivamente, con la lucidez más cruda e inexorable, de que ya habías sufrido demasiado y que no le habías podido dar un sentido a tu vida. Y que tu sufrimiento mismo, a los treinta y siete años, ya no tenía sentido. Ni siquiera tu sufrimiento ya tenía sentido.

Fui a la casa de papá un sábado al mediodía. Necesitaba estar un momento con él, tal vez para confirmar que la pesadilla era la realidad, aunque los dos permaneciéramos en silencio. El no se negó a verme. Apareció por el largo corredor mirando hacia el piso, rozó el costado de su cara con el costado de la mía en señal de un beso y siguió de largo hacia el centro del *living* lujoso e impecable. Se sentó en un sillón controlando sus movimientos y, mirando hacia un punto indefinible que parecía estar afuera de la ventana por la que entraba una luz agresiva que lo hacía entrecerrar los ojos, estuvo callado un rato hasta que su voz arrancó, lenta, como si supiera que tenía todo el tiempo del mundo para decir eso y mucho más, porque ya nada, aunque hiciera la confesión más impresionante o más inteligente, iba a cambiar el curso de las cosas.

—Yo estaba enamorado de mi hijo. Sí, lo amaba, lo amo, pero también estaba enamorado de él. Te acordás de Raúl Ugarte, él me decía tanta veces: «Si yo tuviera un hijo varón querría que fuera como Cris». Y mirá que él lo conocía bien, con todas sus manías, sus mañas y sus fobias. Y a mí no me sorprendía que me dijera eso porque yo estaba orgulloso. No se me ocurría que pudiera existir otro hijo que no fuera como él. Los hijos de mis amigos, todos me parecían mediocres, comunes, parecidos entre sí.

»Hoy estoy mutilado, una parte esencial mía no existe, se murió, fue asesinada. Me arrancaron parte del corazón. Y sangro, continuamente. Es una herida de la que no se recupera nunca, uno se va muriendo de a poco. La vida sin Cris no me interesa. Yo tenía un proyecto con él, todos mis proyectos eran con él. Mi vida era pensada para hacer las cosas juntos. Y hoy es un fracaso. No pude con él. Justamente con él fracasé. Es la persona que más quise en mi vida, por la que habría dado todo sin dudar un minuto. Si tan sólo él me hubiera dicho lo que le pasaba... Dos meses viéndolo adelgazar, callado, casi taciturno. Qué jodido era cuando se encerraba en ese hermetismo... Dos meses viéndolo todos los días, en el escritorio frente a mí, y yo sin saber... El último viernes le dije que se quedara tranquilo, que íbamos a cobrar un poco más tarde pero en veinte días treinta mil dólares eran suyos. Lo tranquilicé porque sabía la ansiedad que le daba la incertidumbre. Todo le estaba saliendo bien, habíamos pasado momentos de sequía al principio de la negociación, nos habíamos tenido que ban-

210

car meses, ¡bah! *yo,* porque él siempre cobró, yo siempre me ocupé de eso, y ahora venían las vacas gordas, se ligaba treinta mil mangos por los porcentajes que yo le daba, sin haber hecho mucho, sin haber estado en el fragor de la negociación como yo; cumplía meticulosamente con su trabajo, eso sí, pero sin arriesgar.

»Ese viernes yo me acuerdo muy bien que le dije: "Todo va bien, tenés que trabajar con alegría, Cris". Y él aceptó: "Sí, papá". No se molestó ni contestó más que eso. Y lo vi alejarse hacia la parada del colectivo, flaco, con las espaldas anchas vencidas, con su tranco largo esta vez lento, con la agenda y el impermeable en el brazo, sin imaginar que era la última vez que lo veía vivo. Siempre lo miraba irse, casi lo espiaba; él no sabía que cuando nos despedíamos en la esquina, yo siempre me daba vuelta para mirarlo. Yo lo miraba irse y trataba de llegar a él, de indagar en ese andar tan distintivo. Yo..., yo lo amaba tanto..., pero él..., ¿lo sabía? —El sollozo pareció quebrar su pecho. Con la cabeza gacha trataba de esconder su dolor. No sé cuánto tiempo estuvimos ahí.

¿Dónde estás, Cris? ¿Podés vernos?

Cuando papá se compuso me levanté, le di un beso y lo abracé. Sabía que no podía hacer nada para apaciguarlo. Me fui con la negrura y el vacío incomensurables. Tenía que avanzar ciega, sorda y muda. El mundo se había disuelto y la extrañeza de que la vida volviera a empezar todos los días me impedía pensar en ninguna cosa. Si tenía que haber una mañana después, seguramente no sería para mí.

Ahora, más que nunca, Horacio siente que tiene que apurarse. Seguir con la actuación, simular interés por vender la casa pronto, cuidar que no aparezca un verdadero comprador, no quiere quedarse pegado con Echagüe ante nadie. No puede parar a pensar en Cris. Cree que, de llegar a entender algo de lo que pasó, se desmoronará todo el sentido de cualquier mínimo gesto, de cualquier propósito. No quiere morir todavía, en esa confusión, sin hacer algo contra el curso inexorable que toma su vida. Tiene algo que decir, y no quiere deshacerse de esa convicción por fútil que sea. Debe realizar algo sobre esa negatividad y esa falta de esperanza. El hombre, al suicidarse, es dueño de su muerte; como último acto de rebelión ante su impotencia, se erige como poderoso. Horacio presiente la lucidez de Cris, su acto de libertad absoluta pero no debe extrañarlo ahora. No debe perder forma, paralizarse, contagiarse la muerte. Hay todo el tiempo del mundo para Cris, porque eso sí que no va a cambiar. Cris está muerto, no resucitará. A Horacio se le hiela la sangre y sale hacia el geriátrico que protege a Welsi.

Mientras tanto... en algún lugar de la ciudad... alguien piensa en él. Y Horacio tiene que contarle esto, tiene que confiar.

Por primera vez Welsi lo espera ansioso. Durante meses Horacio visitó a un semiperturbado con el que casi no podía mantener un diálogo. Cada vez que le daba datos el viejo parecía recuperar la memoria, relacionaba nombres, fechas, acciones, pero de pronto la mente quedaba en blanco y se retiraba al olvido o al desvarío. Por más que Horacio intentara retomar el hilo con suavidad, la conversación se hacía un monólogo errático. Y ahora la mujer le dice que es la primera vez, desde que fue internado, que Welsi demuestra «esperar» a alguien.

A Horacio se le llenan los ojos de lágrimas, siente mucho afecto por el viejo y lo único que quisiera en ese momento es echarse a los pies de la cama y llorar desconsoladamente como un chico por Cris, por él, por Juana, a la espera de que lo protejan, de que le digan que nada ha pasado, que sólo se trata de una pesadilla. La esposa mira a Horacio con cierto recelo, pero enseguida se retira de la habitación para dejarlos hablar tranquilos. Horacio aprieta los ojos con fuerza y se recompone. Welsi parece escucharlo con atención.

Le cuenta todo lo sucedido con Echagüe (los hechos se han precipitado) y evita mencionar algo sobre Cris; Welsi no lo conoció pero Horacio tiene terror de que, sentado frente a alguien que puede comprender, se quebrará y ya no podrá rearmarse. Inesperadamente el viejo está lúcido. Con lentitud recupera la memoria de manera que la red de conexiones se va haciendo visible, hasta revelar un circuito de organización que ya no es una presunción sino una certeza. Aunque ese circuito seguramente ya fue disuelto, no necesitan convencerse de que las lealtades del crimen son lazos de sangre que llevan un peso devorador.

Welsi tiene información pero no pruebas: sabe quiénes componían los grupos paramilitares y cómo operaban pero ya no guarda ninguna documentación ni nada que sirva para certificar lo que dice; lo saquearon sin asco.

Horacio no quiere hacerse ilusiones, la enfermedad de Welsi parece haberse replegado completamente. Se quedan en silencio largo rato. Horacio lo observa incrédulo y al mismo tiempo ahuyenta a Cris. Por un momento tiene la sensación de que la mente del viejo queda en blanco otra vez. Al fin Welsi habla:

—Temo que no haya manera de agarrarlos. No tenemos nada más que nuestra memoria y el testimonio de Echagüe. No es suficiente —dice con pesadumbre.

—Pero debe de haber alguien que sí tenga acceso a información, alguien que esté dispuesto a jugarse, alguien que crea que vale la pena. Estoy seguro de que alguien conserva algunas pruebas y que está esperando el momento de usarlas.

—Yo estoy desconectado hace tanto tiempo... No sé. Algún francotirador que no tenga miedo a que salga mal.

Horacio piensa y le pregunta:

—¿De los personajes que compartían tus ideas en aquella época en quién confiarías?

—Hay uno —responde el viejo—, un personaje clave, que calló porque sabía que hablar era morir al pedo porque enseguida se encubría todo. Además tenía un hijo amenazado y quiso protegerlo con su silencio. Al final el hijo fue muerto igual y él quedó mudo de tristeza. Fue cuando a mí me reventaron la casa y escapé. No sé dónde está pero tengo el presentimiento de que está vivo y estoy seguro de que te va a ayudar.

—¿Estás hablando del juez Gaviña? Sí, está vivo, pero renunció a la magistratura ocho meses antes de jubilarse. Nadie habla de él hace años.

—Esto le puede interesar, él se metía en estas cosas de cabeza. Si Echagüe canta todo ante Gaviña te aseguro que él se compromete y sigue la investigación. El sabe, tiene acceso a lugares vedados para la mayoría de las personas, sin levantar sospecha, conoce gente que lo ayudaría en secreto. No se me ocurre otro; eso sí: vos vas a tener que lograr que Echagüe cante todo lo que sabe. Vas a tener que presentarle las cosas a Gaviña ya lanzadas porque él no va a participar en ningún tipo de persuasión. Si la cosa está muy verde es más fácil eludirla o desentenderse.

Horacio queda pensativo: ¿Utilizar los mismos métodos que ellos? ¿Esta causa sí lo justifica? Yo, que tengo la verdad, digo que esta causa sí lo justifica. Mmm...

—A encontrar a Gaviña —dice tratando de sonar entusiasmado mientras se agacha a despedirse de Welsi con una leve presión de su mano en el brazo raquítico del viejo—. Espero volver con buenas noticias.

¿El viejo deliraba? ¿Había recuperado la lucidez para siempre? ¿El deliraba? Horacio se sentía completamente aturdido. ¿Gaviña sería suficiente? ¿Tenía todavía algún poder que significara algo? No conocía bien en qué situación había quedado el juez cuando renunció tan bruscamente: una cosa era que lo respetaran y otra que lograra arrastrar a gente de la Justicia a una investigación sobre el pasado en la que correrían un riesgo grande y ganarían poco rédito. Además, el ex juez tendría que conseguir a alguien que sí tuviera peso en el poder judicial, porque su peso era sólo moral, el que le daba haber llegado a ser el camarista más joven en el país y un notable ejercicio de la profesión. Horacio tuvo que hacer un esfuerzo para no mandar todo a la mierda. Ya en el auto pensó: «¿Y? Mando todo a la mierda y ¿qué hago después? ¿Dónde me meto? Ya no hay un lugar donde estar. La incomodidad. Cris...». Apretó las mandíbulas para no dejarse arrastrar por la tristeza y la desolación. Sintió miedo y la sensación de perder todo. Sin saber qué hacer estacionó el auto y empezó a caminar con prisa. No podía perder ese impulso extraño que hacía dos meses lo movía hacia adelante con destino desconocido. Recordó las palabras de Eugene Smith: «Hay ciertas cosas que uno debe intentar hacer, aun cuando sepa que habrá de fracasar».

Cris y su languidez de la infancia. La fragilidad y la certeza de la fragilidad. De uno y de los otros. Las apariencias y la obligación de las apariencias. Tanta atención y sinceridad que demandaba, este mundo no lo pudo sostener. Un hombre que no estaba dispuesto a soportar y que no lo soportó. Oscuro, intenso, dramático, iluminado. El coraje humano. Pensó en Oria; en ese momento supo que quería que ella, a pesar de todo, no lo abandonara.

Estacionó a una cuadra. Conseguir sosiego, cierto descanso, cierta paz. Retomar fuerzas, organizar su cabeza. Hacer un plan. Tocó el portero eléctrico. No hubo respuesta. Volvió a apretar el timbre. Oria tardó en contestar pero finalmente escuchó su voz.

—¿Hola?

—Soy yo, Oria, ¿puedo subir?

—... No, no estoy sola... No tiene nada que ver...

—Bueno. Hablamos en otro momento. —Muy duro.

—Sí, chau —escuchó Horacio ya a media cuadra.

El auto, la calle, los autos, las calles, su departamento. Se la tiene que bancar, como un duque. ¿Qué carajo quiere decir eso? Que hace rato ya que dejó muy sola a Oria, que casi no tiene registrada su presencia en el entierro de Cris, que no le puede exigir nada, que tiene que pensar solo, que tiene que conseguir la tranquilidad para organizar su cabeza, para planear, para seguir. Lápiz y papel, nombres, conseguir teléfonos, más nombres. Un mapa de asociaciones. Los recuerdos de Welsi para no equivocarse, los propios. Las indicaciones de Max. El ex juez Gaviña tiene algo que vengar. ¿Puede apelar al dolor de un hijo muerto injustamente? ¿Hay muertes justas y muertes injustas? No lo va a presionar, pero Horacio sabe que es una de sus únicas cartas. No se acuesta hasta las cuatro de la mañana, cuando tiene una idea más clara de lo que va a hacer. Sin ningún paso en falso. Sueña con Cris, lo ve sonreír con sus dientes inmaculados y los ojos brillantes, la expresión no es torturada, está distendido, y la piel, muy transparente.

Horacio se despierta aliviado, pero inmediatamente reconoce la realidad y reconoce el sueño. La tristeza. Camina por el departamento, recorre todo el perímetro a grandes zancadas mirando el piso; debe encontrar algo que lo calme rápidamente. En su biblioteca los libros siempre están en una actitud expectante. Busca en los lomos el nombre que le dé la clave, ¿dónde está? Durkheim. Sabe que ahí hay una sabiduría que puede frenar su desesperación. Lo abre, bruscamente da vuelta las páginas y encuentra la subrayada con lápiz azul: «En cualquier momento dado, la constitución moral de la sociedad establecía el contingente de muertes voluntarias. Hay por consiguiente, en cada persona, una fuerza colectiva con una cantidad definida de energía que impulsa al hombre a su propia destrucción. Los actos de la víctima que a un primer vistazo parecen expresar sólo un temperamento personal son realmente el complemento y la prolongación de una condición social que ellos expresan de una manera extrema».

Casi se le corta la respiración, nunca esa frase había sido tan brutal y tan lúcida, nunca había dado cuenta de algo tan próximo. Horacio se sienta en el sofá y cierra los ojos. Respira hondo y echa la cabeza hacia atrás. ¿Cuál es su responsabilidad? ¿Con quién puede desquitarse? A los dos minutos de haber sido sofocado por ese pensamiento iluminador, entender ya no le sirve. Por ahora tiene algo pendiente, algo que él no eligió y que si lo ignora se evaporará en el aire. Puede elegir: seguir o no.

Se viste y vuelve a lo de Lidia. Allí hay algo que no se ha detenido, que sigue su curso. Golpea la puerta despacio, nadie contesta. Le extraña, Lidia siempre está en su casa. Además —y sobre todo— él le dijo que iría. Y que la necesitaría: no tenía la llave de la casa de al lado. ¿Estaría Lidia con Echagüe? Por un momento sintió desconfianza. ¿Lidia estaba con él? Se acercó con cuidado a la casa, se agachó cuando pasó delante de la ventana que daba al pasillo común, por más que estuviera cerrada no quería que desde adentro se viera ninguna sombra. Se detuvo ante la puerta, y escuchó. Silencio total. Permaneció ahí esperando tener algún indicio de lo que pasaba adentro. O Echagüe estaba dormido, o estaba quieto como una piedra, o no estaba ahí. El lugar parecía tranquilo, la puerta y la ventana no habían sido forzadas. Volvió a lo de Lidia y espió por la ventana, las cortinas estaban cerradas pero haciendo un esfuerzo pudo ver que la cocina mantenía su orden habitual. El mate y el termo cerca de la pileta, como si hubieran sido usados en el desayuno. Decidió esperar en la calle y pararse en la vereda de enfrente, desde donde pudiera ver la entrada sin ser visto.

Había pasado una hora cuando reconoció a Lidia que acababa de dar vuelta la esquina. Venía caminando con un hombre. No era Echagüe, fue lo primero que pensó Horacio. No hablaban. Avanzaban mirando el piso, abatidos. Lidia llevaba una bolsa del mercado, él, las manos en los bolsillos de una campera descolorida que le quedaba chica. Disimuladamente Horacio se escondió atrás de un árbol. Cuando se asomó vio que habían entrado en la casa. Esperó unos minutos y, como el hombre no salía, caminó unos pasos hasta quedar frente a la puerta. Miró hacia el pasillo que iba desde lo de Lidia hasta lo de Kraude: todo seguía tranquilo, ningún movimiento. No le había parecido que el hombre acosara a Lidia ni que ella estuviera incómoda con él. Entonces decidió irse. La llamaría por teléfono y se daría cuenta de qué pasaba.

Encontró un teléfono público y cuando empezó a discar supo: ¡era Raúl! ¡Cómo no se le había ocurrido enseguida! Las fotos de Lidia y Raúl que se apoyaban en el aparador de la cocina eran muy antiguas, de viejas reuniones familiares. Recordó la del casamiento, jamás lo habría reconocido. Nunca se había cruzado con él porque no volvía antes de las siete de la tarde. Y Horacio siempre había sido un tipo muy cauteloso, detestaba las escenas apresuradas por los celos o la desilusión, y siempre había cuidado de no avanzar más allá de lo que sus amantes estaban dis-

219

puestas a conceder. ¿Por qué Raúl estaba ahí a esa hora? ¿Lidia le habría contado? ¿Estarían esperándolo a él? En un segundo cambió lo que pensaba decirle a Lidia. Si ella le contestaba normalmente era que le había contado.

—Lidia, soy yo, ¿cómo estás?

—Ah, ¿cómo le va, señor Paredes? Muy bien gracias. Sí, sí, cuando usted quiera.

—¿Hay alguien con vos?

—Sí, cómo no...

—¿Es Raúl?

—Sí, cómo no... Bueno, yo tendría que hablar con el dueño...

—Te llamo a la tarde, ¿te parece bien?

—Sí, perfecto; no, la verdad que no hubo otras ofertas..., muchas gracias, hasta luego.

¡Pobre mina, qué huevos! Horacio no puede perder tiempo: mientras tanto, a encontrar a Gaviña.

Pregunta por Gaviña. Un periodista amigo lo mira serio:

—Hay cosas que están pasando. ¿Querés ir para adelante o para atrás?

—¿Qué hay «adelante»?

Ya sabe muy bien que hay «cosas que están pasando», que en estos años, sin detenerse nunca, siguieron un camino imperceptible; que hay temas absolutamente vedados; que esa aparente apertura hacia las investigaciones está hecha de gestos vacíos, de elementos de utilería, y que detrás sólo hay un telón, un telón sin fondo. Porque no hay nadie, nunca. Horacio siente que si van en aumento éste es un país en el que se hará imposible vivir. Este o cualquier otro, si «las cosas que pasan» van en aumento. La repetición de la historia se hace intolerable, porque ya hay un saber que no se puede ignorar.

A la tarde dio con Lidia. Ella le explicó que Raúl tenía problemas graves en el trabajo y que la organización gremial estaba totalmente descabezada. Se sentían muy confundidos y ahora no solamente tenían que soportar un panorama sin mejoras sino que todo era muy incierto porque sus líderes los dejaban solos, terminaban pactando con el poder para conseguir algún beneficio individual antes de que los alcanzara la muerte. Horacio pensó que lo que no sabían era que de esa manera la muerte los iba a alcanzar más pronto. Raúl había vuelto a la fábrica. Lidia sonaba muy abrumada y Horacio le prometió que estaría allí en media hora.

La encontró extenuada.

—Hace dos noches que no pego un ojo. Si sigo así... ¿Cuándo se va a terminar esto?

—Falta poco, falta poco —repitió para convencerse—. Tenés que prometerme que no le vas a decir nada a Raúl, aunque estés desesperada. Eso traería mayores problemas. Si yo estoy metido en esto es por vos, así que confiá en que yo sé lo que hago. Pronto lo voy a sacar a Echagüe de acá y esta historia habrá terminado para vos.

La abrazó y ella se echó a llorar, escondiendo la cara en su pecho. Horacio le acarició el pelo.

—Necesitamos estar tranquilos y fríos para hacer las cosas bien. Hasta ahora fuiste una maravilla, no vas a aflojar al final, ¿eh?

—No, no. Necesitaba desahogarme, ya se me pasa, ya pasa.

—¿Tenés la llave de la casa? Vas a hacer de campana mientras yo hablo con Echagüe. Lo mismo que anteayer: si se acerca alguien lo distraés con algún cuento, con algún chimento. Y si crées que hay algún peligro, me hacés la señal.

La mujer asintió.

¿Le había hablado a Lidia de Cris alguna vez? No, creía

que no. ¿Y si le contaba a Lidia? ¿Si se sentaba a hablarle de Cris durante horas y días y se olvidaba de todo? Ya no sabe qué le parece más irreal, si el suicidio de Cris y el riesgo al que se está exponiendo ahora, que es casi una continuación de los años en que sus fotografías se atrevían a señalar, a poner el cuerpo, o el limbo de los últimos años en los que todo pasado, todo futuro y todo sentido fueron burlados.

—Raúl no va a venir hasta tarde, había asamblea en el sindicato.

Horacio le sonrió: «Tranquila, ¿eh?». Ella le devolvió una sonrisa triste.

Abrió la puerta con mucho cuidado. Sabía que Echagüe ya estaría acostumbrado a la oscuridad y él quedaría un poco enceguecido por el contraste con la luz de afuera: no podía descontar ninguna sorpresa. Habló en voz alta:

—Echagüe, estoy acá.

Silencio total.

—Estoy en la puerta principal. ¿Te podés acercar? Tenemos que hablar.

Silencio. Horacio esperó. Al fin, escuchó:

—No se hace eso de dejar dos días encerrado a un tipo que querés que colabore. —La voz grave venía del pasillo que daba a la cocina. La cocina era el único lugar que tenía luz. Horacio había imaginado que Echagüe pasaría la mayor parte del tiempo ahí. Le pareció mejor dar una explicación a su demora.

—Murió un amigo. Ayer lo enterramos. Además, tuve que...

—¿Alguien que yo conozco? —interrumpió Echagüe.

—No, nadie que vos conozcas. Además, tuve que confirmar algunos datos que vos me diste. No te chivés... Ahora sí podemos hablar. Acercáte para que te vea.

Había imaginado que Echagüe era parte de una de las

bandas que seguían utilizando la información que el poder y el Terror les habían facilitado. Pero Echagüe actuaba solo. El tampoco había desaprovechado la oportunidad de hacerse de dinero fácil secuestrando gente que podía pagar un rescate, extorsionando familias, apropiándose de lo saqueado, y vendiéndolo. Sin embargo, justamente ésta iba a ser su última operación. Ninguno de los de su grupo operativo había considerado la casa de Kraude como un botín más, porque no habían tenido contacto personal con su hija, en cambio él había sido el encargado de borrar los rastros en el sótano y eso lo había avivado de la relación «inmoral» entre padre e hija, y de su extraña muerte. Después de cerciorarse de que no aparecería ningún familiar a reclamar, pensó vender la casa y juntar cincuenta mil dólares que le permitirían empezar un pequeño comercio. Como él creía que Horacio sí pertenecía a una de las bandas, habló abiertamente, tanto que por momentos a Horacio se le hacía difícil seguirlo sin que se notara que era información nueva.

Le contó que el grupo que actuaba con Kraude se había disuelto por motivos de seguridad, pero al poco tiempo todos habían logrado colocarse en empresas importantes. Eran las empresas que, para no quedar afuera de las decisiones y los beneficios, habían apoyado a la dictadura de las Fuerzas Armadas cuando éstas dieron a conocer su voluntad de quedarse con el poder por mucho tiempo. Eran los mismos *holdings* que habían ganado una y otra vez las licitaciones y privatizaciones de las empresas del Estado y que ahora estaban lo suficientemente ricos como para devolver favores, que ni siquiera eran a precios altos: absorber unos cuantos hombres que eran capaces de cualquier cosa, de lealtades a toda prueba, que obedecían a ciegas las órdenes de sus jefes. Y, encima, nunca pretendían gran recompensa: esa sensación de pertenecer a un grupo de poder por más que fueran sólo un intercambiable mínimo elemento dentro de un monstruo blindado, sin ojos y sin oídos, era un orgullo que engordaba los salarios.

Cuando Kraude murió los miembros de su brigada dejaron de tener alguien que los protegiera y decidieron disolverse para no ser identificados como grupo. Horacio le dijo a Echagüe que estaba dispuesto a compartir la ganancia de la venta de la casa pero necesitaba pruebas de que los otros estaban lo suficientemente ocupados en otras cosas más interesantes como para recordar este recurso. Así, imprevistamente, como había aparecido él en la escena de Echagüe, podían aparecer otros. No iba a dar un paso sin estar cubierto, no iba a tomar esos riesgos por cincuenta mil dólares para que otro le sacara la cuchara justo cuando empezaba a saborear el dulce. Por su parte, Echagüe quería saber cómo había llegado Horacio a dar con la casa y la historia, pero Horacio, dejando escapar un par de nombres acá y allá (nombres que le había dado Welsi), desalentó toda ilusión de saber más de él:

—Esta es la ventaja que me da el revólver.

Echagüe se convenció de que no le quedaba otra, que con lo que ese tipo sabía de él ya estaba abrochado. Y habló.

«A convencer a Gaviña ahora», se dijo mientras dejaba la casa. No podía creer que se encontrara sobre una pista verdadera después de tantos meses de rastreo infructuoso. Había avanzado la noche. El calor agobiante había cedido. Una brisa fresca anunciaba el otoño. Recordó que siempre le había gustado el otoño, pero en ese momento el clima, las estaciones, la noche o el día sólo representaban ideas. Esperaba que el casete con la grabación del vómito de Echagüe fuera un elemento de persuasión. Había dejado al hijo de puta encerrado otra vez: «Hasta que no aparezca un comprador es más seguro que te guardes acá».

Gaviña lo esperaba a la mañana siguiente. Vivía en la

localidad de Mayoral, a setenta kilómetros de la capital. Horacio había logrado interesar al ex juez en la entrevista cuando le dijo que Mario Welsman estaba vivo y alojado en un geriátrico. «Usted venga y después vemos si hablamos. Primero tengo que verlo, no puedo asegurarle que tenga ganas de hablar con usted.»

Mayoral era un pueblo muy pequeño. Horacio no pudo encontrarlo atractivo ni pintoresco. La poca gente que cruzó en la calle principal lo vio pasar pendiente de seguir las indicaciones hasta la chacra de Gaviña. Reconoció el portón color lacre y el auto blanco abollado y con la pintura saltada. La casa era un casco abandonado en muy mal estado. Un perro corrió a ladrarle y empezó a dar vueltas alrededor de su camioneta para impedirle bajar. Un hombre salió de la casa y con un paso muy lento se acercó a la tranquera y la abrió con movimientos torpes. Gaviña era un hombre mediano y no ocultaba que la ropa ya no le interesaba. Llevaba una camisa verde afuera de un pantalón azul muy holgado. Horacio recordó su imagen en la televisión y en los diarios: trajes hechos a medida, camisas impecables con gemelos siempre distintos, corbatas de Savile Row o de Jermyn Street, con la misma comodidad que otros llevan *jeans* y zapatillas. Su aspecto ahora casi llegaba a ser descuidado. El pelo ya totalmente gris parecía sucio o engrasado, la ropa no se veía limpia tampoco. Gaviña ni lo miró, hizo los movimientos sin mostrar la menor curiosidad por su presencia allí. El perro no paraba de ladrar y Horacio estacionó suavemente la camioneta detrás del auto blanco abollado. Cuando bajó y palmeó al perro para mostrarse amistoso vio que una mujer lo espiaba desde una ventanita. Simuló no verla. Ya Gaviña avanzaba hacia él desde el portón, mirando hacia el piso.

—Buenos días, soy Horacio Ducay —le extendió la mano mientras intentaba una expresión distendida y confiable.

—Buenos días —le contestó Gaviña mirándolo a los ojos sin la menor sonrisa—. Le aviso que no me interesa la

225

buena educación, por lo que si usted no me cae bien puedo pedirle que se vaya en cualquier momento. Todavía no sé por qué acepté que viniera a verme, así que va a tener que demostrarme que vale la pena conversar con usted.

—Me parece justo —respondió Horacio—. Admito que lo presioné un poco.

—¿Le preocupa la justicia? —preguntó Gaviña con un dejo evidente de sarcasmo—. ¿Cómo hace para vivir en este país? ¿Qué es lo que usted hace, en qué trabaja? No recuerdo si me lo dijo por teléfono.

Horacio lo siguió hasta la galería. El perro iba de las piernas del viejo a sus piernas, curioso por comparar sus olores. Gaviña no lo invitó a sentarse. Quedaron los dos parados frente a la puerta de la casa. Lo miraba irritado por encontrarse en una situación que él no había elegido, por el esfuerzo que debía hacer por sostenerla. El perro se sentó entre los dos hombres que seguían de pie, la cabeza erguida, atento al movimiento de unas gallinas que avanzaban por detrás de la casa.

—Fotografía. Fui fotoperiodista en los años anteriores a la dictadura, trabajé con Welsman en la época más dura. Cuando Welsman desapareció yo seguí por mi cuenta un tiempo más.

—¿Y sus fotografías sirvieron para algo? —Gaviña impasible.

—En un momento creí que sí, ahora estoy seguro de que no.

—No es conveniente ser idealista. Uno se complica la vida.

Empezaba a hacer calor. El cielo no arrastraba ninguna nube. Los árboles y el pasto, inmóviles y desteñidos por tanto sol.

—Vine justamente para complicarle la vida. Tal vez ya no le interese lo que yo le cuente pero usted es la única persona que puede hacer algo.

Gaviña le clavó la mirada.

—Eso me pone en un lugar privilegiado o en el de forro. ¿Usted quiere utilizarme?

—Usted decide su participación: si no se interesa, yo me voy.

—Hasta ahora no es muy seductor su discurso, esfuércese un poco más, hombre. No podemos avanzar, está más cerca de subir a su auto de vuelta que de sentarse a conversar conmigo.

Horacio no se impacientó:

—¿Tiene un grabador donde poder escuchar esto? —Y le mostró el casete que sacó con suavidad del bolsillo interior de la campera.

Gaviña vaciló:

—Un momento, ya vuelvo.

Entró en la casa. Horacio lo oyó hablar con una mujer y enseguida lo vio aparecer con un grabador, un modelo viejo de Sony. Lo puso sobre la mesa de la galería y le preguntó:

—¿Va a llevar mucho tiempo?

—Sería mejor si pudiéramos sentarnos —lo interrogó con los ojos.

—¿Acá le parece bien? —Por primera vez Gaviña hizo una media sonrisa sarcástica.

Se sentaron en unos sillones de mimbre, la mesa y el grabador en el medio de los dos. El perro, a los pies de Gaviña, se echó a descansar. Horacio miró al viejo mientras apretaba «play». Estaba sentado con elocuencia en la punta del sillón, y por un momento a Horacio le pareció que la expresión de fastidio era forzada.

Horacio volvió a la ciudad convencido de haber utilizado los mejores argumentos. Lo había persuadido de que valía la pena escuchar y que valía la pena complicarse la vida por un buen motivo, y Gaviña había picado. Si Horacio mencionó al hijo muerto no tiene importancia, porque Gaviña de todas maneras dispuso que iría a la ciudad al día siguiente y convocaría a los dos asistentes de su confianza. Irían armando una presentación del caso Echagüe-Kraude tan potente que arrastraría mucha agua. El testimonio de Echagüe como prueba era insuficiente. Gaviña necesitaba que declarara ante la Justicia. Horacio esperaba que al reflexionar el ex juez no se echara atrás. Lo importante era que esto no quedara como un esfuerzo aislado, como un gemido, sino que resonaran los casos en los que habían participado hombres que hoy eran funcionarios públicos, los que habían quedado prendidos en la red del poder. Kraude no había sido más que un antisemita mercenario sin mayores ambiciones personales. Pero los tipos para los que Kraude trabajaba andaban por ahí, seguían comiendo de la misma torta mientras rearmaban una y otra vez su estrategia. Echagüe los había identificado.

¿Cómo había logrado producir argumentos tan contundentes para persuadir a Gaviña? Ahora le hacían falta a él.

Si pensaba en Cris todo perdía sentido, la vida misma tomaba una dimensión siniestra. Recordó el día que se conocieron, la conversación que tuvieron acerca de *Los Demonios* en ¡las Termas de Copahue! En realidad Cris siempre había admirado al atormentado y cándido Kirillov, que fue tragado por una idea, la plenitud del libre albedrío, la obligación de creer que no cree: «No sé cómo la gente puede vivir sin suicidarse» y su «todo está bien». Sus ojos se encendían cuando argumentaba que Kirillov no buscaba la comodidad. Cris había tenido, como Kirillov, la cara más pálida que de costumbre; la mirada de sus ojos negros, pesada y fija. Nublada por el agotamiento y el llanto. Todavía era impensable su muerte, su suicidio, tanta soledad y tanto desapego, el momento antes de apretar el gatillo sabiendo que no erraría y que nadie tendría tiempo de salvarlo. Nunca más. Juana y su desesperación. Demasiado tarde para todo. ¿Cómo haría? ¿Cómo haría Juana para soportarlo, si a él se le aflojaban las piernas, los pies, los brazos, las manos, los dedos, el cuello, la cabeza, los dientes, la lengua, se le hundía el estómago cuando apenas recordaba el día anterior? Un zumbido atronador había copado su cabeza y lo dejaba tan sordo que sentía se la iba a hacer estallar. Oria. ¿Estaba perdiendo a Oria? ¿El se alejaba y ella también se alejaba? ¿Cuánto hacía que no hablaban? Ya casi no lo sabía. La llamó desde su casa. El puto automático contestador. Hizo un esfuerzo y le dejó un mensaje. Odiaba esperar a que lo llamaran. Creyó que estaba cansado y se recostó en el sofá. Tenía que ir a ver a Echagüe, llevarle comida. Lo despertó el ring del teléfono. Miró el reloj: ¡las once! La voz de Oria...

—¿Cómo estás, Horacio? ¿Qué te pasa? ¿Estás bien?

—No. Me gustaría verte. ¿Puedo pasar por tu casa?

—Sí.

*

Oria lo recibió con esa distancia que lo desconcertaba. Afectuosa pero fría. Quiso acercarse.

—Hace muchos días que no nos vemos... Disculpáme... Estoy metido en esta historia y no te quiero involucrar. No te quiero exponer porque no sé en qué va a terminar.

Oria lo miraba queriendo entender.

—Desde el entierro de Cris que no nos vemos, no contestás mis llamados, como si te hubiera tragado la tierra. Max en el campo, inhallable. Juana, en la oscuridad más absoluta. Y yo necesito hablar de Cris, con personas que lo conocieron bien, necesito hablar de lo que pasó. ¿Vos no? Y no tengo con quien hablar, por momentos me parece todo tan irreal que creo me voy a volver loca. ¿Cris se murió, no? ¿Se murió?

Horacio la abrazó, y Oria rompió a llorar. Sollozaba tan fuerte que Horacio no pudo contenerse. La cabeza enterrada en el pelo de Oria, lloró con dolor, tal vez un poco asustado. Ahora ella lo abrazaba, quería protegerlo.

—No sé qué es lo que estás revolviendo, pero apesta. ¿Te hace bien?

—No se trata de que me haga bien o mal. En este punto mi vida es una nebulosa, yo también soy la bruma. Sé que si no vuelvo al pasado... No tengo garantía de qué pueda construir a partir de allí, no tengo idea de qué pueda pasar. Hay algo que me impulsa, peor que esto no va a ser. ¿Puede ser aun peor? No lo sé, me cuesta imaginarlo...

Oria fue hasta su dormitorio y trajo una larga hoja de papel.

—Te escribí esto.

Horacio leyó en silencio:

«Saber estar, saber amar. En los hilos que nos unen, en los círculos que nos envuelven, dejémonos amar. Amemos, con la cabeza alta, con el plexo ancho, con las alas en movimiento. Amemos hoy. Hoy estamos, hoy somos. No soñemos, vivamos el sueño —que es real—, que me toca y que lo toco, que lo palpo y que me abraza. No pensemos qué será. Cómo saberlo...

»Nuestros cuerpos se tienden —físicos, espirituales, biológicos, áuricos—, se entrelazan; no dejemos que busquen una posición fetal, no dejemos que la encuentren, permitamos que se extiendan y se abracen y se abrasen. Alcanzarán alturas inimaginables.

»Son nuestros cuerpos pero no nos pertenecen, dejémosles expresar sus propias vidas, dejémoslos ser en libertad y sin miedos. Cuál es la mezquindad de mutilarnos, de truncar un camino, de cercar el corazón y apresarlo; y en lugar de dejarlo batir aligerado, lo sofocamos con pesadumbre.

»No anulemos ese impulso, liberémoslo y dejémoslo fluir. Tengamos confianza, no va a equivocarse ni a hacernos caer; todo lo contrario, nos elevará en sensaciones insospechadas e imágenes únicas, saborearemos gustos exóticos y olfatearemos perfumes exquisitos; despejará nuestra mente, y nuestra mirada se aclarará, nos sentiremos más hermosos. Estaremos colmados sin saberlo. ¿Por qué no hacer de nuestra vida algo bello?

»Ser capaz de amar sin recuerdo, sin fantasma y sin interpretación. Sin pararse a recapitular. Dejar existir a los flujos, dejar ser. Un hombre y una mujer son flujos. No hay pasado y no hay futuro, nada se sabe de antemano. Se debe acabar ese decir «Así soy yo». Nada de fantasmas, sino programas de vida que se modifican a medida que se hacen y se viven, que se traicionan a medida que se abren paso. Exploraciones. Explorar y encontrar que el oeste está donde parecía estar el este, y sonreír ante lo nuevo.

»Estemos abiertos al amor, y seguramente sentiremos que nuestra potencia de obrar se agranda y crece; y crecemos, y desplegamos nuestras artes —nuestro arte de vivir— como una actividad, como un hacer».

Horacio la abrazó con fuerza, sintió que Oria estaba totalmente loca, escindida, y que él también porque sus palabras lo emocionaron y por un momento sintió que si se mantenían juntos tal vez eso podía ser posible. Le dijo al oído:

—Es muy bello, vos sos muy bella. Creo que vamos a lograrlo, lo que vos decís acá... después de todo esto lo vamos a hacer posible.

Oria lo envolvió con su cuerpo y sonriéndole le dijo:

—No te olvides, porque yo te creo.

*

Al día siguiente fue a ver a Echagüe; le llevó comida de rotisería: carne al horno con papas y un cartón de vino tinto, queso, salame, y pan. ¡Y cubiertos de plástico! Horacio necesitaba que aguantara un día más, tranquilo. Quería estar al tanto de cómo Gaviña iba armando el hilo invisible para cercar a los que, confiados en la injusticia, circulaban por ahí como si nada hubiera pasado. Tal vez él tuviera que intervenir.

Encontró a Echagüe malhumorado y muerto de hambre. Lidia ni siquiera se había acercado a la casa. «No quiero hablar una palabra con él, seguro que meto la pata.» Horacio puso la comida y el vino abierto sobre la mesa de la cocina. Echagüe protestó por el trato.

—No entiendo cómo se manejan ustedes, qué tanto tienen que chequear. Consigamos un comprador y vámonos a la mierda. Ustedes son unos lerdos. Todavía no creen lo que les dije: ¡es la pura verdad! Que yo sepa, nadie tiene registrada esta casa —protestaba mientras devoraba la carne, las papas, el pan—. ¿Para qué tanta franela? No me banco otro día encerrado acá. ¿O ustedes son unos nabos? ¿A quién estamos esperando?

—Te aconsejo que te guardes un poco de pan para el queso y el salame de mañana —le advirtió Horacio—. Yo no tengo tiempo de venir.

—No, otro día como ayer no lo aguanto. Me voy a desesperar, yo me conozco. No soporto el encierro. Te aviso que no sé si me encontrás.

—Quedáte en el molde, Echagüe, porque si te transformás en un problema puede ser mucho peor. Vos sabés bien que puede ser mucho peor, ¿no? No nos obligues a ocuparnos de vos, no nos obligues a perder tiempo. Quedáte piola ¿eh?

Echagüe lo miró con odio y eructó.

—Te veo pasado mañana —se despidió Horacio. Intentaba por todos los medios transmitir la seguridad de que conocía paso a paso lo que seguía. Otra vez, como cuando se despidió de Gaviña, o de Oria, el desconcierto. Estaba atrapado en esta historia, en esta vida, y por más que se esforzaba no podía ver ni imaginar más allá de lo inmediato.

A la tarde fue a ver a Welsi al geriátrico. Rogaba que el viejo hubiera aferrado la lucidez. Lo encontró solo, y le preguntó: «¿Qué estás haciendo?». «Pienso», contestó y lo miró a su vieja manera intensa, preocupada. Horacio sonrió: estaba allí con él, todavía no lo abandonaba. Le contó su conversación con Gaviña y Welsi reaccionó con optimismo. Estuvieron especulando sobre cuáles serían los contactos y la coartada que tejería el ex juez. A las seis decidió volver a su casa por si Gaviña lo llamaba. Había quedado en avisarle cuando apenas avanzara un poco con el plan. El teléfono no sonó. Horacio se levantó tres veces para verificar que funcionaba. No tenía otra forma de saber de Gaviña más que llamando a la chacra. Prefirió esperar.

Al día siguiente, al mediodía, sonó el teléfono. La voz sonó hueca.

—Tengo bastante información. Necesito que Echagüe declare ante mí.

—¿Dónde?

—En la casa, esta tarde, cuando caiga el sol. Lo encuentro ahí a las siete. Necesito la dirección exacta. Llevo un abogado, pero usted consiga un buen grabador, para mayor seguridad.

Horacio recordó las palabras de Oria, pensó que eso recién empezaba y que podía apestar mucho más.

El ex juez llegó a las siete en punto. Lo acompañaba un hombre joven, de pelo corto, de no más de treinta años. Usaba su único traje y no ocultaba un aspecto de persona idealista y responsable. Gaviña, en cambio, vestía el mismo pantalón que llevaba en la chacra con desgano, se había cambiado la camisa, y el pelo limpio parecía más largo y desordenado. Los zapatos náuticos sin lustrar contrastaban con el cuero del viejo maletín que ni el maltrato o el descuido lograban opacar.

Entró a la casa con rapidez. En el pasillo presentó al asistente como el doctor Britos. Indudablemente Britos era muy formal. Horacio los condujo hasta la puerta de los Kraude y les dijo que no le había avisado a Echagüe el motivo de esta visita para que no tuviera tiempo de armar ninguna historia.

Cuando Echagüe supo que le iban a tomar declaración se quedó mudo. Miró a Horacio y le preguntó:

—¿Y vos quién sos, hijo de puta? Ya me parecía que no eras de los nuestros, que eras un flor de hijo de puta.

Horacio le mantuvo la mirada pero no le contestó. De pronto Echagüe empezó a gritar que él no era culpable de nada, que no lo podían forzar a declarar algo que no era cierto. Al no recibir ninguna respuesta, se calló. Y preguntó:

—A ver, ¿de qué se me acusa?

—De apropiación ilícita de esta propiedad. De robo, de secuestro, de asesinato —dijo el asistente.

—¡No pueden, no hay pruebas, no hay pruebas! —vociferó Echagüe.

Horacio, que estaba grabando desde que abrió la puerta, apretó «play» en el segundo grabador que había llevado. Al escuchar su propia voz relatando exhaustivamente uno de los operativos con el grupo de Kraude, Echagüe enmudeció. Recordó la conversación larguísima que habían tenido esa tarde y toda la información que había vomitado. Fuera de control, arremetió contra Horacio, que estaba parado al lado de la puerta sosteniendo el grabador. Los dos cayeron al piso. Gaviña y Britos se abalanzaron contra Echagüe y lo levantaron. Horacio sacó el revólver y mientras se incorporaba le dijo:

—No pierdas más el tiempo. Contá todo lo que me

contaste a mí. El juez te va a interrogar y tenés que decir la verdad. Es tu única posibilidad de salvarte.

—¿Salvarme de qué? Si igual voy a ir en cana...

—Salvarte de que te tires de un piso dieciocho, por ejemplo. Si estás vivo y nos ayudás podemos usarte de carnada y si *sos* vivo tal vez hasta puedas zafar de la cana. Es tu única y última chance, Echagüe, te aseguro que no estamos jodiendo. Esto se va a hacer así.

Echagüe estaba blanco. Había entendido. Lentamente se sentó en el piso, contra un rincón, y se quedó inmóvil mirándose los pies.

Gaviña, en un tono inmutable, intervino:

—¿Estás listo?

18
La revancha

A partir de la confesión de Echagüe, Gaviña no se detuvo a consultar o compartir con Horacio los próximos pasos. Se apropió del caso y avanzó solo, con la única ayuda de sus asistentes. Horacio no pudo conseguir que le diera el teléfono de su lugar de trabajo ni del departamento donde dormía. Gaviña lo llamaba cada tres días y le decía que era la mejor manera de estar protegido, que le había salido demasiado cara la omnipotencia de otros tiempos. Lo ponía al tanto de cómo andaba la investigación, qué averiguaciones había hecho, y siempre se quejaba de lo que le costaba conseguir colaboración, del temor que encontraba en la mayoría de los empleados que habían tenido acceso a información.

Un par de veces Horacio intentó localizarlo en la chacra de Mayoral pero allí una voz de mujer le contestó que el señor no estaba, que le daría el mensaje; ni siquiera le permitió deducir si algunas noches volvía a dormir allá o se había instalado en la ciudad. Cada vez que Gaviña lo llamaba le daba instrucciones para que fuera a hablar con ciertas personas, generalmente en los suburbios, y averiguara qué había pasado con tal o cual —individuos o familias—. En dos oportunidades Horacio estuvo casi seguro de que las casas que visitaba eran casas saqueadas. Otra vez vigiló a un comisario retirado durante una semana. Pero la mayoría de las veces le costaba descubrir en qué parte de la trama encajaban las misiones que le tocaban a él. Antes de darle nuevas instrucciones Gaviña recogía sus averiguaciones y tomaba nota sin hacer ningún comentario.

Horacio estaba desconcertado. No es que quisiera estar en el centro de la escena cuando todo eso se destapara, ni figurar como el héroe, pero se sentía un poco atado de pies y manos porque no tenía ninguna autonomía y las veces que había querido contribuir con ideas propias Gaviña las había desechado —unas por no prácticas, otras por demasiado arriesgadas—. A pesar de que Horacio seguía las recomendaciones del ex juez (sabía que tenía la experiencia para dirigir la acción), nunca imaginó que tendría que ceder tanto la historia, que se sentiría tan excluido. En cada conversación Gaviña le daba nuevos nombres de empresarios involucrados, funcionarios colocados en distintas áreas del gobierno y de la secretaría de Justicia que habían encubierto y aún hoy encubrían esa mafia; la lista de Echagüe se confirmaba en algunos casos y en otros se quedaba corta. Gaviña insistía en que fuera cuidadoso y prudente en cada movimiento y que no confiara en nadie. Por momentos a Horacio le parecía que Gaviña no confiaba ni en él.

Welsi, dispuesto a no retirarse, lo calmaba diciéndole que era bastante comprensible que el ex juez fuera tan aprensivo. Las referencias que tenía de Horacio hablaban de una vida ya muy pasada, en todos estos años se habían producido deserciones y cambios impensables en demasiadas personas, hasta en las aparentemente más comprometidas con la causa. Incluso él, Mario Welsman, había preferido el aislamiento más improductivo posible, había querido salvar su pellejo. Algunos, enterándose de que en realidad no estaba incapacitado ni loco, hasta podrían considerar esa actitud una traición y una cobardía.

«Welsi, te necesito más que nunca, no te vayas todavía», le suplicaba Horacio cada vez que se despedía del viejo. El viejo lo miraba con ansiedad, no estaba seguro de poder determinar eso. A Horacio, además, le preocupaba Oria. A pesar de aquel sinceramiento, se desencontraban.

No podía compartir con ella lo que estaba pasando, la dejaba afuera por su seguridad y ella ya no protestaba. La felicidad juntos era el anhelo o la nostalgia de un sueño. Intuía que ella estaba viendo a alguien que la ayudaba a alejarse de él. Y en este momento él estaba totalmente imposibilitado para evitarlo, para proponerle nada que ahuyentara la enajenación. En realidad le preocupaba más él mismo por lo que significaría perderla; tal vez para Oria sería mejor librarse de un tipo ambiguo como él. Todavía no sabía cómo iba a reaccionar a la muerte de Cris. Desde aquel día se empujaba a seguir un camino no transitado y todo era extraño. Irreconocible. «Así debe ser cuando estalla la guerra: la vida en el país, en la ciudad, en la familia, con los seres queridos se enrarece. A pesar de estar juntos o unidos, uno está para siempre solo, la soledad ante la propia vida y la muerte nunca es tan patente como en la guerra. Nada será lo mismo.»

Cuando se veían, hacían grandes esfuerzos para disimular la sensación de abandono y de dolor en cada uno de sus gestos, de pérdida irremediable, como si ninguno de los dos pudiera hacer nada más que asistir a una muerte anunciada. Como cuando uno presencia una lenta agonía y el moribundo nos dice con ansiedad: «¿No es cierto que cuando me cure vamos a volver al mar y alquilaremos esa casita que tanto nos gustaba frente a la playa? Nos sentaremos afuera a ver el atardecer, a esperar que salga la luna» o «Sería una buena idea construir una chimenea para el invierno, ahorraríamos mucha electricidad, ¿no te parece?». Y uno asiente impotente, ocultando la pena inmensa que provoca imaginar el próximo verano o el próximo invierno sin esa persona querida.

Una mañana Horacio casi murió de espanto. Los titulares del diario daban la primicia del hallazgo de una casa en el barrio de Vilches donde se habían guardado durante años los cuerpos de doce guerrilleros judíos. «No eran judíos los doce guerrilleros. Ni eran guerrilleros los doce muertos.» La noticia lo mencionaba a él como el fotoperiodista Horacio Ducay, quien visitó la casa que había sido puesta en venta y accidentalmente se topó con una macabra historia que le fue relatando la vecina Lidia Belsinetti. La vecina sospechaba que sucedían cosas siniestras en la casa pero el que investigó y llegó a dar con uno de los responsables fue el fotógrafo Ducay. Toda la información sobre la actividad en la casa se centraba alrededor de Kraude, un inmigrante alemán que era jefe de seguridad del Ministerio de Economía. No lo presentaban como un matón sino como un tipo de carrera muy consustanciado con el gobierno militar. Hacían gran hincapié en su antisemitismo y dejaban entrever que había formado una brigada especial, casi independiente del gobierno y que incluso muchas veces se tomaba más atribuciones que las que le correspondían. Lo nombraban a Echagüe como el segundo de Kraude —un ejecutor de sus ideas— y describían su maniobra para quedarse con el dinero que representara la venta de la casa. Peterini y Santos —otros miembros de la banda— debían comparecer ante la Justicia porque Echagüe los había acusado.

Horacio quedó paralizado. Se había filtrado el caso, algún periodista había querido tener la primicia y había quemado la investigación. Ahora tendrían a la prensa encima y sería imposible trabajar. Horacio intentó comunicarse con Gaviña por todos los medios para ponerse de acuerdo en los pasos a seguir y qué decir a la prensa si daban con alguno de los dos. En la chacra de Mayoral la mujer que contestó el teléfono le dijo que el señor hacía días que no iba por allá, no podía darle ninguna pista, si él no aparecía no había manera de ubicarlo. Por más que Horacio le explicó que trabajaban juntos en algo muy importante, la respuesta de la mujer fue la misma. Le dejó un mensaje urgente que lo llamara a cualquier hora a su casa, él no se movería de allí hasta recibir su llamado.

Gaviña no llamó en todo el día. Horacio estaba tranquilo y seguro de que la prensa no lo encontraría fácilmente porque en general no daba su teléfono a nadie y tardarían en conseguirlo (esperaba que la mayoría de los directores de cine para los que había trabajado en esos dos años se desentendieran). Había tiempo para que Gaviña lo llamara. No se movió de su departamento. A las cuatro de la tarde el teléfono sonó. Un hombre pedía por él. Como no reconoció la voz dijo que estaba equivocado. No insistieron. Una hora más tarde volvió a sonar. Otra voz de hombre que no reconoció preguntó por él y esta vez Horacio dijo que el tal Ducay se había mudado dos meses atrás, que no había dejado señas donde encontrarlo. Pensó que si decía eso evitaría una sucesión de llamados.

Le costó dormirse. Desfilaban las caras de Cris, de Max, y los momentos en que intentaban tranquilizarse con respuestas, vías de salida de lo incomprensible. Sentía como si hubieran pasado largos años de esos encuentros que ya nunca más existirían. Oria y sus ojos negros que desafiaban las oscuridades más agobiantes. Oria también pertenecía a otra vida ya no transitable. Su padre y el empeño en enseñarle a fotografiar desde muy chico: «Este es un oficio, como cualquier otro», le decía secamente, «pero éste te permite ver el mundo, mirar sin ser mirado, ser curioso con la excusa de hacer tu trabajo, y hacerte de un punto de vista». Con esa misma sequedad su padre había hecho también de madre hasta que Horacio dejó la casa a los diecisiete años para «ver el mundo». No lo retuvo ni dijo nada. La madre sólo había sido la imagen enigmática y ausente en las nueve fotos blanco y negro que el padre exhibía tímidamente en su pequeño dormitorio. ¿Se encontrarían Cris y su madre en algún limbo? ¿Sabrían quiénes eran?

A la mañana siguiente, justo antes de salir a comprar los diarios, sonó el teléfono. Era Gaviña. Por fin. Estaba calmo y en control de la situación.

—Parece que alguien filtró la información a algún periodista amigo, y ya es imparable. Yo trabajé con extremo cuidado. No sé usted... Se lo pedí una y otra vez de todas las maneras posibles. Lo siento pero el que más se perjudica es usted. Yo me abro acá, le pido que no dé mi nombre, porque hasta ahora no aparezco en la información que tienen.

Horacio se desconcertó. Era cierto que el nombre de Gaviña no había aparecido en ningún diario. Pero también era cierto que él confiaba plenamente en todas las personas con las que había hablado. Estaba seguro de que no había sido imprudente, pero ¿cómo mierda convencía a Gaviña?

Creyó que el ex juez había averiguado cómo se había filtrado la información, algún asistente habría confiado en un periodista amigo.

—Mis asistentes entienden bien lo que significa no abrir la boca. Es muy simple —dijo Gaviña con una voz cansada—. Hay ciertos periodistas que creen que el periodismo es el cuarto poder y que realmente significa algo en el curso de los acontecimientos políticos de un país, que pueden forzar una investigación que involucra a peces muy gordos de la escena pública. Mueven el avispero pero no saben que al rato las avispas vuelven a sus gordos nidos. Y quisieron tener la primicia. —El ex juez hizo una pausa—. Se cebaron y quemaron la posibilidad de una verdadera investigación, realizada en secreto y con discreción.

Horacio queda en silencio por un momento. Lo que dice Gaviña tal vez... Pero no acepta un fracaso así, tan fácil, y le dice que hay que seguir, Gaviña, no puede echarse atrás, a esta altura de la vida ¿qué hay que perder? No acepte los términos. Cortar o borrarse ahora sería como abortar una iniciativa, frenar el impulso de querer a alguien en el momento de mayor ímpetu. Horacio no podía pensar en argumentos convincentes. Gaviña le contestó:

—Justamente a esta altura de mi vida siento que no hay mucho que perder, pero tampoco hay nada que ganar.

242

Creo que ya no me interesan estos asuntos. Si me llaman a declarar voy a negar todo. No tuve nada que ver. Mucha suerte, Ducay. —Y cortó.

La noticia era imparable. Estaba en todos los diarios. Mencionaban nada más que a él, a Horacio. Y a Lidia Belsinetti. ¿Cómo avanzar y, además, no ser atrapado? Welsi ¿qué podía decirle Welsi?

Welsi le aconseja rajarse. Hay peligro de que lo involucren en situaciones de las que será difícil zafar, no se puede correr el riesgo de quedar atrapado hasta que se pruebe lo contrario. Quiere ver a Oria, explicarle todo lo que está pasando.

A las cinco y media de la tarde la calle de la casa de Oria está muy transitada. El diariero ya vocea la quinta frente a la puerta del bar de la esquina, algunas personas dan por terminado su trabajo, otras toman un café para cortar el resto de la tarde. Un obrero de gorra con visera y de barba crecida descansa a la sombra de un umbral sentado sobre su bolso; come un sándwich de pan lactal, los ojos entrecerrados. Niños acompañados por sus madres salen de la escuela, grupos de adolescentes ruidosos y torpes ocupan toda la vereda. Un policía vigila que ningún vehículo se detenga o estacione en esa vía de salida del centro de la ciudad. A Horacio le parece que es el policía de siempre que circula por el barrio. Mira hacia el piso séptimo: las cortinas, cerradas. Toca el portero eléctrico. La voz de Oria suena muy baja, apenas oye que le dice en un susurro: «Me vigilan, Horacio, andáte ya, llamáme por teléfono». El queda inmóvil. Se aleja unos pasos de la puerta y vuelve a mirar hacia arriba simulando confirmar su ausencia. Camina hasta la esquina y para un taxi providencial. Se sube y a la media cuadra mira para atrás. Imposible saber si esas caras van detrás de él. De todas maneras, no vuelve a su casa. Lo único que falta es poner a Oria en peligro. ¿Cómo no se le ocurrió que sabrían de ella y calcularían que él iría a verla? Estaba tan aturdido que no había anticipado. Max y sus enseñanzas. Obviamente unos meses de práctica no eran suficientes.

Llega a la estación de micros. Cientos de personas que habitualmente viajan de la capital al interior, del interior a la capital se arremolinan y se desplazan. Paga el taxi y camina una cuadra hacia atrás. No quiere que lo vean hablando por teléfono dentro de la estación. Llama a Oria. Oria atiende y lo primero que dice es:

—Tengo el teléfono pinchado, no me digas dónde estás, sólo te digo que te quieren agarrar porque Echagüe dice que vos sos cómplice de él, que vos querías vender la casa y quedarte con la guita tanto como él.

—Es absurdo, ésa era la coartada para que él hablara.

—No podés probarlo tan fácil.

—Esto es un infierno, cuidáte mucho, cuidáte mucho, Oria...

—Sí, yo no sé nada de verdad, pero si no te conociera y siguiera la prensa, creería posible toda esta historia, que hayas querido aprovecharte.

Horacio enmudece pero piensa que hay alguien que escucha y dice:

—Es mejor que no estemos en contacto, voy a dar con una persona que puede decirme qué pasó, es la única manera de protegerme. Cuidáte mucho. Un beso.

Llama a la chacra de Gaviña y la misma voz de mujer le dice que el señor se ha ido de viaje y que no tiene ningún mensaje para él porque no lo conoce. Tal vez Gaviña está allí, a pocos metros de la mujer, tal vez no, pero lo que es evidente es que le está confirmando que él se abre y que será imposible involucrarlo. No vale la pena volver al departamento y encontrar todo dado vuelta, semidestruido, y nada que lo salve.

Antes de que se asiente la noche Horacio ve, desde la ventana de un micro, cómo las luces desasosegantes y los edificios como enhiestos cuerpos de hombres se repliegan y quedan atrás.

Al tercer día la noticia todavía está en primera página. Echagüe, desde la cárcel, no menciona ni una vez el nombre de Gaviña, dice que conoce sólo a Horacio, que quiso torturarlo y amenazó con matarlo. Hay un casete que dice tener Echagüe con la voz de Horacio que amenaza con empujarlo de un piso dieciocho simulando un suicidio. ¿Y Lidia? Aparentemente Lidia era Lidia pero ante las presiones confirmaría que su número de teléfono correspondía a su dirección, más los datos de la historia que convinieran para «ayudar al esclarecimiento del caso».

Horacio trata de alejarse. En lo de Max, en Corrientes, lee y sueña con una realidad que es su pesadilla. Seguramente se había puesto en evidencia cuando empezó a investigar a Kraude y pidió listas de los integrantes del Terror de esos años, seguramente había alertado a quienes no debía. Acorralado, despejado, o con cierta distancia, sabe que Gaviña lo vendió. Inexplicablemente. Innecesariamente. Todo cierra a partir de eso. No interesa saber por qué o para qué el ex juez, el único en quien Welsi confiaba, lo traicionó. Ni cuál había sido su ventaja o su provecho o su revancha. Lo que importa es que él pasó la información a un periodista y de esa manera, a través de los diarios, había puesto en sobreaviso a todos los implicados, y había anulado la posibilidad de seguir con ninguna investigación. Sí se preguntó Horacio si el «juez» había decidido traicionarlo desde un principio y si ya el primer día en la chacra de Mayoral Gaviña descreía de ese operativo. «A esta altura no hay nada que ganar», le había dicho en su despedida por teléfono.

Y Horacio había provocado su persecución. ¡Qué fácil y absurdo volver a estar en la huida, mirando por encima del hombro, creyendo por momentos llegar a un lugar seguro!

*

Oria recibió una llamada de Juana. Quería comunicarse urgente con Horacio.

—Los diarios hablan de cuerpos en un sótano de una casa en Vilches. Hablan de Horacio, de su aparente vinculación con la venta de la casa junto con secuestradores y asesinos, matones a sueldo. Publicaron algunos de los posibles nombres de los cuerpos escondidos en ese sótano, y —la voz de Juana era un hilito, apenas audible— uno de ellos era Ernesto. Pero a Ernesto lo enterramos, Horacio me acompañó. Vos, sabías, Oria, en esa época Horacio y yo estábamos juntos, y él me acompañó, nosotros lo vimos. No puede haber estado dando vueltas, pudriéndose en un sótano. No puede... Necesito ver a Horacio.

Oria le explicó que Horacio no tenía nada que ver con la venta de esa casa, él llegó a ese lugar de casualidad, buscaba una casa nueva para mudarse, lo estaban acusando para tapar a otros...

—Necesito verlo.

—Tengo el teléfono pinchado, Juana, no es conveniente que hablemos así. Encontrémonos. Yo no sé dónde está. Se fue sin decirme adónde. No quiere involucrarme a mí.

—¿Y a vos por qué te buscan?

—No, a mí no...

—Ya te van a buscar, a vos, y a mí... —Se oyó un ruido seco en la línea.

—¿Estás ahí, Juana?

—Sí, nos estaban escuchando, o todavía están ahí.

—¿Querés venir acá? Me parece más seguro. ¿En una hora?

Pero del otro lado ya no estaba Juana ni su voz aflautada por el miedo. Tal vez sí el mudo escucha. Oria esperó a que Juana volviera a llamar. Estaba segura de que no conocía su dirección. Esperó mortificada, no había podido

246

tranquilizarla: habría dado a conocer los pasos que había seguido Horacio. La semana anterior la había visto tomando un whisky al aire libre con un tipo cincuentón, de traje muy legal, que evidentemente le interesaba. No la veía desde el entierro de Cris. «Debe de estar volviéndose esquizofrénica», había pensado Oria. Al tipo se lo veía fascinado y le pareció mejor no interrumpirlos.

19
La deserción

Hablo con Cris y él me contesta. Le pregunto si quiere que me vengue de alguien, soy capaz de hacerlo. «No», me dice débilmente, «fue mi decisión.» Es su voz, tan clara que pienso que en realidad no se ha ido, que esa voz se va a corporizar en cualquier instante y lo veré aparecer ante mis ojos y lo abrazaré con desesperación. «¿Qué querés que haga?», insisto. «Nada. No te atormentes, petisa», me dice con dulzura, «es mucho más complicado que eso. Ya está.» No sé desde dónde me habla, pero siento que no está aliviado, no ha encontrado ninguna paz, sigue sufriendo. Y ese pensamiento no me deja respirar.

Cris y sus ilusiones aplastadas, la posibilidad de construir un mundo ideal absoluto y transparente que le diera sentido a la existencia. Esa romántica disposición, y la creencia en un paraíso romántico que él había construido para él y para V. en el que vivirían protegidos por ese amor y esa convicción, prescindiendo del afuera, seguros de haber logrado un sueño mágico, intocable, para siempre criaturas inocentes. El esplendor y el anhelo pertenecen a la historia de la humanidad. Que los hombres resignen sus sueños y, cínicos o gastados, desprecien o se burlen de la inocencia indica una elección rápida y fácil: seguir la corriente, y no una imposibilidad real de realizarlos. Cris había sido consciente de los riesgos pero, para él, llevarlo adelante era la única forma de vida posible, y fue obstinado y fiel hasta el final. La promesa romántica no pudo ser cumplida. En una época de caos las sociedades rotas engendran inexorables antirrománticas realidades. Aplastado su sueño romántico, Cris se convierte en una figura trágica.

Sin embargo, hay un significado universal en ese destino trágico. Pienso en Gatsby y lo costosa que fue su visión del mundo, ignorando la profunda incomprensión de los que lo rodeaban y hacia quienes iba dirigida su esforzada acción. *The American Dream and all that jazz...* El también pagó un precio muy alto, prefirió morir al enfrentarse con un mundo nuevo, material, pero que no era real para él.

*

Menos. Me duele menos. Anoche otra vez el vampiro me atacó, y succionó más de un litro de mi sangre. Me miro al espejo y deslizo con suavidad mis dedos por los dos agujeros (orificios asimétricos, el de arriba es más grande que el de abajo) amarronados morados, los bordes sobresalen marrones, la sangre coagulada en el centro. Dos botones. Los acaricio. Siento un cosquilleo en mi vagina. Anoche otra vez vino de sorpresa, sin aviso. Abrí los ojos sobresaltada y en la penumbra de mi cuarto distinguí su voracidad inyectada de rojo. Le sonreí, se apaciguó. Cerré los ojos y sentí cómo se inclinaba sobre mí. No tenía olor alguno; casi como un espíritu etéreo, incorpóreo, corrió el cabello de mi cuello. Yo me acomodé en mi almohada y giré la cabeza desperezándome, laxa. Hincó sus colmillos, voluptuoso, y permaneció así chupando mi cuello y mi sangre, y yo refregándome contra la sábana entré en una eternidad. Acabamos los dos juntos, pero no lo pude tocar ni abrazar, encontré mis brazos rodeando mi propio cuerpo mientras me abandonaba en la soledad. No lloré, caí en un sueño hondo y denso. Me desperté cansada y seguí durmiendo. Dormí todo el día o casi, así me pareció. Me dolía el cuello. ¿Qué pasaría si mi visitante volviera todas las noches? Me dejaría agotada, ¿me iría vaciando de a poco? ¿Agotaría mi resistencia y mi impulso? ¿Me enviciaría? Visitante de la noche, mucho más acá de las fantasías, siento tu huella en mi cuerpo, la toco, la veo. A tu merced.

Recuerdo la voz de Cris, la última vez que hablamos por teléfono y suena melancólica. ¿Dónde estás, Cris, para que pueda hablarte, para que pueda acariciarte la cabeza, para que pueda apaciguar tu corazón?

Estabas ahí, solo, solísimo, entre la nada y la vida, entre afuera y adentro, entre todos, entre nadie. No te decidías, fumabas, incansable, cansado de esperar, de ir de acá para allá, de allá más allá, de vacilar, de dudar.

¿Esperabas? O ya no esperabas nada. Y ésa era la mirada, de alguna distancia, de otra indiferencia. De estar de vuelta pero tampoco de querer quedarte. Mirabas por debajo de unas cejas enormes y peludas que eran tuyas aunque no te enterabas. Y los gestos eran maquinales (inspirabas, exhalabas, te sentabas, te parabas, apartabas un obstinado mechón de pelo de tu frente, las manos en los bolsillos, las manos a los lados del cuerpo), pero eran tuyos, no los querías hacer tuyos.

No pertenecías acá, no pertenecías a ninguna parte. Sin embargo, ¿qué te sostenía? No parecía que pudieras salir volando en cualquier momento, esfumarte en el aire o desintegrarte ante ojos abismados. Estabas ahí desde siempre y ahí ibas a permanecer. No lo sabías y no te importaba: todo te era tan ajeno. Sin embargo, tu presencia-ausencia pesaba.

Ser reconocido como perteneciente a algún lugar, a algún ámbito, ni eso te interesaba ya. Y menos ser amado, comprendido, escuchado o despreciado. ¿De dónde venías y adónde ibas? Desde el centro de la tierra, o desde algún borde de la corteza celeste, desde siempre a ninguna parte.

Estabas en tránsito, eterno, estático, hermético. Suspendido. Hablabas tu propio lenguaje interior.

Prescindencia. Percibías lo que daba vueltas a tu alrededor. La circularidad. Los desencuentros. El hambre. La miseria. El horror instalado ahí nomás para el que quiera verlo. Los vacíos que no se llenan nunca.

¿Indiferencia? Ni siquiera. Sabías. Era suficiente. Y un paso más: sabías de la impotencia.

¿Insensibilidad? Sí, la que da el demasiado sufrimiento. Parecés haber recogido todas las muecas, gritos y desgarramientos del mundo. Sabiduría ineludible.

¡Ahí tenés tu absoluto! La muerte total y absoluta.

¿El hombre no se resigna a la imposibilidad de absoluto, Bataille? ¿Siempre tiene una añoranza, una melancolía, una nostalgia? Si sufre aun sin saberlo, ¿dónde conoció la posibilidad de absoluto el hombre? ¿En qué vida, en qué momento? ¿Por qué siente que es algo que le han quitado? (Si se lo han quitado es porque alguna vez lo tuvo.) ¿Por qué tiene que vivir tratando de prescindir de eso, y aceptar la fragmentación, lo relativo, lo inacabado, lo escindido, la carencia, la desolación? ¿Cuándo conoció la unidad, la totalidad? ¿Dónde? ¿El hombre sufre por no serlo todo, Bataille?

Me despertaron los gritos. Ella aullaba. La voz de él se escuchaba ronca. Golpes. Era justo en el piso de arriba. Un cuerpo caía. Ella lloraba histérica. «No doy más, no doy más. Me tenés harta, harta, ¿me oís? ¡¡¡Estoy harta !!!» El no parecía perder la calma. Me acurruqué en la cama y me cubrí las orejas con la almohada. Aún se escuchaba. ¡Qué angustia! No tolero estos gritos, esta violencia. Prendí la luz, me levanté, busqué la radio. Música más fuerte, tan fuerte como fuera necesario para tapar esos seres siniestros. Con la luz encendida, finalmente me dormí.

Otra vez estos hijos de puta de arriba. El le pega, la cruzó de un tortazo al otro lado de la habitación, ella cae. El perro gime. Con ella cae una estantería o algo así, siguen cayendo cosas. Ella llora. Me tapo los oídos con las manos. El grita y perfora mis manos. Hija de puta. Los odio. El miedo. El terror. La va a matar. «Me tenés harta, hijo de puta, estoy harta, harta, harta, harta...» Otro tortazo, cae con fuerza en el piso. ¿Qué hace ahora? ¿La patea? El perro gime. Dejo el libro, prendo la radio. Otras voces que se ríen, comentan una noticia. ¡Ah, qué alivio! ¿Qué dicen? Que se le voló la peluca al presidente de Estados Unidos mientras leía su discurso después de bajar del avión que lo acababa de depositar en el ventoso aeropuerto de Heathrow.

Hay una languidez de la infancia. Hay lazos invisibles que ninguna palabra podría describir. Cuando éramos chicos, venías todas las noches a darme un beso a la cama cuando yo me iba a dormir, y te acostabas un rato a mi lado y me hacías reír. Enrulabas mi pelo entre tus dedos y me contabas chistes, hablábamos de mocos y pedos ahogando la risa, hasta que las protestas de mamá te obligaban a salir de mi cuarto para dejarme dormir. Recuerdo una noche que me arrancaste un rulo bastante grueso y yo me quejé; vos, mientras lo guardabas en una cajita de fósforos que ocultarías en un cajón de tu escritorio, me explicaste: «En poco tiempo querrás usar el pelo largo y se te pondrá lacio, quiero conservar uno de estos rulos de la niñez». (Yo después verifiqué que no había sido un simple gesto de crueldad: en tu cajón, mi rulo vivió durante años dentro de una cajita de fósforos.) La vida parecía más dulce entonces. Unos años más tarde, cuando cumplí trece, en el libro que me regalaste escribiste una dedicatoria: «Petisa querida: por esta lucha que es tuya y que también es mía».

Vos tenías dieciocho y el gesto sombrío; en esa casa ya no nos reíamos.

Todavía te sentías de acuerdo con el mundo, impresionabas a todo el que te conociera y no te enterabas, te dejabas querer. Te daba placer ser *scratch* en golf, el sol y la nieve, la curiosidad del espíritu, las mujeres interesantes, ser deseado por las mujeres interesantes. ¿Imaginabas que un día el amor desplazaría todo, obligándote a un lugar de difícil comprensión, de difícil tránsito? ¿Imaginabas que defenderías ese lugar con tu propia vida? ¡Oh, Cris! Mamá dijo que en esa última conversación hablaste de Dios, le dijiste que te habías confesado esa tarde, que El te entendía, y que eso te daba una paz. ¿Habrás muerto con un corazón liberado? ¿El espíritu...? ¿Y tu mente y tu cuerpo? Tu cuerpo agotado de una vida volátil. Dios y toda su promesa de vida eterna, lo creó el hombre para bancarse la muerte. ¿Es tan importante mantenerse vivo? ¿Lo primordial es mantenerse vivo y después se verá? ¿Y si ya no se ve?

Un grito atravesó la calma de mi sueño y me sacudió, me paralizó. Era ella otra vez. Sollozaba histéricamente. No quiero escucharlos. No quiero. No quiero. Los odio. ¿Por qué no se callan? El habla con voz pausada, yo percibo el sadismo de su tono. Silencio; de pronto, un ruido seco, de un golpe ella cae al piso, y ahora se arrastra hacia la ventana como un animal herido. Otra vez grita: «¡Me tenés harta, harta, harta! Estoy harta. ¿Entendés?». El la provoca, se ríe y ahora le grita con desprecio. Ella llora. El perrito también llora. Lo escucho. Doy un salto hacia el baño y me meto bajo la ducha, abro la canilla y me moja el agua, me moja hasta empaparme, se me empapa la remera que tengo puesta y me quedo así por mucho tiempo, no sé cuánto, pero me separo del mundo y no sé por qué estoy ahí, qué hago empapada ahí a esa hora de la madrugada, todo el piso del baño mojado y con una sensación de aislamiento y ajenidad brutal.

Llueve. Mucho, tanto que no para. Hace horas que llueve sin parar. No sé exactamente hace cuánto, pero pareciera que lloviera desde siempre. No quiero mirar hacia las ventanas porque vería el agua golpear con fuerza contra los vidrios, mientras que el ruido rítmico solo es sedativo, casi tranquilizador por su previsible monotonía. Hace días que llueve. Vi los noticieros por la televisión y es alarmante y triste cómo ha llovido sobre las casas más humildes, la corriente las arrastra despiadada. La pantalla muestra «imágenes patéticas» (¿imágenes y no realidades?), calles irreconocibles, barrios enteros bajo el agua. Las ciudades y los suburbios de este país ¿no están preparados para aguantar la lluvia?

Recién me percato de que por la cocina avanza el agua (casi a baldazos) imparable. Llueve silenciosamente, es decir, como si la ciudad se hubiera detenido, no se oyen voces fuertes, ni bocinas ni motores de autos o colectivos. Mi casa está inundándose y mejor me voy a poner el traje de baño para estar más cómoda. Además, si no se me va a mojar la ropa. ¿Cómo será ver mis muebles bajo el agua? ¿Tendrán destellos verdosos? Esta agua no tiene cloro. Dicen que es muy bueno lavarse el pelo con agua de lluvia.

Hace un buen rato que me desplazo nadando bajo el agua del *living* al comedor, del comedor a mi dormitorio. Me cuesta un poco mantenerme sentada, no encuentro mucha estabilidad. Lo que me preocupa es que recién miré mis manos y nadé hasta el espejo y vi que ciertas partes de mi cara se están arrugando casi como las manos. ¿Existirá alguna crema con filtro doce para el agua? Debo averiguar.

¡Ese grito...! Ahí empiezan de nuevo. El juego diabólico de siempre. Su chillido crece. Como si lo fuera a abandonar definitivamente. Como si lo quisiera reputear por última vez pero siempre termina sometiéndose. Gritos sofocados. El grita, está furioso. Cuerpos que ruedan, pesados; golpes; por el piso ruedan de un lado al otro. Vidrios, vidrierías que se caen y se pulverizan, alarido que estremece. ¿Se habrá cortado? ¿Cuál de los dos? Los odio. ¿Por qué no terminan de una vez? El juego es jugar a que todo puede terminar en cualquier momento. Me tapo la cabeza con las frazadas y cierro mis ojos y mis oídos; pero resuenan sus gritos y su violencia dentro de mi cabeza. No puedo escapar. Me destapo y llena de ira —la puta que los parió, ¡qué hijos de puta!— prendo la luz y la radio, me quedo sentada en el *living*, miro el diario. ¿Qué hora es? ¿Las dos de la mañana? ¿Habrá algo en la televisión? Hoy se hirieron con esos vidrios que se hicieron añicos contra el piso, se deben de estar cortando... ¡Aj, qué asco! Voy a vomitar. No puedo soportar los gritos, si no se mudan ellos, me voy a terminar mudando yo. ¿La matará algún día? Son tan jóvenes.

Otra vez son ellos que me arrancan de mi sueño. Está clareando la mañana. ¡Qué pesadilla! Hay luminosidad en mi cuarto. Estoy muerta de sueño y quiero dormir. Otra vez oigo sus odiosas voces gritonas, su sádico juego repugnante. ¿Por qué no la matará de una vez? Deseo que la mate y se callen para siempre. ¡Quiero dormir! ¡Qué alivio sería dejar de escuchar sus voces! «Me tenés harta, ¿oís? Harta ¡Estoy harta, harta, harta...! Har-ta. ¡No doy más!» Un golpe seco la paró. Otro golpe. Llanto histérico. «Me voy, te dejo, ¿oís? Porque hoy sí que me gustó con Carlos, sí, con el flaco escopeta como lo llamás vos, pero coge mucho mejor que vos y hoy me... » Alarido. Los gritos de ella cuartean las paredes del edificio mientras se abre una ventana con violencia y se oye un cuerpo o una voz ronca de desesperación y sorpresa que choca contra la calle, y el silencio se hunde en la mañana y la inunda de un suspenso helado. De pronto, un portazo y alguien que baja las escaleras a los saltos y se escapa por las calles. Me quedo inmóvil en la cama. Oigo al perro gemir. Voces desde la calle. Al rato, una ambulancia con una sirena exagerada y grotesca. Es sólo una mujer muerta que se desgañitó para apurar su descenso. Suspiro aliviada, me acomodo en la cama y encuentro una posición tan placentera que me anticipa un sueño profundo y relajado.

Mi cabeza. Creo que voy a terminar cortando mi cabeza y dejarla apoyada en mi mesa de luz. No me responde, hace lo que quiere. No tengo ya ningún poder sobre mi mente. He perdido todas las máscaras y no sé dónde encontrarlas. Quizá, si hubiera comprado el labrador, él podría cuidarme en este momento.

20

La entrega

«Me vieron mirar los parásitos verdes que giraban alrededor del sol. Nunca habían vuelto los ojos hacia adentro. Simulaban. La luz exterior los rechaza y aun así no se atreven a obedecer la dirección que los impulsa al epicentro. Agazapados todavía andan por ahí. Desconocen las señales, la dirección, el centro. Giran, a una velocidad enloquecida. Me vieron mirar los parásitos verdes pero ellos no los ven. Se extrañan de mí, de otros que casi no existen. Creen que miro con mirada bovina, sin ver, sin motivo. Creen que mis ojos glaucos ni enmarcan una nada. Que detrás de esos huecos sólo hay un agujero abismado y seco. Lo he perdido todo y ahora sé.»

Oria no reconoció la voz de Juana en el contestador automático hasta la quinta vez que escuchó ese mensaje incomprensible. No era alguien que leía o recitaba algo aprendido de memoria. Pasaba un mensaje cifrado sin mayor o menor conciencia de cómo decía lo que necesitaba decir, lo que urgía decir. Cuando reconoció la voz, Oria pensó que Juana estaba en peligro y que era verdad que la irían a buscar a ella también. Habían pasado más de diez días de aquella llamada angustiada, de aquel pedido de auxilio. Emprendió la búsqueda: tenía que dar con ella, no podía esperar a que Horacio volviera a la ciudad y le dijera dónde encontrarla.

Quería ayudarla. No la conocía, apenas tenía una percepción de ella, lo que había recibido las pocas veces que la había visto era una dureza y un desinterés, casi un desdén. Sin embargo, en el velorio y el entierro de Cris era una pobre mujer desnuda en su mayor dolor. ¿Por qué quería ayudarla? ¿Para ser buena, solidaria persona o debido a que le convenía saber lo antes posible la dirección que estaba tomando el hallazgo de Horacio en ese sótano? Ella, Oria, podía ser la próxima. Cualquier excusa era buena para transformar en sospechoso a cualquiera que tuviera algún motivo para huir. ¿Por qué escapa? Porque usted me está persiguiendo. Pero yo lo estoy persiguiendo porque usted se mueve incómodo ante mi mirada, *usted escapa*. La voz de la autoridad. La voz de la autoridad que monologa. La voz de la autoridad que escucha la voz de los otros solamente para reencontrar su propia voz.

Recordó dónde trabajaba y decidió ir personalmente, le pareció que si había algo que le pudieran decir o ella intuir, no sería por teléfono. A través de los compañeros de la revista lo supo enseguida. Nada que ocultar. La semana anterior Juana había decidido casarse —de un día para el otro— con un tal Jerónimo Giúdice, un militar burgués más inteligente y sensible que el promedio, al que le había hecho una entrevista antes de fin de año para una nota de la revista. Aparentemente, ya publicada la nota y sin motivo profesional de por medio, Giúdice llamaba a Juana con insistencia a la redacción, ellos eran testigos de que ella le rehuía. Inmediatamente Oria recordó al tipo —un tipo que, aunque Oria casi no la conociera, hubiera asegurado que no era el de Juana— con quien la vio tomando un whisky en las mesas de afuera de un concurrido bar al atardecer, la semana después de la muerte de Cris.

Para sorpresa de todos, sin embargo, Giúdice esperaba ansioso que Juana volviera de sus vacaciones para comunicarle que había abandonado a su esposa y comenzado los trámites del divorcio. De un día para el otro, Juana dejó su trabajo. Desde la muerte del hermano y especialmente la semana pasada la habían visto alterada, preocupada, decía que no le alcanzaba para vivir, que no soportaba más la soledad ni la precariedad de tanta independencia. Les había contado que más de un año atrás había empezado a poner avisos en el diario *El Día* buscando un hombre que reemplazara a un perro, y que había aparecido una galería de personajes indecidibles, indescriptibles, pero ninguno la había persuadido de que la vida a su lado sería más placentera que la vivida hasta ese momento. No obstante, de golpe había vislumbrado que ese hombre, al que se había acercado con inquietud periodística —y morbo— le daría lo que ella necesitaba, y no quería pensarlo más. Se iba «a casar» con él. La «boda» comenzaba con un espectacular viaje durante cinco semanas por el Caribe, Santo Domingo, Haití, Jamaica, las islas Bahamas y Miami. Cuando volvieran el divorcio estaría más avanzado y en poco tiempo podrían legalizar su compromiso. Era preciso tomar la decisión. Si se demoraba más, tal vez corría el riesgo de imaginar el año después. No quería imaginar nada más. Por otro lado, estaba harta de ese trabajo. Claro que Juana no les había mencionado que ese apuesto capitán burgués y sensible estaba estrechamente vinculado con lo peor del Ejército. Eso lo supieron después, cuando, un poco escandalizados por la manera abiertamente especuladora de Juana para elegir un marido, y a modo de chisme frívolo, comentaron el casamiento con un compañero obsesionado con los militares. Dudaban que Juana lo supiera porque no era muy prevenida. Además, flotaba: siempre les había parecido que esa historia con el guerrillero muerto que ella evitaba con una sonrisa o un «es como si hubiera ocurrido en otra vida», y después, el suicidio de su hermano, la habían trastornado. De todas maneras, los había dejado con la boca abierta, justamente por la determinación y celeridad con la que había decidido todo, como si nada pudiera detenerla. ¿Habría que advertirle cuando volviera de su viaje?

Oria lo supo enseguida. Claro que Juana estaba al tanto de ese dato importante. Justamente eso era lo que la había decidido tan rápidamente, era su protección y su salvoconducto más insospechable.

A pesar de que sus compañeros le dijeron que Juana ya había partido llamó al teléfono que le dieron. Nadie respondió. Llamó a todas horas: en el medio de la noche, a las cinco de la mañana. En esa vigilia se le ocurrió que Blas, el amigo que conquistó a Juana con su respuesta a los avisos, pudiera saber algo y decidió ubicarlo. Recordaba su apellido, habían pasado la Navidad juntos en lo de Cris, y rogó que estuviera en guía. A la mañana siguiente se levantó más temprano para encontrarlo en la casa y a las ocho lo llamó desde el teléfono público en la esquina de la agencia. Blas tardó en despabilarse pero cuando se dio cuenta de quién era ella y que le pedía verlo en relación a Juana, no dudó. Oria le sugirió que fuera a su oficina como cualquier cliente, para evitar un lugar público o la oficina de él, así nadie que pudiera seguirla lo relacionaría con ella; se haría muy difícil implicarlo.

Blas apareció esa misma mañana a las once. Oria se las había arreglado para estar sola en su oficina con el pretexto de que era un potencial cliente y pidió que no la interrumpieran para disimular el caos habitual en el área de creativos. Una vez que cerró la puerta y lo miró, reconoció en Blas su misma mirada de ansiedad y temor, y confió en él.

Le contó que perseguían a Horacio, le contó lo de la casa de Vilches, le contó que ella tenía el teléfono pinchado y que la vigilaban. Le contó que Juana se había enterado de todo eso y que aparentemente había huido después de dejar un mensaje incomprensible en su contestador automático. En la revista le decían que se había «casado» la semana pasada con un tal Giúdice, un militar, y que habían viajado de luna de miel. Blas no conocía estos detalles. Sabía de la existencia de Giúdice, Juana lo había llamado diez días atrás para decirle que pensaba casarse con «un repugnante militar», con «un lobo vestido de cordero». El percibió que estaba aterrada pero no había logrado disuadirla, «siento que no me equivoco», le había argumentado Juana. El la llamó una y otra vez pero ya nadie contestó el teléfono.

Blas confirmó a Oria los datos de los compañeros de la revista en la versión que Juana le dio a él en esa conversación telefónica. Giúdice era el tipo con quien la había visto tomando un whisky la semana después del entierro de Cris. Oria quiso saber si había alguien más a quien Juana viera, así como veía a Giúdice... Blas intentó una respuesta: «Creo que no pero en realidad no lo sé, era muy solitaria». Oria dio un respingo. «¿Cómo una persona "solitaria" publica avisos en un diario acicateando a los hombres a competir con un perro, e incluye el número de teléfono de su casa? Además, trabajaba en una revista de mucha visibilidad, cualquiera podía juntar las dos personas y hacerle las cosas difíciles. ¿Qué buscaba? ¿Vivir peligrosamente?» Hablaba exaltada, y Blas esperó a que lo escuchara para contestar. «No. Juana quiso ser muy audaz para conjurar el peligro, sentía que de esa manera lo apartaba más radicalmente. Claro que ella quería creer de sí misma que era una canchera, que pasaba de todo, que podía darse el gusto de encubrirse, de desfigurarse, de mostrar sólo lo invulnerable y de elegir. Juana conocía muy bien el peligro, lo que intentaba para sí era una vida más liviana, más suave. Lo que arriesgaba con los avisos no eran términos que a ella la asustaran. La divertía, la distraía. No le importaba parecer una excéntrica condenada al eterno aislamiento. Lo que la aterraba era revivir su sufrimiento anterior, ése era el verdadero peligro. Y la muerte de Cris dejó a la vista todos los alambres. Y ahora me decís lo del cadáver de Ernesto...»

Oria de verdad no conocía a Juana. Nunca había querido preguntar sobre ella. Las conversaciones a veces la rondaban pero Oria no había querido saber. Incluso en el velorio y entierro de Cris apenas se acercó a ella, el dolor de Juana la asustaba, y fijó su tristeza en Cris y en Horacio, y en Max. Se daba cuenta de que la gente que trabajaba con Juana, sus compañeros, la conocían a través de los datos que ella había ido soltando fríamente para que construyeran una persona con un mínimo de coherencia pero muy alejada de su verdadera personalidad. Seguramente a esta altura le resultaba muy difícil sostener esa coherencia, la construida y la real. Si Juana había decidido salvar su vida de esa manera, poniéndose cemento hasta la nariz, era porque se había enterado de que algo jodido le iba a pasar. En el mensaje a Oria no le advertía nada; sin embargo, por algo había querido conectarse con ella. ¿Qué motivo tenía ese mensaje? Oria quería hablarle. Sin embargo, Blas no podía ayudarla. Ahora, a partir de la conversación con Oria, dudaba que Juana lo volviera a llamar cuando regresara de su viaje. A la revista o a sus compañeros de trabajo tampoco ya regresaría. Se despidieron —Blas, la expresión desencajada, Oria, una aceleración desconocida— con la promesa de comunicarse en cuanto uno de los dos tuviera alguna noticia, alguna señal.

¿Y Horacio? ¿Lo habrían encontrado? ¿Y si lo encontraban, quién lo iba a proteger? Hacía más de dos semanas que no tenía noticias de él. Oria buscaba desenfrenada en todos los diarios algún indicio pero las palabras resbalaban sin que ella lograra asir su contenido; y cuando llegaba a la última página y comprendía que allí tampoco había nada que le interesara, tenía la compulsión de empezar otra vez, desde la primera página del primer diario, y recorrer línea por línea, convencida de haberse distraído y salteado la información más preciada. Oria llamaba desde cabinas públicas al número que tenía de la casa de Max en Corrientes y el teléfono sonaba, incansable, lejano. Habría desconectado la línea o no estaría allá. La familia de Max no figuraba en la guía, y él no tenía otros amigos que ella conociera además de Horacio o Cris.

De pronto Oria supo por qué Juana le había dejado ese mensaje: ella era el único vínculo —aunque indirecto— con su mundo más íntimo; con Max y con Horacio, Juana no tenía que ponerse casi ninguna máscara. Y si había llamado a Corrientes, a Max, seguramente nadie le había respondido. ¿Pero quería decirles algo o solamente despedirse? Escuchaba el mensaje una y otra vez y la angustia de Juana se le hacía cada vez más evidente. La angustia de alguien que se despega o se enajena pero todavía conserva cierta conciencia que la lastima aún más.

No tenía manera de ubicarla. ¿Adónde iría después de ese viaje? ¿Habría dejado una referencia en algún lugar? Probar la casa de alguno de sus padres le pareció inútil porque suponía que si antes Juana no los veía, después de la muerte de Cris, menos. Sin embargo, se encontró discando el número de la madre. En realidad, esperaba que nadie le contestara, porque al revivir Oria la última imagen del entierro de Cris, sintió que la garganta se le cerraba.

Lo mejor hubiera sido no encontrar nada. Contestó una voz muy débil. Sorprendida o asustada, Oria estuvo a punto de cortar pero respiró hondo y habló. Tuvo que soportar que Isabel le hablara de su inmensa tristeza, del intransferible dolor de una madre. «Pero Cris no era para este mundo; ahora ya no sufre, está en paz, está con Dios.» Sin saber bien cómo responder, Oria intentó algo mínimamente acorde con lo que Isabel decía pero no se le ocurrió nada. Entonces le preguntó por Juana, haciendo ver que como Horacio estaba de viaje, ella no sabía adónde llamarla. Isabel la desconcertó: «Juana me llamó la semana pasada, hacía mucho que no hablábamos, y me dijo que estaba bien, que se iba a casar con un novio que tenía hacía tiempo pero que no iban a hacer ningún festejo porque los dos querían preservarlo como algo íntimo. Y de pronto se puso a llorar de una manera..., y yo no podía ayudarla porque en ningún momento me dijo qué le pasaba, lloraba y lloraba sin parar y de golpe susurró: "Adiós, mamá", y cortó. No sé nada más de ella. En la casa ya no vive, ni siquiera sé el nombre de su marido». Oria le dijo que suponía habían viajado en luna de miel y que sin duda a la vuelta la llamaría. Se despidió atropelladamente y cuando cortó sintió que el estómago le quemaba.

Más tarde, cuando recordó esa conversación, tuvo la sensación de que a Isabel le daba exactamente lo mismo seguir hablando con ella o volver a su soledad, y que ese breve contacto no le había representado nada, porque ella tenía un interlocutor invisible permanentemente a su lado.

Estaba segura de que la seguían observando. En otro momento eso habría significado que no habían dado con Horacio y que todavía esperaban que ella les diera una pista, pero Oria estaba tan asustada que pensaba que se entretenían con ella, mientras decidían si dejarla tranquila o cargársela «por si acaso». ¿A quién pedir ayuda sin comprometerlo? ¿Irse a hacer qué adónde? Y si se iba, ¿cómo sabría cuál era el momento para volver, que el peligro ya había pasado? La vida se había transformado en una pesadilla absurda.

Por fin, una tarde, llamó Max.

—Buenos días, ¿señorita De Bari?

—Sí, soy yo. ¿Quién habla?

—La llamo de la librería Voces para avisarle que ya llegó su libro sobre retratos. Puede pasar a buscarlo por nuestra sucursal de la calle Corrientes.

Oria enmudeció un segundo.

—Bueno, muchas gracias. ¿Cuándo puedo pasar a buscarlo?

—Cuando usted guste. La está esperando, pero no se demore más de una semana porque es un libro muy pedido.

—No, por favor, guárdelo para mí, iré lo antes que pueda, tengo que terminar un par de cosas y voy para allá. Trabajo en una agencia de publicidad y estamos en el medio de una campaña importantísima, no puedo perder ni un minuto. Pero espéreme, por favor, no tardaré más de dos o tres días.

—Despreocúpese, con que pase por acá antes de una semana está bien para nosotros.

Oria cortó y quedó aturdida, tratando de recuperar las palabras de Max. Horacio estaba bien, estaba vivo, estaba en lo de Max. Existía. Si todavía seguían escuchando sus conversaciones era porque esperaban conseguir datos de él. Tenía que ir a Corrientes antes de una semana. ¿Por qué en ese plazo? ¿Adónde planeaba ir desde allí Horacio?

Oria nunca había estado en el campo de Max ni en Corrientes, pero supuso que no sería difícil llegar, sabía que tenía que ir al pueblo de Alvear y desde allí preguntaría. ¿Cómo tomar el ómnibus sin que la siguieran? Tendría que ser en horario de trabajo, salir por la puerta de atrás de la agencia, la que comunicaba con la galería comercial. Nadie podría estar vigilando ahí. No creía que le pusieran dos vigilantes para ella sola, seguramente en la lista habría otras personas para vigilar, la ciudad estaba llena de personas a vigilar como ella. Tenía que pensar una buena razón para dejar el trabajo así, intempestivamente. Si los dejaba clavados de un día para el otro, sin aviso, tal vez no pudiera reintegrarse a esa empresa nunca más. Pero daba igual. ¿Qué era un trabajo?

Oria subió al ómnibus a las doce del mediodía. Apretaba bajo su brazo los cinco diarios de la mañana. Había elegido un asiento del lado del pasillo para no quedar tan expuesta a la ventana; tampoco quería ver la ciudad alejarse. Con los anteojos ahumados miró ansiosamente la subida del resto de los pocos pasajeros que habían decidido viajar ese día a esa hora a ese lugar. Todavía sentía miedo de ver caras desconocidas que se aliviaran de haberla encontrado. Tenía la sensación de que no había nada delante de ella ni nada detrás. Sólo podía concentrarse en controlar su respiración, le parecía que si no lo hacía los demás pasajeros la empezarían a mirar. Cuando, por fin, el micro arrancó, aflojó el brazo izquierdo y dejó los diarios y su cartera en el asiento vacío a su lado. Cerró los ojos y lloró.

Pasó las horas leyendo los cinco diarios con una fruición que la reanimó. En cuatro de ellos se informaba que el episodio del sótano de Vilches había propiciado una profunda investigación sobre el accionar de la policía en los últimos diez años, y de algunos funcionarios que mantenían una estrecha relación con ésta, y que los cuerpos encontrados en el sótano todavía no se habían identificado, pero se presumía que dos de ellos pertenecían a Ernesto Acín y a un tal Marcos Vucinovich. Echagüe había confesado que él mismo y Kraude los habían enterrado y que luego de la muerte de Kraude había querido medrar con ese secreto que sólo él conocía bien y que más tarde Horacio también había querido aprovecharse de una situación servida. Pero les faltaba su testimonio porque ahora estaba prófugo.

¡Prófugo! Eso ponía su huida, la de él y la de ella, en otros términos. Oria no podía pensar qué significaba escapar con un *prófugo* de la Justicia, si ella pasaba a ser *cómplice* y, en el caso de ser detenidos, si ella sería acusada con un cargo del cual tendría que defenderse. Sentía que su cabeza estaba vacía, no podía ni siquiera imaginar cómo sería su reencuentro con Horacio, ni qué había planeado él para los dos. Estaba pasmada.

Volátil e insustancial, su cuerpo bajó del micro en el pueblo de Alvear. Algunas personas se acercaron a ayudar a los otros pasajeros con sus equipajes. Miró en derredor: se había alejado bastante. Cuando el taxi se detuvo frente a una casa silenciosa al lado del río, Oria vio que el parque estaba poblado de árboles y flores y recordó las rosas como platos y los cientos de godecias, lobelias, bellas de día, floks y margaritas que crecían en la entrada de su casa en el sur y pensó que era allí donde le habría gustado ir a refugiarse, a escaparse o a morir.

—Parece que no hay nadie —dijo el chófer.

—¿Es aquí? —preguntó sordamente.

Bajó del auto. Hacía calor. Vio un hombre que se parecía a Horacio acercarse desde la casa. El hombre extendió sus brazos hacia ella y la abrazó. Parecía Horacio. Oria se acurrucó en ese cuerpo. Abrió los ojos: un sueño, una puerta que se abría y la empujaba a un túnel del que no podía volver, la puerta se había cerrado detrás de ella, tenía que seguir hacia adelante. Ese hombre que la abrazaba era Horacio. El venía a acompañarla en la oscuridad.

*

Horacio y Max quisieron saber todos los detalles de mi frustrada conversación con Juana, especialmente cuáles eran los matices de su voz para poder desentrañar si estaba en verdadero peligro o si tan sólo eran los fantasmas que la visitaban después de largo tiempo. Yo apenas conocía a Juana y me resultaba difícil traducir algún indicio más que lo que ella había considerado suficiente para su pánico. Tres veces conté lo que me dijo la madre porque pensé que aportaría datos para llegar a una idea más clara o más cercana a la verdad. No podíamos asegurar que Juana se hubiera casado con ese milico totalmente enajenada, queriendo salvar el pellejo aunque supiera que era morirse en vida, o si lo había hecho con un resto de frialdad militante contagiada de Ernesto en algún momento de aquella huida forzada por Brasil, y debajo del poncho, además de un puñal asesino, escondía un plan que la protegiera a ella y a nosotros.

Ninguno de los dos discutió el tema. Horacio sólo dijo: «Si pienso en Juana puedo asegurar que es capaz de convencer a cualquiera de que reniega y desprecia su pasado. Juana trabajó mucho en su personaje y su cinismo es a prueba de tortura. Sólo nosotros estuvimos en el velorio y entierro de Cris, creo que nadie más fue testigo de esa relación. Sin embargo, no nos atrevimos a ver a Juana después, no sabemos cuán vulnerable está y cuánto refleja su alma».

Horacio y Max se miraron. Los dos, Horacio y Max, habían tenido un romance con Juana, pero yo estaba segura de que nunca había sido un tema de conversación entre ellos. «Yo sí la vi después», dijo Max. «Pero no sé en qué haya resultado el presunto descubrimiento del cuerpo de Ernesto en ella, y toda la historia desenterrada. Nada bueno, nada previsible, seguramente.»

Creí ver lágrimas en sus ojos. Había vuelto a ver a Juana, o tal vez nunca había dejado de verla, pero ahora Juana no se había comunicado con él, no lo había llamado ni le había pedido ayuda. Max era muy reservado en su relación con Juana, pero era evidente que a esta altura de las cosas no ocultaría datos que nos acercaran a ella. No los tenía, y eso le dolía. Prefería estar callado, apenas hablábamos entre los tres. El siempre hacía las cosas con alguna intención. Noté que la muerte de Cris (yo no lo había visto después) lo había herido mucho más que todo lo que yo podía imaginar; y ahora yo había hablado con angustia sobre Juana y él me había mirado fijo y me había hecho repetir lo que sabía. Al quedar los tres en silencio, él había dicho ausente: «Tengo que hacer algo por Juana». Después no dijo nada más y no volvimos a hablar del tema.

Horacio quedó mudo. Más negador, seguramente decidió que ahora no podía ocuparse también de eso, ni aceptar culpas en la dirección que habían tomado las cosas.

Estaba flaco y serio. Yo me preguntaba si, a pesar de sus esfuerzos, no se sentía responsable de la enajenación de Juana. De no haber perdido él el control de la información se podría haber evitado que ella supiera de esa manera lo del cadáver de Ernesto. Si él no hubiera insistido en descubrir esa historia, ahora Juana estaría intentando vivir con la muerte de Cris. ¿Habría vuelto a publicar los avisos que desafiaban a los hombres a competir con un perro labrador? ¿Habría tenido una vida más suave? A mí me resultaba difícil saberlo. Pero las palabras de Max y Horacio me hacían suponer que Cris no era para ella lo que otro puede llamar «hermano», y que Juana habría tardado mucho tiempo en volver a sonreír.

Por momentos, Horacio me parecía un espectro, como si una parte de él estuviera en otro lado. Imaginaba que ellos también me verían así a mí, porque así era como me sentía: una parte había quedado en algún pliegue de una realidad tan fútil como ésa. Sin embargo, cuando hablaba, Horacio mostraba una seguridad seca casi convincente. «Es probable que utilicen esta historia para reavivar el fantasma del terrorismo, la misma información puede servirles para inducir a una sociedad tan conservadora a creer en la posibilidad de rearme de la guerrilla y su regreso. Si lo logran, conseguirán adhesión indiscriminada.»

Era un delirio. ¡Prófugo! Sin darse cuenta de cómo había sucedido todo, se encontraba atrapado porque otros se apropiaban de su vida y decidían sobre ella y lo que hiciera o dejara de hacer sería en reacción a ese designio y, a su pesar, en cada acto él —inevitablemente— confirmaría lo que ellos querían. Lo único que podía hacer era irse. Y yo con él.

Al segundo día Horacio empezó a atormentarme, me preguntaba si yo realmente quería ir con él, si no era mejor para mí quedarme, él no quería arrancarme de mi vida, exponerme más. Murmuraba algo que tenía que ver con Juana, algo como «no puedo arriesgarte». Yo lo odiaba y le decía que algo se había desprendido de mí o yo de ese algo que no sabía si llamar vida porque todo era tan difuso. Pensaba en mi trabajo y en las corridas de las campañas y de las presentaciones y me parecía una mala escena de teatro del absurdo. En cuanto se dejaba de creer en ello perdía todo sentido y sólo representaba gestos vacíos. Le dije que no tenía adonde ir, pero que ése era el mejor lugar donde podía estar; lo único que le pedía era que no me lastimara.

No nos tocábamos; apenas nos rozábamos en la cama nos apartábamos como si el otro nos quemara. Puercoespines con espinas que herían también hacia adentro, los corazones desiertos.

Ahí estábamos, Max, Horacio y yo, en el medio del campo cerca de la frontera con Brasil, tan cerca que se podía ver la costa brasileña desde la casa. La actitud de Horacio me mostró que de nada serviría planificar paso a paso y detalle por detalle las diferentes salidas alternativas, calcular los posibles movimientos de nuestros perseguidores, tanto si nos buscaban de manera frenética como si nos dedicaban un seguimiento de rutina. Eso sólo nos obligaría a pensar en ellos, a envenenarnos, a desgastarnos en suposiciones. Había que entregarse a la desolación de la huida, del desierto; resignarse a la ausencia, a la ajenidad, y no llorar.

Yo caminaba y caminaba, daba vueltas, no sabía cuánto tiempo íbamos a quedarnos en el campo de Max pero quería conocer un poco, familiarizarme con esa soledad, con el silencio, que no era igual a otros. Buscaba un lugar, un rincón en el bosque donde refugiarme, una piedra o un tronco que me acogieran: exactamente igual que cuando chica, durante los veranos en el sur, repetía un ritual que me tranquilizaba; renovaba la fantasía de que allí nadie ni nada podía encontrarme. En realidad, cuando era chica esto era un juego o una prueba: una vez que había dado con un buen escondite se trataba de esperar a ver cuánto tardaban mis padres o mis hermanas —o el que fuera— en darse cuenta de mi ausencia, y si se preocupaban lo suficiente como para salir a buscarme. El escondite eran los bosques, siempre misteriosos y esplendentes. Conocía cada uno de sus árboles pero me divertía reconocerlos: los cipreses, los cedros, los robles, las araucarias, los alerces; distinguir las hayas de los bojs, los raulís de los alerces, el sauco de la mosqueta; cortar una caña y pelarla despacito y prolija con mi navajita. A medida que pasaban las horas y comprobaba que a nadie le inquietaba mi falta, hacía esfuerzos por prolongar mi desaparición y asustarlos, entonces, cuando no daba más, aparecía —acompañada de mi caña protectora— y ellos parecían sorprenderse de volver a verme y me preguntaban: «Ah, Oria, ¿dónde estabas?».

Pero no esperaban a mi respuesta. La decepción. ¿Qué habría sucedido si un día hubieran salido a buscarme y me hubieran encontrado? ¿Habría dejado de ocultarme?

En los años despiadados de la adolescencia mis escondites pasaron a ser ciudadelas donde no quería ser descubierta, eran secretos que me pertenecían sólo a mí, y ser hallada en esa intimidad no sólo era ser atropellada sino violentada, abusada. De ninguna forma dejaba pistas, y podía permanecer allí horas, casi días enteros; me olvidaba del mundo, y si no se percataban de mi ausencia o de mi presencia, mejor.

Aunque más no fuera accidentalmente, si alguna malograda vez daban conmigo —allí estaba yo con mi bloc de dibujos y una carbonilla—, fulminaba con la mirada al intruso —al invasor—, quien, desalentado a iniciar ningún tipo de conversación, estaba obligado a seguir de largo. Eran los años de empezar a investigar quién era; si quería dejar de ser una niña tenía que averiguar cómo seguía el enigma, si era mujer qué significaba eso, qué eran los hombres, las otras mujeres. Buscar con obstinación algo que me diera gusto y otro algo que me diera sosiego.

Mis dibujos eran mi forma de averiguarlo, de hacer algo propio donde yo podía reconocerme como alguien diferente; eran objetos que me provocaban al mirarlos, y me producían un «¡Ah! sí, ésa soy yo, ahí estoy», y al mismo tiempo encontraba algo próximo separado de mí, que tenía vida propia pero también dependía de mí, y yo dependía de ello porque hallaba en sus distintos ángulos, colores y espesores, luces y sombras, partes, aspectos de mi vida y de mi corto pasado. Mi infancia, mis recuerdos conscientes o inconscientes eran todo el equipaje que tenía hasta ese momento. Pero era todo.

Y ahora, quince años más tarde, en un momento de igual peligrosidad frente a la disolución, a la informidad y a la nada, iba en busca de esas sensaciones, de esa forma aprendida de estar en contacto con lo esencial o lo medular de mí misma: con mi mano como una extensión de mi cuerpo, lo más próximo y concreto, lo más productivo.

Estuvimos siete días en lo de Max. Yo ya había empezado a tomarles el gusto a las caminatas bajo los árboles perfumados que a cada paso regalaban un olor diferente. Encontraba el despojado cielo de otoño vacío de ternura y de esperanza. Pero entre los bosques cerca del río descubría una naturaleza de excesos que crecía empecinada y anárquica, de azules degollados, de grises chúcaros, de rojos alevosos, de amarillos flagrantes, de marrones quebrados, de púrpuras bellacos, de verdes flameantes, de malvas plenos. Por la tarde agarraba una canoa que dormía en la orilla, y remaba lentamente la laguna; por momentos reposaba el remo y, totalmente inmóvil, me dejaba llevar por la suave corriente hasta que, cansada de derivar, volvía a remar sin dirección alguna.

Sentado frente al ventanal del dormitorio, desde donde relojeaba la entrada al campo, Horacio escribía cartas por las que yo no preguntaba, sabía que pretendía que le pergeñaran un trabajo allá hacia donde nos dirigíamos.

Max desaparecía gran parte del día, trabajaba en el campo a la par de los peones. Yo quería que me explicara su programa social; cuando le pregunté por su método revolucionario de organizar el trabajo me dijo: «Es un proyecto demasiado ambicioso para ponerlo en práctica de un día para el otro. Hay que ser paciente. Los cambios profundos son lentos». El había logrado hacerlo funcionar en su territorio pero los demás estancieros habían creído que a la larga perderían su dominio sobre la tierra y sobre los hombres a su cargo; hasta los capataces habían boicoteado esa práctica, por miedo a perder sus privilegios. En el campo de Max el sistema había optimizado en forma asombrosa la eficiencia de cada uno de los peones, y los capataces no se quejaban por la sencilla razón de que ya no existía esa jerarquía. En un año la producción en lo de Max había crecido un treinta por ciento, y él se ocupaba de divulgarlo porque sabía que ese dato tan contundente demostraría a los demás estancieros que la pérdida de privilegios y de riqueza era relativa, y lentamente la resistencia iría cediendo. Además de trabajar todo el día, visitaba campos vecinos, seguía hablando con la gente: tenían que animarse, pensar en sus hijos, en sus nietos, tenían que creer que era posible vivir mejor si insistían sin prisa pero sin pausa, resistiendo, no resignando, no aceptando ese destino para toda su descendencia. ¿En qué había cambiado la vida de sus bisabuelos a la de ellos, cien años después? Y eso había sido porque no se habían plantado, no habían hecho nada por temor a perder lo poco que tenían, y no se daban cuenta de que de esa forma cada vez tenían menos: estaban empobreciendo el futuro de sus hijos. La gente lo escuchaba, asentían, algunos volvían a reunirse entre ellos. «No se dan cuenta de que los patrones los necesitan, necesitan su buena mano de obra.» Max sabía que en esas reuniones clandestinas había soplones que iban corriendo a contarles a los capataces buscando conseguir favores; sabía que éstos se sonreían ante su ingenuidad pero que un día se le iban a presentar para obligarlo a desistir, por las buenas o por las malas, total, él estaba solo en su estancia, y ¿quién saldría a poner el cuerpo por él, sabiendo el riesgo que corría? A pesar de todo, ésa seguía siendo su apuesta.

Por las noches cenábamos temprano, nunca más tarde

de las ocho, y tratábamos de imaginar qué estaría sucediendo en la ciudad, qué ocurriría si nunca más volvíamos —con nosotros y nuestras cosas—. Seguíamos sin poder nombrar a Cris, y ahora también evitábamos hablar de Juana. Después de lavar los platos, Max —siempre silencioso— se iba a caminar por el parque. Yo sentía que pasaba el día pensando la manera de llegar a ella; era algo tan íntimo para él que esperaría a que nosotros nos hubiésemos ido para actuar. Horacio leía en la galería de atrás hasta que el enorme reloj del abuelo daba las doce, y yo me sentaba en las escaleras de la galería principal y garabateaba formas y palabras mientras espiaba la noche.

La sombra, la luz y la sombra. Horacio sabía que una vez que hubiésemos traspuesto el umbral de la casa de Max, una vez que nos hubiésemos despedido de nuestro amigo, ya no podríamos volver atrás, ni siquiera darnos vuelta a reconsiderar nuestro camino que no veíamos pero que nos mandaba hacia adelante; una dirección solamente imaginada pero cierta, por ser la única que nos mantendría con vida. Teníamos que arrastrar estos cuerpos y hacer algo con ellos. Esta soledad en la que entrábamos y que sería una de las pocas cosas que nos acompañaría para siempre, se hacía inmensa, eterna, inconmensurable. (Una de esas compañías que uno odia pero que nos hace reconocernos por lo menos en nuestra necesidad.)

Horacio y yo sabíamos que no podíamos volvernos y dedicar una última mirada hacia atrás porque la tristeza se incrustaría en nuestros corazones, se alojaría en nuestras desvalidas almas. No podíamos permitir que tal intensidad horadara la decisión de seguir. Así había sobrevivido él tantos años; así lo había conocido yo —según él alguien apenas humano—. Y ahora renovaba la fórmula «Nunca mirar atrás» porque haberse topado de golpe con el pasado que lo sacudía y haber emprendido ese camino no le había mostrado más que el mismo horror y la convicción de que más hubiera valido no reencontrarlo ni reconocerlo.

Al tercer o cuarto día le pedí a Max unas carbonillas húmedas que encontré en su estudio y hojas lisas que él no usaba hacía tiempo —lo supe porque los bordes estaban amarilleados—. Me alejé de la casa y no me costó encontrar dos lugares donde refugiarme a dibujar. Por un momento hasta sentí placer y me olvidé del infierno. Mis *sketches* iban formando un mundo propio y cobraban vida más allá de lo contingente, eran necesarios a sí mismos. Se daban su propia dimensión. Y yo casi no tenía nada que ver en eso. Mi mano se independizaba y me quitaba toda responsabilidad.

El día siguiente, Max vino del pueblo con carbonillas nuevas y un grueso bloc que imaginé le había costado encontrar. Me las dio sin explicaciones, sólo dijo: «Se te ve mejor». A partir de ese momento las horas volaban mientras yo dibujaba en mi escondite. Por primera vez mis *sketches* formaban una historia. Y a la noche, en la cama, pude soportar la distancia con Horacio, y me acerqué a él aunque nuestros cuerpos no se abrazaran. Dentro de esa aridez en la que vivíamos, yo conseguía darle lugar a un mundo que se creaba a sí mismo todo el tiempo y que me hacía soñar, me producía asombro y una indescriptible alegría. Un mundo que creía se había esfumado entre tantas otras cosas. Que creía haber perdido.

Horacio y yo no hablábamos. Lo miraba escribir en su atalaya, posición estratégica —si es que había una—, la cámara escondida en una maleta, casi como el objeto querido que uno lleva a todos lados, cuya utilidad ya es sólo simbólica. Había intentado varias veces hablar con él pero me miraba como a una extraña, como si le hablara en otra lengua, porque no respondía, me seguía mirando sin entender. Lo único que me contestó cuando le conté lo que me sucedía en el bosque con mis dibujos, cómo habían crecido en historias, cómo se hacían inmanejables y me sorprendían con su resultado fue: «Eso te va a servir mucho». Entonces yo opté por tener largas conversaciones con él en silencio; podía imaginar lo que me respondía, incluso a veces me encontraba haciendo gestos con las manos o ladeando la cabeza en posición de escucha, o negando con una sonrisa. Ese era mi interlocutor fantasma, el hombre que había sido y que yo ahora cristalizaba en un personaje. Sentí que Horacio y yo nos amábamos a pesar de todo el sufrimiento que se producía en nosotros y alrededor. Y sentí que eso era tan poderoso como indescifrable.

Pensé en Cris y en su llaga viva que no encontró dulzura y que, según su madre, lo hacía no de este mundo, ¿de cuál si no? Si es éste el que queremos doblegar. Es éste —el de los atardeceres de verano, el sol acostándose en el mar y la luminosidad de los cielos, el calor de los cuerpos y el deseo que en los amantes renace, la intensidad de la noche estrellada, el amor por *esa* forma, por *ese* rostro, la música, y el agua que aplaca la sed— y no otro mundo el que queremos habitar, si tan sólo...

Pronto dejaríamos ese país donde nuestro destino pequeño y la miseria descubren su verdadero rostro. Y yo tenía que apelar una vez más a mi paciencia para amar y comprender. Había que aprender a vivir sin esperanza.

*

La séptima noche, mientras comíamos, Horacio dijo finalmente:

—Nos vamos mañana, temprano.

Max preguntó:

—¿Por Brasil?

—Sí —le contestó.

—Por el mismo camino que siguió Juana —dijo Max.

—No —explicó Horacio—, por el oeste. Vamos a cruzar

por Bolivia a Perú, y de ahí seguimos a México. Tengo conocidos, creo.

—Es un lugar —dijo Max—. A veces pienso que Juana, cuando escapó a España luego de recorrer Brasil hasta Recife o Natal, tuvo que pasar por acá... Claro, yo no estaba en el país en esa época. Tampoco la conocía, ni siquiera conocía a Cris.

Horacio lo miraba en silencio.

—Vos tampoco lo conocías —insistió.

—No —contestó Horacio.

Supe que, en cuanto Horacio y yo hubiésemos partido, Max saldría en busca de Juana o de lo que quedara de ella.

—Te pido que si vienen a buscarnos digas que no pasamos por acá, que no tenés noticias mías desde hace un mes —dijo Horacio.

—¿Y si le preguntan a la gente de por acá? —se me ocurrió que no recordaba si había visto a alguien o no, pero seguramente la gente estaba enterada de nuestra presencia en la casa.

—No los vio nadie, nadie vino ni ustedes se movieron de acá —afirmó Max.

—¡Sí, el taxista que me trajo! —exclamé al recordar apenas una figura en sombras al volante de un auto polvoriento.

—No, no se preocupen. Yo me encargo de eso —aseguró Max mientras miraba a Horacio de una forma expresiva que no alcancé a definir porque enseguida Max se levantó para llevar los platos a la cocina. Nosotros también nos levantamos y ya ninguno de los tres volvió a hablar hasta la madrugada siguiente cuando nos despedimos.

Esa mirada que no teníamos que dar nos devolvía la inolvidable sonrisa de Cris y su implacable mirada descarnada, y su entierro; los desafiantes e imperturbables avisos de Juana, su vitalidad y desparpajo, y su última voz desesperada y hueca; el trabajo por hacer una carrera y su futilidad; los atardeceres en el Limay después de un día de pesca y de amor con la piedra, el río, el cielo y el sol: la hora rosa, la hora azul, la luna; las anónimas caminatas nocturnas por el Centro y el descubrimiento de un gran libro; la ilusión de un hallazgo, el alivio de un reencuentro; los furtivos anclajes; las horas de ensueño y de vigilia de Horacio, Max y Cris, que encubrían un sueño más, aunque no se engañaban; el esfuerzo por construir un mundo, una vida a partir de la nada, de lo negativo o de algo, y su fragilidad y su absurdo.

Lo vi a Horacio y me vi a mí misma y pensé que quizás el darnos una vida más bella nos daría una muerte menos incomprensible. Una vida bella es una burla a nuestra condición de marionetas; una vida bella puede encarar a la muerte —es una forma de resistir— y, entonces, la muerte nos puede alcanzar ya sin humillarnos. Hay cierta dignidad en el hombre que vive una vida sin abandonarse a la idea de un Dios que lo recogerá en su seno, mientras le ofrece vida eterna. Hay cierta dignidad en el hombre que acepta una vida en la que los niños nacen, se apoyan y crecen sobre los mayores, para luego hacer de tronco a fin de que los viejos bajen hasta la muerte, y que eso signifique el movimiento de los hombres.

Ultimos títulos

231. La lentitud
     Milan Kundera

232. Rafael Alberti en Ibiza
     Seis semanas del verano de 1936
     Antonio Colinas

233. Soplando al viento
     Mercedes Abad

234. Un disgusto pasajero
     Françoise Sagan

235. El corazón inmóvil
     Luciano G. Egido

236. El columpio
     Cristina Fernández Cubas

237. La escritura o la vida
     Jorge Semprún

238. Un hijo del circo
     John Irving

239. La variante Lüneburg
     Paolo Maurensig

240. Millroy, el mago
     Paul Theroux

241. Amanda sin corazón
Jurek Becker

242. Buenos días, tristeza
Françoise Sagan

243. Tú, la oscuridad
Mayra Montero

244. La impudicia
Marguerite Duras

245. Tres habitaciones en Manhattan
Georges Simenon

246. El siglo de los sueños
Peter Høeg

247. En el punto de mira
Arthur Miller

248. El pasajero clandestino
Georges Simenon

249. La duda y otros apuntes para escribir
una colección de relatos
Isabel del Río

250. Parejas
John Updike

251. Mu U.
Jane Smiley

252. Patagonia Express
Luis Sepúlveda

253. Fuego de marzo
Eduardo Mendicutti

254. Atando cabos
     E. Annie Proulx

255. El camino de Vincennes
     Antoni Marí

256. Charlotte Brontë
     Una vida apasionada
     Lyndall Gordon

257. La viuda Couderc
     Georges Simenon

258. A la intemperie
     Alvaro Durán
     II Premio Nuevos Narradores

259. Pájaros de invierno
     Jim Grimsley

260. Tristes acordes de un alegre vals
     Irene Dische

261. Borges. E:splendor y derrota
     Maria Esther Vázquez
     VIII Premio Comillas

262. Los cien sentidos secretos
     Amy Tan

263. Modelos de mujer
     Almudena Grandes

264. No sé si casarme o comprarme un perro
     Paula Pérez Alonso

265. La sospecha
     Friedrich Dürrenmatt